K INK INK INK INK INK IN
NK INK INK INK INK INK I
K INK INK INK INK INK IN
NK INK INK INK INK INK I
K INK INK INK INK INK IN
NK INK INK INK INK INK I
K INK INK INK INK INK IN
NK INK INK INK INK INK I
K INK INK INK INK INK IN
NK INK INK INK INK INK I
K INK INK INK INK INK IN
NK INK INK INK INK INK I
K INK INK INK INK INK IN
NK INK INK INK INK INK I
K INK INK INK INK INK IN
NK INK INK INK INK INK I
K INK INK INK INK INK IN
NK INK INK INK INK INK I
K INK INK INK INK INK IN
NK INK INK INK INK INK I
K INK INK INK INK INK IN
NK INK INK INK INK INK I
K INK INK INK INK INK IN
NK INK INK INK INK INK I

INK INK INK INK INK INK
K INK INK INK INK INK IN
INK INK INK INK INK INK
K INK INK INK INK INK IN
INK INK INK INK INK INK
K INK INK INK INK INK IN
INK INK INK INK INK INK
K INK INK INK INK INK IN
INK INK INK INK INK INK
K INK INK INK INK INK IN
INK INK INK INK INK INK
K INK INK INK INK INK IN
INK INK INK INK INK INK
K INK INK INK INK INK IN
INK INK INK INK INK INK
K INK INK INK INK INK IN
INK INK INK INK INK INK
K INK INK INK INK INK IN
INK INK INK INK INK INK
K INK INK INK INK INK IN
INK INK INK INK INK INK
K INK INK INK INK INK IN
INK INK INK INK INK INK
K INK INK INK INK INK IN

INK INK INK INK INK INK
NK INK INK INK INK INK I
INK INK INK INK INK INK
NK INK INK INK INK INK I
INK INK INK INK INK INK
NK INK INK INK INK INK I
INK INK INK INK INK INK
NK INK INK INK INK INK I
INK INK INK INK INK INK
NK INK INK INK INK INK I
INK INK INK INK INK INK
NK INK INK INK INK INK I
INK INK INK INK INK INK
NK INK INK INK INK INK I
INK INK INK INK INK INK
NK INK INK INK INK INK I
INK INK INK INK INK INK
NK INK INK INK INK INK I
INK INK INK INK INK INK
NK INK INK INK INK INK I
INK INK INK INK INK INK
NK INK INK INK INK INK I
INK INK INK INK INK INK
NK INK INK INK INK INK I

INK INK INK INK INK INK
INK INK INK INK INK
INK INK INK INK INK INK
INK INK INK INK INK
INK INK INK INK INK INK
INK INK INK INK INK
INK INK INK INK INK INK
INK INK INK INK INK
INK INK INK INK INK INK
INK INK INK INK INK
INK INK INK INK INK INK
INK INK INK INK INK
INK INK INK INK INK INK
INK INK INK INK INK
INK INK INK INK INK INK
INK INK INK INK INK
INK INK INK INK INK INK
INK INK INK INK INK
INK INK INK INK INK INK
INK INK INK INK INK
INK INK INK INK INK INK
INK INK INK INK INK
INK INK INK INK INK INK
INK INK INK INK INK

INK

文學叢書

126

時光隊伍

蘇偉貞◎著

張德模，以你的名字紀念你

目次

時差〈代序〉

張德模，這次出發沒有你。

是五月的舊金山機場候機室，（日光節約時間，慢台北十五小時。）我在等待轉機去休士頓。從台北啓程一路向東（卻是到西方），十一小時後，於這座有時差的城市降落。

因爲你的菸癮，多年來，航程超過五小時的旅遊地全不考慮，旅途受限，沒問題，我們自己創造路線，西進大陸。二○○三年八月你因食道癌住進醫院到去世，六個月，隨著你的離開，原本以爲關閉了的這條路線，卻帶我一遍遍回到你的生命之旅，以你作原型，我爲你寫了一本小說：《時光隊伍》。卡爾維諾寫《看不見的城市》，所有被描述的城市都是威尼斯，他說：「我提到其他城市時，我已經一點一點地失去她。」我實寫你，虛構看不見的流浪隊伍，同樣看著你漸次往更遠更深處隱去，那樣的重重失落，我已經完全不想抵抗。命都拿去了，也就無所謂失不失去了。（人人都曾經或在未來離開。一九四八年底，小張德模跟隨蜀父母插花空軍入伍生大隊離了長江三峽，川人們在雨季中來到黃浦江邊碼頭倉庫埋鍋造飯，等待另一次啓程。張德模喜歡站在黃埔江邊，小小流浪者的第一個異鄉。想像一定是那樣的，有趣地望著天空雨線如絲，經風撩撥，緩緩跌落江面，掀起層層漣漪，江面一片霧。）

其實二十年前相同的季節，我們到過這座城市，且穿過泛著冷冽空氣及濃霧的城市地標金門大橋往北，去索羅馬山谷葡萄酒莊園。原來的死谷，因爲酒而活過來。（西進路線上結識，成了鐵哥兒們的邱詢民回鴨綠江邊丹東老家掃墓，清明節午後一通電話打到台北：「剛才午睡我哥來鬧我，他說，詢民，你咋地不捎二鍋頭給我？我們什麼酒都喝夠，就二鍋頭沒喝夠。我說，大哥，我們沒少喝二鍋頭啊！二鍋頭到處有，我們隨閒晃蕩隨喝，肯定喝了個夠！哎！他不肯走。沒事！我待會到靉河邊多燒幾瓶給他。哎！儘鬧我！我也喜歡夢見他，還像以前那樣。」）飲者之路愈近山谷氣溫愈往上升，地表布滿氤氳，黃土壤植種大片大片橡樹，最佳軟木塞材質，和葡萄酒是絕配。進入有百年歷史的酒窖 Sebastiani Vineyards 酒莊，在酒莊玫瑰花叢間，品嚐最初的頂極葡萄酒，是的，環境和酒都軟了點，你一生不曾背叛可能要了你的命的烈酒。（四十年後，張德模重回上海黃浦江畔。燈火岸邊不遠老正興用了晚餐，「菜是甜的！」熱了紹興，「酒是酸的！」喝回紅旗二鍋頭：「好來菜！這才對頭。」）

二十年來，因爲不同理由，我到過此地兩次，但這回，失去了你，我也很好奇獨自飛越太平洋後我的情緒。不信來世前生，死亡一向很難威脅我們。而此時，在通過國際與國內航站相連的空中行道半途，我停下了腳步，讓玻璃帷幕窗外的天空一角及流動的街景，倒影般緩緩往我內心洄流，我感覺到輕微的落寞，僅此而已，也提醒了我，距離二〇〇四年二月二十六日，你遺棄人世你的妻兩年多了。（朋友以過來人細述丈夫過世初期的種種無名痛楚，十二年了她仍從夢中哭醒：「那種痛至少三年才會淡一點！」你極震驚，張德模是沒有離愁的！你又如何能有？你曾經遠觀陌生送葬隊伍裡有人狂哭嘶喊而移開視線無法看完，你不屬於那支隊伍。但你明白，在這場遊戲裡，你改變不了的規則是，存活者即被遺棄者。大部分被遺棄者將在他們，不，你們後半生，清醒無垠無涯的時空裡晃蕩，回不到有人的地方。自殺，那不會是偶然。）

失去了你的眼光，我重新丈量這座城市。因爲施行日光節約時間，既使鐘面已近七點，舊金山上空一角薄亮蛋清天色、來往有序的車體，倒映於建築物，眞像未來世界科幻片，黑白片。上次我們來，夜晚八點多進入舊金山上空，機窗俯瞰下方城市如聖誕卡片灑的金粉，千門萬户著火般，彩色綜藝體，你說：「比起來台北簡直黯淡。」但你緊接著說：「那麼遼闊的國家，和朋友打麻將喝小酒開幾小時車不說，還得先約好，未免太遠了。」二十年後的現在，我突然回過神想問個究竟，你從來不怕遠啊？那是什麼呢？（霍桑小説《威克費爾德》裡的主人公威克費爾德，某日黃昏，帶了簡單行李出門，告訴太太去三、四天就返。他出門後，繞幾個彎，來到旅程終點——離家一條街外先前租好的公寓，住下。一天天過去，他甚至幾次與妻子錯身而過她竟沒認出他。如是二十年過去，家人徹底失去了他的消息，當他死了。一個雨夜，他反向繞彎，跨過街道，什麼事也沒發生，走進家門。）

「當他死了」，現實裡並不容易達到。你病房外及火化櫃識別名牌，我都取了回來插在靠書桌窗櫺上，與牆上掛著的遺照（跟發病前新辦的護照同張照片相同眼光）越過書桌前的我永恆的望出去。這次，是眞正規格不同的兩種容器了，分別裝載你與我。我將信守約定，只要活著都會等待你回來報信：「究竟有沒有另一個世界？如果可能，請用任何方式回來告訴我！」（不斷進入載浮載沉淺夢地帶，無路線透明溫暖檀香氣息如光線掩映整個房間，如是我聞，每晚給出無言回答，檀香氣息直到送你進了國軍公墓當天即消失，毫無眷戀不捨。再清楚沒有了，所謂獨活，是連氣息都切斷。）

稍晚，我走進機場唯一還開著的餐廳，點了啤酒，幾台懸空電視正直播NBA籃賽，我看書下酒，只要有人走進餐廳大門，我便會抬起頭打量來者。多少年來只要進入機場運輸系統，你必先去吸菸室報到儲存戰備量，我會在約定的餐廳等你一起行動。以後，你不會出現了，這個習慣我同樣保留了下來。獨自上路多了，如夢中翻轉，我終於明白，你並不如我以為的那樣愛旅行，你只是無法被約束被關住。之前另一次長程旅行，俄羅斯，我多少意識到了。

俄羅斯的莫斯科，（非日光節約時間，慢台北五小時。）香港轉機飛十小時。隨身皮包裝了張我們的合照，如強行押解你，一路去了莫斯科無名烈士墓園契訶夫、果戈里、高爾基最後的歸所，還隨俗的到紅場（廣場裡的國營百貨公司露天咖啡座非顧客不能上他們拜占庭華麗風廁所）、莫斯科大學……，夜間火車幾天後將旅途劃到北半球頂端聖彼得堡，出城赴近郊夏宮沿途，弧形遼闊的天空如奔赴天邊而顯高緯度。終於站在芬蘭灣邊夏宮碼頭東望窩瓦河的源頭聖彼得堡，（傳說中的窩瓦河口岸，堅固的城牆對著河水迎風而立，巨大的倒影，熒然不滅。謎般十二世紀初曾有幾個突厥種草原帝國的子民哈扎爾人在此出現，十四世紀徹底失去了他們的消息。）冬季即將到來，海面水氣蒸騰，鳥們開始回返南方，拾起腳邊一根羽毛，人類沒有翅膀，那麼，流浪者已轉胎完成。

自郊外抽身回返城中窩瓦河大街冬宮爾米塔什博物館，擺脫人潮，我快走經過達文西、米開朗基羅、印象派秀拉塞尚梵谷高更，最後停在林布蘭特展室。好不容易來到這裡的理由之一即將揭曉，林布蘭。

你病中，我們失去了時間感，同時失去切除食道腫瘤的條件。我腦海裡有一幅未完成的畫，林布蘭的手術檯。（爾米塔什博物館，你的私闖世界四大博物館之愛麗絲夢遊版，林布蘭特展。你突然就站在這位光影之神的《杜爾博士的解剖學課》畫作前，畫作中偏下方手術檯上躺著一具光線與時光凝凍的身體，醫生拿把刀正在教學。繪畫美學之手臂解剖，甚至沒流半滴血，那未被開膛破肚的遺體膚色，彷彿心臟仍在跳動。四周分據高低左右伸長頸背七名學生的眼光無限延展，有些彷彿看往無人的虛空處。皮包裡取出合照，人世欠張德模一次切除手術。站在畫作前，眾目睽睽下通過時光機，你完成超越切除手術，張德模的身體得與林布蘭畫作同高度，稱之爲昇華也好，無聊也好，生與死灰色地帶，此刻其他一切顯得多餘。與合照組成的你們仨，只關注眼前這幅畫，你說：「現在我們眞正看見了，相信都會同意，這手術功力實在超凡。」你偷偷轉換畫名——張德模手術中。如果要你選擇膜拜一個神，你選這個。）

到這裡還有另一個理由，托爾斯泰。莫斯科近郊一百五十公里托爾斯泰莊園，文豪樸素的葬在那裡，草衣植被覆蓋作家的靈魂，四周是高聳巨大無言的白楊樹，林木小徑立牌上的俄文明確告示「禁止出聲」，於是人人不語到肅穆的程度，讀者子民來到托爾斯泰前面，獻花許願禮拜，殊不知，托爾斯泰修福音書，去雜質，疑神，甚而被逐出教會，於是他獨自出走，最後死在一個火車小站。（眞是流浪者啊！）但沒有人能擋得住托爾斯泰，這樣的墓園，土塚綠草不立碑無任何祭悼形式，一切指向他的《戰爭與和平》，主題模糊。（反之，任何人都看得出來，毫無辦法的你的主題。）七次修改，故事本身自己發展出生命。

退至角落，拿出照片：「張德模，你看，托爾斯泰呢！」抬頭仰望天空，那推遲了的西伯利亞紅色列車橫越俄羅斯計畫，導致以這樣的狀態來到托爾斯泰前面，有生之年，唯有沉默：「張德模，對不起。」

坐久了你就會聽見，午夜登機的播音已經響起，爲了調整美國大陸時差，（旅遊作家艾瑞克・紐比冬遊北京，經過十四個半小時飛行，晚上九點四十分進入中國甘肅上空之際，對這個以北京時間爲準的沒有時差、能夠壓縮在一個大時區的中國，他不禁要在日後寫的《出發與抵達》裡調侃：這樣更容易讓十億中國人在同一時間就寢，同一時間起床，對於想知道他的子民身在何處做什麼事的統治者而言，一定很方便。）這班飛機是午夜起飛，才好在黎明時分抵達休士頓。（日光節約時間，慢台北十三小時。）甚至有比這更晚的班機，不知要飛往哪裡？有沒有時差？

人生移動果然是複雜的。離開聖彼得堡前一晚的芭蕾舞劇《天鵝湖》，藍光中芭蕾舞伶滑過舞台，盈盈躍起，（萊特曼〈雙人舞〉：一條看不見的直線自地球中心向上畫過她和地面的接觸點。）她兩腳足尖抖觸輕擺降落，再跳躍，雙腿合十自轉，雙手張開成優美的大弧度，彷彿停駐空中。（地球，爲了平衡她的動量，軌道向下移了十億兆分之一公分。沒有人會覺得，可就這麼精確地移了一下。）

張德模，也許正是你「就那麼精確地移了一下」，最巨大的時差出現了，（如果你活得夠久，他六十三歲之死那刻算起，十年後你六十一歲，你還有機會與他人生記憶重疊兩年，再過去，就沒了。之後，你將獨自走向只有你的時光區，沒得對照。）如今，任何地方任何時間對我都一樣，生命中心線漸漸抹掉，那條看不見的軌道，不斷向下移。

登機前，最後問你一個問題：「你那裡現在是什麼時間？」

第一章

牽引：流浪者拔營

是活成一篇小說好呢？還是虛構一篇小說好呢？（沉默計時已啓動，你將不在人前談論他。）

謎題終於揭曉，關於人生唯一一次的詰問，（關於一個畢生最大的詰問，關於畢生最大的詰問）你的丈夫張德模死後會出現：他是怎麼樣的鬼？（來了，來了，反詰問：「他是怎麼樣的人？」）

淨身完畢，送他往太平間的時刻於是來臨。你告訴他：「張德模，現在沒事了。」最後一次爲他捻熄房燈。（你是留下者，對你而言，再也沒有去而復返的旅者了。）失去了他，現在的這個人世原鄉，你淪落成爲難民。落在巨大逃亡隊伍尾巴，跟在醫護殯葬業者後頭魚貫邁入電梯。（惡瘤附身，你們如亡命天涯忽上忽下樓，你因此練就進出電梯好身手。）你捺下樓層數字鍵，金屬門緩緩闔上。（你們在同一個盒子裡了。）穿越身體間隙凝視他面容簡潔坦然。（你不讓殯葬業者蒙住他的臉。）

你明白了，答案只有一個：是怎麼樣的人，就是怎麼樣的鬼。

進醫院就證實食道癌末期，醫生估計的時限如期兌現，整六個月。他們無法預料的是，這名患者居然沒有彌留時間也沒有彌留現象。

人們入夢的半夜，他自行拔掉鼻胃管和氧氣管，王者降臨：「我要走了。」語氣堅篤，不是商量是決定。結局之聲，說來就來，（哪來預備死亡這件事？）你如此幸運，得以親耳聆聽到。

你在內心深深請求他，再給你一點時間，不是一年半載三個月，只要天亮。你好和駐紮城外等消息的隊友聯繫。陪病如駐紮守城，調兵遣將，你是新帥，不時退避牆垣痛哭，他倒優游從容。（「我的命你哭什麼？」你知道的他的話。）世間總總他說事緩則圓，一路提醒你：

「怕死也是死，不怕也是死。」或者來段戲謔詞兒：「天要下雨，娘要改嫁，由他去吧！」加長型補一句：「伸頭一刀縮頭一刀。」你質問隱形的導路者：「看到了嗎？你何方神聖看到了嗎？」這名凡人闖陰走陽，你倒是要問問鬼神怕不怕。（脾氣壞的人最簡單。）

這時候的窗面，灰色大氣下降。傳說中孑然獨立旅者要拔營了。

流浪者上路。你們只被允許送行至太平間，他將在那裡停留一晚，過渡生死場。世俗的路已到盡頭。是的，非只你的家人死亡才算悲劇。陶淵明〈挽歌〉好巧的爲你發了言——親戚或餘悲，他人亦已歌。（入夢者離開，無夢者，亦離開。他決定孤寂啓程，你是個凡人，你忍不住想挽留，你默聲哀求：人的記憶器官，視神經最後完成，也最先離開。即使不把孤獨當回事，城外親朋快趕來了，再等會兒，帶他們的面孔走啊！）

電梯由五樓下降，太平間到了。他將獨自留下，以平常交談語調，你說：「愛獨處嘛！老小子，這下又讓你得逞了。」（張德模，我不能幫你關燈了：「你死了，他們說沒有自己的意志了。」太平間的燈火統一管制，這裡不熄燈。）終於違背了先前的約定：「誰先死，活人要負責關燈。」（你們隔段日子曬書似攤開陽光下曬曬這話。）一直以爲我們會在自己睡慣的床上閉眼，你悵然想著：「原來並不是。」

沒有比太平間更安靜的地方了，（盲目遊戲終站，喀啦一聲，結束之聲嗎？你仍爲他關了生命的燈。）你輕撫他死了也還是坦然的臉：「（你聽見了嗎？）我們走了。」（哎呀呀呀！再見了。《上帝也瘋狂》裡熱愛非洲原始生活人類學家，語言不通，山路下坡剎車失靈、獅子老虎犀牛後頭狂追，無奈、生氣、高興、信仰不同……一概：「哎呀呀呀！」）

哎呀呀呀！進了醫院，他的身體展現前所未有的敏感與強韌，（早幹嘛去了？）你幾乎以爲神蹟降臨。（並沒忘記，他從不相信神蹟這勞什子。）最後衝刺，當著你面，將自己海拋，做他自己。（哪裡是拍電影拼鏡頭搶最後黃昏狼狗時光一定會在白日將盡。）你親睹傳說中靈魂穿透身體，重量如何被瞬間丈量出來。神蹟。

（第七個月第一個深夜降臨。你們離開大樓，被釋放，卻沒有當人質的感覺。）芥川龍之介說，人生不如一行波特萊爾。（張德模說：「我要走了。」）以張德模爲名，更短，人生不如一行張德模。

結束與開始同時發生，火水同源，黑夜與白晝並存的極地。你是拜火教徒，你開始有種共生的信仰：人生不如一行張德模。

是活成一篇小說好呢？還是虛構一篇小說好呢？（沉默計時已啓動，你將不在人前談論他。）

你握緊方向盤，直視前方，觀看到遠方黑幕播放序號錯亂的影片：瑰麗塘鱧，背鰭寬大對稱如協和飛機，尾鰭月形，頂流棲息礁石區洞穴上方。水裡是最好的無重力浮游場。是的，納入你們的人生，你很清楚，旅行時間，生病時間都是。（行旅地圖拋出過一次隱喻：之前一九九八年三月張德模罹患膀胱癌。反迷信，你們放棄了解讀的機會，落入現在這個迷思：一個人五年內因兩種癌症住進同一間病房的機率有多大？）

流浪車隊朝更遠黑夜駛去。（並行旅程。方舟裝滿食物和酒，勞倫斯〈死亡之船〉：你踏上最長的旅程，向下漫長地航向遺忘。）

（「走著走著，站起來就走。」你每次都被這話逗得大笑。他喜歡的相聲詞兒，還有：「走兩步，退三步，等於沒（發ㄇㄛˋ音）走。」以山東腔，廢話句，他喜歡就因爲沒事兒：「幹嘛？要做正經事登陸月球去。」）

流浪者上路，去實踐他的流浪地圖，世世代代族群的聖經，你聽見了：「活著是怎麼樣的人，死後就是怎麼樣的鬼。」生即死。

並行旅程，倒數計時，流浪者元年啓動。（午時之聲播響，這一天即將過去。）

新人生疊架舊人生，路軌上一座巨大攀岩，以後你回家，如迤邐之水流向張德模生命遺蹟。

走江湖：馬戲團出動

亡者轉乘，道上有條規矩，新魂必須停靈十二小時等候確認。（這回，清清楚楚要爲他辦喪事了。竟是無淚的。現在，你也是。）

你堅持讓張德模穿上家常衣服覆著平日蓋慣的薄被，避開繁文縟節佛釋道基督，勇者回返，無須符節安魂。（倒是祈願土著之夜歌守靈者，已經出發迎接他：蒙賜鞋襪／往後每個黑夜／坐下來穿戴／請納此靈。）

若無奇蹟，十二小時後，他沒有醒過來，二〇〇四年二月二十六日二十二時二十分，將正式烙印他的死亡證明上。

與其說不相信奇蹟，不如說你們不會違背彼此的意念，像是一點都不遵守發願儀式，以你減壽云云來交換延長他的生命。相反，你選擇痛斥任何神。他病發不久，你正式宣戰：「不管祢叫什麼，阿拉！上帝、主、穆罕默德、佛陀……我告訴祢，再這樣對他，我眞的要生氣了！這樣純粹人格特質，不就證明有神？如果祢膽敢拿走他，我會以一生來斥喝祢！」宗教意義的浮泛，你們從來不參與。（一年後，你去到聖家堂黃昏那堂彌撒，推門撲面〈君王面前〉聖歌：君王面前／我們一起屈膝……。你屈膝入座。「爲什麼要信神？爲什麼要到神的面前？」台上彌撒主祭神父問。「我在等待褻瀆神明。」你內心回答。終於，那一刻來臨——領聖體，耶穌肉身和血。你沒受洗，不能領聖體。但你看著祂：「我要試試祢。」你跟隨教友一步步靠近主祭神父，直到站在他面前，你沒有伸出雙手捧聖體，神父微笑注視你，時光凝凍。你知道你辦不到，你沒有信仰，怎麼能眞正褻瀆任何神？你抬起雙手交叉胸前，神父明白了，你未受洗，他以拇指在你眉心畫十字。你在〈祢是我的避難所〉：祢釋放我的心，因此我不害怕……聖歌中離去。）

警衛台，那是另一個轉乘站，（告解聖台？）你直直經過，讓孩子去交涉。大腦海馬迴自動倒帶數月前鄰房病人臨終，（事後，他的妻深宵在此與警衛談什麼，現在，你懂了。行政人員已下班，依規定家屬得在此辦臨時退院手續。）這位人妻單獨從大樓門口登車匆匆離開。這類人口每天累積，「一切都是數字」，忘了誰說的。你們現在就是。（走江湖，馬戲團拔營上路。）

孩子將在那裡交回陪病證，正式失去伴病資格；正確說，你們無病人可陪了。傾斜了的大樓倒影，眞像你現在的寫照。

站在大門口，醫院那股形容不出的味兒刺穿術似的在你體內環繞，你不很在乎，抬起衣袖嗅了嗅，確定沒擺脫：「來吧！放馬過來。」你說，將終生帶著。（四周農地蟲鳴轟然，眼看你就要心神渙散沒頂。）背住光，隱隱聽見孩子的脈動傳出喪家犬哀鳴。你們沒辦法直接回家，你們甚至沒辦法交換悲傷。

最後你的決定，轉往常去的 pub ，自家人在那裡與張德模正式道別：「這才像你的場子。」（佚名土著傳統守靈歌，是這樣的：黑夜來／黑夜來／往後的每個黑夜／室內燭火熒燒／請納此亡靈。）

但死亡的顏色顯然太新，即使不把悲傷掛在臉上，深夜舉家出現，安靜又騷動，你們神情肢體話語恐怕太像舞台終場謝幕的演員。（角色們被告以詮釋死。）

灰色夜幕完全降下，異教徒的禮懺儀式開始。你們圍坐一圈，牽亡者，高能量發光體。熱氣流與冷氣流相遇，熱氣流上升，此時，哀傷平原降下豐沛雨水。你們爲張德模斟滿酒，人子上路，你高舉酒杯：「敬把拔！」（天主教〈奉獻全家於耶穌聖心頌〉：我們願把一切，完全託付你，求你祝福我們在家的或外出者。）

牽亡吸盤引來四周不斷投注的目光。從現在開始，地球體由西往東轉，像西班牙南方之土或德國哥塞克地區，（那裡有座七千年歷史人類最古老的天文台，用來測量太陽運行的古老日晷。）你們所在的地方合適建造天文台，觀測日月星辰，氣流風向極隱定。你們是一群走江湖賣藝者，最古老的流浪子民，複眼、動脈流著藍色血液，活化石，鬣。

現在，失去了共同領袖，你們變得毫無抵抗力，將被凡俗豢養，成爲世世代代居有屋島民。眞正沉到海底。抽光你們的藍色血液，取走你們的複眼。不再適合觀天象人間，在這間pub建造天文台？「除非太陽從西邊出來。」你想。（這些好奇的目光究竟看見什麼？他們知道了嗎？你們和他們不一樣。）

目睹至親死亡，會不會就像外星人地球化？親人相認靠眼神，外星人有沒有這樣的眼神？你沒有答案。一夜之間，你失去了原來的座標位置。你說，把拔眞正走了。

馬戲團原本紮營和信基地，兵臨城下，倒數計時歸零時間到。兩兒子張篆楷與媳婦翠娟、張浥塵前後腳抵達，（七點，發出烽火：「不玩了，把拔說要走人。路上別急，他會等。」你知道，張德模是沒有離愁的，說走就走。）推門進來，望見父親，片刻愣住，眼神充滿問號：「把拔怎麼像要走呢？」反而張德模心頭雪亮，嘴角微揚，輕鬆揮手招呼，（他到底沒有失去他的神智。）分明在道：「再見。」

（從小一塊長大的老友胡茂寧亦趕來病房。你眞的不想用「趕」這個字，覺得羞辱了張德模。）

住院醫師最後一天清早踏入張德模病房。眼前這位重症病患神智清明，（你保留了兩張他的重大傷病卡。）醫生慣例問診：「張先生哪裡不舒服嗎？請張開嘴我看一下。」掏出小電筒，例行查房。什麼時候了！難道看不出來嗎！你喝阻：「不要動他！」張德模微笑，不理會你，雙手朝他比畫了個俐落的剪刀動作：「卡嚓！」醫師單純地笑著：「什麼意思？」

你衝出病房慟哭。什麼意思？那是電影剪ending鏡頭啊！剪完ending鏡頭，片子結束，進入後製作。（不勞旁人動手，他剪接自己的生命。）住院醫師踅出來道歉，仍不解那手勢，對死亡沒有類似經驗，好好奇追問仍想知道。你瞪他：「他在剪一個結束點。」

重進病房，胡茂寧、翠娟病床邊各據一角，擺出陣仗在玩什麼遊戲？翠娟說：「把拔在打麻將。」張德模問翠娟，看得出他手上少哪幾張牌嗎？翠娟：「把拔，你說呢！」（根本不懂麻將。媳婦進門，他說，終於有人清清楚楚喊爸爸。形容兩兒子喊人：「嘴裡含塊石頭！」）見到你，張德模滿臉愉悅明亮，促狹地朝你微笑眨眼，食指併中指空中比畫兩圈，語帶玄奧：「東西。」東風與西風，最後的天機，（此去迷津，一定是了。）跟著目光發亮如鷹眼掃描器釋出底牌：「上家要打了。」（病後，眼光一天比一天炯炯有神，水洗過般，新生深邃湖泊視網膜望出去，快速換焦，鷹眼般複印這個世界，準備帶往另一個世界。你感覺他不斷淨空載體，好大量儲存人世鏡頭。）

胡茂寧好心支援，打出一張牌：「張模，餵你。」（張模，家裡從小這麼叫。）張德模不要，他伸手抓牌，手停在半途，摸清楚了，推倒：「自摸。」抬頭看大家，語句清晰：「胡了，走人。」（胡茂寧忍住淚，說再打一圈。多留一會兒，別走啊！）

張德模喜孜瀟灑：「無聊。」把牌抹散，不玩了：「牌越打越薄，酒越喝越厚。」喝就喝，胡茂寧淚眼迷離，以川音：「張模，哦倆乾杯一鍋頭。」（夏季柏油路面氤氳現象，生命正在蒸發。）玩起家家酒，胡茂寧做傾酒狀，滿上杯，張德模接過，仰頭喝掉杯口朝外：「乾杯。」半年滴酒未沾啊！

張篆楷讓張浥塵去買啤酒，（大不了喝死。）張德模聽見，說喝這個就可以。無色無味虛擬二鍋頭。（你不確定，要不要眞給他酒喝，乾脆引發腫瘤大出血動上一刀，眞死在手術檯上如他所願，還是比畫比畫就算。你確定的是，不來死刑犯臨終高度酒精麻痺那套。你們要的是正常道別，沒冤屈，不需要贖罪。死，就是死。）

超過五十五年交情的老友各自站在生命兩頭，伸長手碰杯乾盡。這次，胡茂寧沒說：「我肝不好喝不得。」（你害怕這無形的酒杯對張德模也嫌沉。但你確定他的靈魂比這酒杯重得多。）

喝過酒，張德模放下酒杯說同時比手勢：「我要站一下。」（他訂出了私家訣別儀式規則。）兩個月沒下床，（兩個月前，醫生都勸他找機會下床練習走路，他淡然表示：「我最喜歡走路。」無須向任何人證明他偷懶，能走早走了。）現在，他要用自己的力氣雙腳著地，如果可能，他會自行走過忘川之上奈何橋。你上床由背後撐住方便他好下床，雙腳著地，身體打直，兩腋被架住，確定可以便放手，他搖頭：「不行，待會試。」坐床沿，免得一次次由床中央往外移，是項大工程。體力蓄夠了，他說：「再來。」又一次，還不行。他無所懼：「不急，慢慢來。」

（如眺望一支遠遠看著你們這支無目的流浪隊伍同類，你感到了什麼，抬頭凝望虛無處，你想你聽見他們來了。）張德模再度堅定說道：「再來。」你跪坐床上從背後出力，他緩緩挺直身軀，光腳板貼住地面簡潔說道：「行了。」支架緩緩撤開，他自己，足足站穩十秒鐘。鷹眼聚光望向窗外遠處，那麼篤定收回視線：「可以了。」

（主治醫師請你到護理站。）二〇〇四年二月二十六日上午十點，你和孩子共同簽下不急救、器官提供醫院解剖證明文件，是你親手把他送走的。你堅持使用自己的墨水鋼筆，木然簽妥名字，完全沒必要檢視內容，你應該在乎是不是簽對地方嗎？還能怎樣？把命拿走吧！（這是一條僞航道。）

簽妥字，你沒問手續是否完備，僅牢牢記住：「把筆帶走。」（到處找不著一枝筆，他常說。現在，你以此爲回憶圓心。）逕自踅返病房。

醫護人員已經準備妥當，見你回到病房，嗎啡注射閥打開。「會多久？」不知誰問了句。以你的理解：「把拔會很快走掉。」他沒有失去他的風格。即使醫生說很難判斷。有的甚至拖上一週。（你知道無論過多久，想到這些你仍會好痛，但你知道，留他苟延殘喘，多一秒鐘，都破壞了他的泰然。太不符合他的行事：「吵死了你們，以後我要一個人住到鄉下，你們來探望我得事先申請。」）

你的決定，但你就是無法目睹全程，來日回想，這段記憶必須空出來。（那必須是一個面，而非一線。你據此與以往區隔。並且技術性注射啓動，你要知道幹嘛呢？）你告訴孩子會離開一會兒：「你們單獨陪陪把拔，把你們一生未來的計畫和以前沒說的，都告訴他，沒時間了。」曾經迎接他們出生，現在，由他們送終。（人生是如此循環嗎？）

約是訝異你這時還有事，張德模滿眼疑問，（仍沒留你）你微笑道：「我去辦公室請假。別趁我不在的時候做壞事噢！」不准偷偷死掉。聽力極壞的他居然聽見了點頭且舉手比了ＯＫ。

你不知道的是，不久他就該走的，但堅持留下來等你。一向重然諾。（你哪都沒去，直接進辦公室，快速安靜處理妥未來一週工作。沒有從醫院打來的電話，那也一定是，向來公私分明。請妥假，沒有驚動任何人。你有這個把握，你的臉上不會流露任何情緒。）

你經過排頭病房，短短一個早晨，已經又有新的病人住進。之前掛掉的病人，家屬年三十晚幾天前便急著把整間病房布置上大紅色炮竹掛飾、倒「福」倒「春」，全家約七、八位成員年假前便圍在病床邊。他們不時出現備膳室料理三餐或訪客室接待朋友，病房用餐總像開團圓飯，不時在備膳室與其他病房家屬討論附近哪個菜市便宜，簡直過家常日子。除夕當天，更擺出大拜拜陣仗，各式鍋碗炊具齊全，一路暖歲、守歲、年夜飯、初一……每天都當在趕場。偶爾你經過，碰上人進出開了房門，椅子上、打地鋪橫七豎八全是身體，病床上最寬敞。

在你看來，那是等待死亡了。

沒等到元宵節，半夜你去加水，撞見送終隊伍圍繞推床進往生專用電梯，團圓年節正式結束。待你回轉，病房敞開已清理消毒完畢，電扇大頭嘩嘩轉動在搧風。家屬沒帶走艷紅炮竹掛飾。死亡原來如此安靜。死亡不是人類經驗，哲學家維根斯坦說。

（巨大的結束將附著於某種敘述而無限延長。）當你重返病房，嗎啡已經注射 10mg，醫生說，不可思議，這麼重的劑量。也有拖上幾天的，但是都在失去知覺的狀況下，如此強悍地掌控意識，甚罕見。（四小時，沉重眼皮掙扎著不肯完全閉緊，他還在。）你推門，他感覺到了嗎？轉頭，撐開眼瞼放出一道光，千山萬水迎上你，嘴角露出一抹難解的笑，「只有你看見嗎？」他把最後的力量傳輸給你。你說：「把拔，我回來了。」於是闔攏。那抹笑，臨終者可能的最灑脫。死亡如此私密，二十五年，你和他發生過的事，他怎麼看待？你永遠無法從他嘴巴聽見了，但你也許已經知道。（光線將變暗，不久黃昏將擦去各種東西的區別。）

孩子說，把拔一直在找你。於是，你給出回答：「張德模，走吧，別撐了。」攬住他的頭，深恐他重重跌進深淵，但你明知他將在死後向上昇華。（笛卡兒曾假設人類有靈魂，松果腺是可能的儲藏抽屜。靈魂多重呢？二十一公克，後來的人說。）

偽醫療

病的日子太新，相形其他病人，你們毫無好奇心、太正常，且不來新科病患滿腔怒火那套。里爾克的話——新的，生疏的事物侵入我們生命，我們的感情蜷伏於怯懦局促的狀態，一切都退卻，形成一種寂靜。

竟是寂靜到接近與世無爭。生命奄然，時間界面失去指南功能，你們墜入五里霧。最最確定，他將全力應戰；而你，一貫逃避主義。

生活版。四大滿貫網球決勝盤，捉對廝殺，場上終於留下兩名你排不出喜歡名次的球員，無法面對失敗的儒弱情緒，這時一定跑出來，你何止不敢收視，甚至不敢知道結果。

（你們轉進五年前住過的癌症專門醫院。你沒帶鐘錶，閉了行動電話，關上病房門，拉攏窗帘，你進入了一個怎麼樣的狀態？走廊很安靜，如投宿在隔音阻絕管理極佳五星級旅館。你甚至想打電話給服務台請他們 morning call。）

你且比照僑民舉目無親極簡主義度日，好小氣節省你的假，唯恐需要時無假可用。照常工作，唯一，改變了行車方向。之前，你往南；現在，你往北。

墨綠車體駛離辦公大樓，左轉上市區主幹忠孝東路，回轉八德路奔市民大道到底，綠燈亮右轉銜接環河南北快速道路，連上社子快速道路，車道終線，下大度路。二十分鐘。你進入都市快速道路圖陣。漫畫遊戲。

一條病史複式循環圖。（你們的生活軸被切割，你的人生一點不重要。忙著重整秩序，只有混亂能穩住你。）

《病人狂想曲》（*Intoxicated By My Illness*）裡安納托・卜若雅（Anatole Broyard），罹患攝護腺癌，管他半年還是一年生命期，他想了解死：「語言文字敘事，是保持人性最有效的方法。」（張德模，你死了以後，事情最清楚的一點是，你根本知道我每次在筆記本上寫什麼。你看我埋頭寫字，問過一次：「寫什麼那麼急？」我說：「日記。怕忘了。」你點頭，只差沒說：「有啥好寫？」）他在死前已經開始以精準、嫻熟、舊式排字房檢字工、機械性又無比人性化對準字盤，一字一字植入自己挑選的人生。（觀眾從不會迎接到電影裡角色直視而來的目光。劇情是角色只與角色對視。你們是第三者，不在他們的故事裡。）

你卻一直拒絕眞正進入這個敘事。你們甚至沒挑明講身後事要不要交代，（以前他最痛恨那些以他家爲中心的單身父執輩死抱著存款不鬆口，爾後處理起來跑斷腿。）其實他從不避諱談這個，不需要，一切清清楚楚。生前即死後。

直到他走後近半年，（他的身外之物眞少。你甚至全留了下來，一點不礙空間。）深夜窗面倒映著你的寫作身影，換你輪值大夜班檢字工，你專注植下四周動靜。（敘事要開始了嗎？你背後傳來隱隱木頭乾燥崩裂聲，你本能快速抬頭，臉廓倒映寬闊玻璃窗面，逆聲搜尋，你滿眼疑惑，卻不敢回頭深怕驚動萬方。玻璃舞台，你的角色表情：「是他嗎？」要不然是誰呢？幾天後，懸臂式拉門掉脫，一場抓瞎，原來是門。當頭棒喝，他的信念，人間世哪來顯靈什麼的！）

這時，你才算開始介入這場敘事，你先得承認時間對他已經失去了實質意義。（爲什麼白天我們見不著鬼？）是啊！他不再講：夏天喝一口冰鎮啤酒好爽、等下回冬天……，或者提醒你：「瑣瑣碎碎的，閒著沒事幹掰手指頭玩也好，叨念這些八卦是非不是件事兒嘛！」是的，他死去使你現在不太一樣了，你以前比較剛烈。現在，任何人事帶著距離，不止站在他的另一邊，也站在世界另一邊。

你有了私房悼亡書。（你清楚那個使命：寫作是祈禱的形式。）猶太人有另一本。他們的祈禱聖典：「死亡既無可避免，何必悼亡？」你的悼亡手記簡單得多，依他人形，你樹立唯一的形式：從此，唯有流浪。

（倒數計時一〇七天，你曾有機會接近他走後關於你的眞實生活。）

二〇〇三年十一月九日午後，張德模睡中不自覺打顫抽搐，卡在生死關口嗎？一次預告：我不久會走，懶得拖下去。

近三個月，全套驗血、X光、驗尿、顯影劑、胃鏡、心臟超音波、腹部超音波、胰臟穿刺、斷層掃描、食道支架、支氣管支架、栓塞，周而復始。他仍以戲謔語氣：「檢查檢查檢查！爲什麼不是開刀開刀開刀。是死是活！」僞醫療。系統被架空，大家行事如儀，你們成爲一種新族群——數據族。（誰愛受誰受！）

寧願速戰速決，你知道他的盤算——死在手術檯上。人因此成為人。六個月，你渾渾噩噩，事實擺在面前，但你堅持張德模的身體比別人更神祕更純淨，看不見他是肉身這件事。（黑室裡周而復始放映一捲序號錯亂的影片。配上《失落北京人》書裡旁白：「這是一部沒有盡頭的、漫長閃爍著光彩的，影片，在黑暗的劇院中不停地轉動。」）

你的旁白，是腦海裡時不時逸出一句：「是不是你送錯了醫院？」（你正告他的醫生們：「這位是強悍的病人，需要強悍的醫生，別給我們呆板懦弱醫生！」）會不會，你手上這捲影片，正好序號錯亂？

二〇〇三年八月二十日，緊急住進醫院，醫療小組即刻啓動。當場，胸腔外科主治醫師堅持（以後，一概稱主醫師，外主醫師，內主醫師。）：「不會動刀。除非病人大出血。」（太小聲啦！一進院就說，右耳背。當輔導長時新兵一緊張在他耳邊誤扣扳機傷了聽力。醫生，你又不是他的兵。幹嘛窮緊張。）你也是，被吸過去似的以相同聲量，講著討論著，張德模這頭終於沒好氣：「你們比賽說話小聲是不是？」他的命。

四期食道癌，還有胃及肺的嫌疑，你們樂觀不起來。越討論越心虛，他那頭果然顯現本色：「啊!?」聽不見。（醫生嚇一大跳。）張德模理直氣壯：「這是我的命不是嗎？說話永遠不讓人聽到，我又不會被嚇死！」沒辦法，再開口依然故我蚊子叫。

他因此嘆息：「眞服了你們。」判斷未來和這名猶豫不決的醫生有得糾纏了。他是公正的，日後將有機會印證。（你們如黑道夫妻，他是無知拚命三郎，你是恨不得拿槍抵住醫生腦袋強押他進開刀房的水滸扈三娘一丈青。醫生的形容。）

「你們住進醫院那一刻，我其實已經清楚結果。」張德模過世後，醫師回覆你的 E-mail，多麼後現代。如一封生前發出的信，在人逝後被打開，信裡仍是進行式，要收信者：見到信，請跟我聯絡。

你翻譯的張式大白話如後：「如果你收到這封信，表示我已經死了；我的醫師則早一步確定我已經死了。」

更強烈的大白話生前說的是：「喂！聽見嗎？伸頭一刀，縮頭一刀！」之後，靜如老松，準備好了進開刀房，希望繼膀胱癌之後再度由手術巨痛中復甦復元，如若手術失敗，就地宣布陣亡。最終，他期待的手術沒有進行。

你有了以上敘事的首個回答：死與生會同時發生。（岔出之路是，多麼一九四九年情節，他人生中首支流浪隊伍，隨他父母的部隊到台灣。揮別家鄉，再沒回去過。）是的，在不知情的狀況下離開，容易多了。可張德模不僅是這樣，他實踐自我意志的完整性。

你的憤怒是，他的要求一直沒有機會被接受。最接近的一次，病滿月。九月二十一日，星期天，你全天留在病房。你的記事：

中午，德模突然十分正色又淡然地說：「明天有場硬仗，過了就過，不過掛掉了事。」你不動聲色：「噢！」了一聲，「有開刀的條件了？」你欣喜若狂又怕驚動了這個決定，若無其事去護理站問，並沒有任何動手術的紀錄。夜晚十點，值班護士和你再度確定：「外科主醫師並沒有開單。」所以明天不會做任何手術，只做檢查。發生了什麼事？誰通知的？

事件成了羅生門，總之你輕描淡寫回他話：「好像醫生沒開單，可能要等你更穩定。」之後，張德模好矜貴的都沒再提這事，一切就像沒有發生。（明知道注定是場徒勞無功的奮戰，爲什麼還如此努力以赴？）

這夜，你作了一個夢：（張德模未死前，你已經在夢他。）張德模好了，我們和醫生到院外喝酒慶祝，大夥兒快樂地回到醫院，其中一位五年前初次接觸的放腫科醫師突然倒地無法呼吸，護理長用異物哽噎哈姆立克急救術擠壓橫隔膜，吐出一地血塊。是這位放腫科醫師介紹泌尿外科張醫官給我們，張醫官一刀下去治好了張德模。

如夢之夢。那時太忙著救他，解夢者失去解夢能力。事後，你才回望到：張德模很快明白眼前這位醫師救不了他，依序是頭天入院、二週後的化療、還有，這次硬戰說。

爲何有「明天有場硬戰，過了就過，不過掛掉了事。」八成是一路累積的結果。先回到「化療事件」那回合。九月八日第一期化療開始！藥水持續注射七十二小時，禁食禁水。（我只能挨餓，我沒有別的辦法。卡夫卡說。）他不斷以冰水漱口，（像小學生當衛生股長，每一口水你都檢視。你是幫浦，心口不斷提高降下。最喜歡聽他說：「白的，沒事。」）一分一秒十二小時後，漱口水帶有血絲，內主醫師倒問你意見，他建議再觀察，如果中斷，全部白費得從頭。

張德模堅決應戰：「賭一把！」丟出眼前所有籌碼下注，最後一盤。（第一次化療終於結束那天，九月十一日，中秋節，原定和朋友組團出發旅行的日子。）挺過去後，他問：「下一步呢？」都沒反應。

七十二小時他獨自撐過去了。總要給點什麼，否則受這道罪幹嘛？沒有，發牌者說話：「醫院只有我一個胸腔外科醫生，萬一我在上刀，正碰上張先生大出血，我也下不來！」

再清楚沒有了，無藥可救的病人，不治療只安護。你喚來護理長，要求見醫生：「立刻！現在！你們是什麼醫院！不要行醫趁早收攤！這種話講給病人聽什麼意思？乾脆一把推他跳樓不更省事！」你佇在走廊破口大罵：「每個護士張口就問吃得好不好，他能進食嗎？有沒有交接？要不要了解一下病歷，就算不了解沒交接，人就在面前，沒看見插著鼻胃管嗎？能進食嗎？瞎了還是怎麼？病的不是你們家人是不是！那就拿出點專業來看看！」（《病人狂想曲》安納托父親膀胱癌送進醫院，只有六個月可活，醫生要病人轉院：「我們不收無藥可救的病人。」）

《病人狂想曲》就放在病房，想的是在類癌症患者臨死之書裡取暖（一場根本不必要的心理戰），夾在他開的書單的書裡。離開病房前，你習慣檢視一遍，主要是把書放他手邊方便拿到。

張德模死後近兩年，（死就是死，對你，沒有其他字可以替代。）你打開《病人狂想曲》一段句子自動跳出來：「反正快死了，要多浪漫、多瘋狂，都沒關係。你一輩子都在壓抑自己的傻念頭，可是重病時你儘管讓它色彩斑斕地傾瀉而出。」後頭好驚訝的是張德模的注記——沈老頭。他看了書，這是暗嵌給你的留言了。

沈老頭，沈毓立。幹校影劇系大學長老友，杏仁眼懸膽鼻虎臂長身，腦筋清楚半句廢話沒有，乾脆細膩自愛。靠七十歲還騎輛老式摩托車，妻兒從美返台，他回家路，一輛大貨卡從背後直直撞上他，當場腦漿溢出來，垂危送到三軍總醫院，一傢伙急診室擁進三十多位友朋，一群大男人個個神色凝重，也還維持軍人樣子臨危不亂。你回家恰恰在社區口遇見張德模跟著趕到醫院，醫生向一群兵下達命令似：「守不守得住，看病人造化！」救回機率幾乎零蛋。包括總醫師來了三名醫生，一輩子飄洋過海孑然一身怎麼就死在路上？絕不幹！壞傷腦組織切除，（不確定管哪部分的）居然活下來，從此整個人的性格倒置。成爲收摘打油詩、偏方、人生語庫的熱心腸男子。（父親死後，安納托寫道：「我愛你，是兒子對父親的愛，也是一個男人對另一個男人的愛。」沈老頭如果當時走掉，男人對男人，張德模的評價一定也是吧！）

（可現實世界好多年，沈老頭的語錄集，是聚會必散發必高聲朗念的節目，且事後電話作討論。張德模拿回家一定仔細校讀，圈點覺得還可以的即認眞不敷衍的回報。像是——一切已然／必屬本然／必然與當然；無我相／無人相／無眾生相／無壽者相／時時無心／刻刻不動；有心即苦／無心即樂……。這是他的認同。）

醫生來了，鼓著臉色站在床前，僵持片刻，醫生輕聲但堅決：「我不開刀！」張德模回以：「啊！」醫生才大聲；「你們也許不了解我所說只有一個胸腔外科醫生的意思，就算臨時出事，我們一定會有支援！我沒有要你們轉院，只是把最壞的可能告訴你！你們要有心理準備。」

「你意思是人出生就要有心理準備會死？這事情發生過嗎？你會這樣嗎？你該做的是把你

打算怎麼治療告訴我！」

小小的磨合月於焉展開。（一波比一波強烈批評牽引出醫我旅程。）脾性不合，你緊緊暗中盯住對手不放，時不時便怒火中燒：「沒人要你們做朋友，你他媽的只要好好幫他醫病就成了。」槍林彈雨的僵局：「你面前是一名驍將，請你就驃悍一次行不行！」可在你內心最深處全是哀求。

談不上手氣，不同的是這次生命當莊，亂碼簡訊，開出的號碼跟你手頭有的沒對上一個數字。（你們摸黑上路，號碼即將開完。）

「明天有場硬戰」第二回合後，還含蓄短暫流露他期待有次手術，一次就好。例行查房，沒來由的正告在場醫療隊伍，如果手術中出現大出血有任何成爲植物人的可能：「絕對不要急救，就讓我掛掉。成植物人太煩了。」外科主醫師，這回明白了：「換了我，我也會這麼做。」（你沒跟牌，心底暗槓：「少說風涼話！就光憑你外科醫生的身分說話？差老遠了！」）

你敢以命打賭，身爲醫生他做不到。喂！連病人的話都聽不懂嗎？他在等你有點用幫他開刀啊！（現在知道了，他們日後有機會化解歧異。）

你得承認，五年半前膀胱腫瘤那回合，張德模手氣眞好，號碼、人地時什麼都對了。泌尿外科張醫官一刀割除他三期膀胱腫瘤。（選擇讀軍校，張德模說：「學了一輩子殺人放火。」你們是軍人出身，張醫官，你們以軍醫稱謂你們喜歡的醫生。其他概以「醫生」。）預後檢查更是次次滿分，每次回診如是誇耀：「一百分！」

「我怕他以爲還有希望。他上次過了以爲這次也會過。」內主方醫師說。（手氣好倒誤事？）「你難道走進去告訴他，別抱希望，現在做的一切都白費。最底牌是死，還能是什麼？難道要他認錯，是他自己沒注意，別怪到你頭上？」你沒好氣。

（你刻意忘記的膀胱腫瘤病史浮現，一好人一病員之團隊，再沒誰在旁邊。你好佩服張醫官一夫當關，絕不是毫無道理。）這回內外科組成團隊相對大得多，（不時衍生狀況，新成員機動加入。）時間過去，張德模病情謎團越陷越深。多數時間、大部分狀況，他們沒轍。（小組成員強調，每天開會，組員充分掌握張先生病情。發話者聲音，怎麼聽都像由食道滾出來。）逆向錯身，你親眼注視不明病症面對面而過。他打不來的擦邊球。

療程突然停擺：「找原因。」（張德模沒等死亡，也不是等死亡。）

遠處復發

你最大的震撼與反感，來自日後讀到醫療單位印的癌症病患追蹤手冊，不可思議地，對復發及回診的嚴重性，手冊基本是消極的勸導形式。真的，好像一次癌症預後，癌症變得更不嚇人：

患者預後一年內最好每三個月複檢一次，一年後改爲半年追蹤。

或者這般模稜兩可：

尿道膀胱腫瘤切除術的兩年復發率百分之六十、五年存活率百分之五十二點四；如果病人繼續吸菸，第二期以後的預後五年生存率只在百分之二十左右。

誰會選擇相信自己是那百分之二十呢？這不是白搭是什麼？卻還甚至稱爲「遠處復發」。遠處，誰怕？你才明白，原來根本五年半前便注定是沒有希望的，但你們不知道啊！

（張德模眞戒了三個月菸，能用的方法都用了，活得長還是活得隨興？選了隨興。所以，即使眞是遠處復發，他沒說一句懊悔話。檢查報告出來，不能證實關聯性。這個答案無法安慰你，卻可以使你赦免張醫官。）

膀胱癌預後五年多，追蹤過程，連醫生都說「一百分」！難道一點意義都沒有嗎？你寧願相信，恐怕是醫生都未必了解的神祕名詞：遠處復發。

距離一九九八年四月二十日膀胱癌治癒出院，二〇〇四年二月二十六日食道癌離世。五年十個月零六天。算通過五年這階。

手冊上五年期然後直接跳到十年，並沒有六年期，所以，六年，是個陷阱，你們走過未防備。

你們失去了時間感，同時失去切除食道腫瘤的條件。你腦海有一幅未完成的畫，美學大師林布蘭（Rembrandt van Rijn）的手術檯。

二〇〇五年秋末，聖彼得堡冬宮爾米塔什博物館，你的私闖世界四大博物館之愛麗絲夢遊版。林布蘭特展，你突然就站在這位光影之神的《杜爾博士的解剖學課》畫作前，畫作中偏下方手術檯上躺著一具光線與時光凝凍的身體，醫生拿把刀正在教學。繪畫美學之手臂解剖，甚至沒流半滴血，那未被開膛破肚的遺體膚色，彷彿心臟仍在跳動。四周分據高低左右伸長頸背七名學生眼光無限延展，有些彷彿看往無人的虛空處。皮包裡取出你和張德模的生活合照，張德模，人世欠你一次切除手術。

公然站在這幅畫作前，通過時光機超越切除手術完成，張德模的身體得與林布蘭畫作同高度，稱之爲昇華也好，無聊也好，生與死灰色地帶，此刻其他一切顯得多餘。與合照組成的你們仨，只關注眼前這幅畫，你說：「現在我們眞正看見了，相信都會同意，這手術功力實在超凡。」你偷偷轉換畫名：張德模手術中。

這一次，你借了林布蘭的光影魔術手法，終於讓張德模躺到手術檯上。林布蘭說，黑暗是什麼？是白日的證明！他以夜的黑暗來證明光線。張德模不需要以死來證明他的生，世人稱之爲顯靈。如果要你選一個膜拜的神，你選這個。

你其實偷偷盤算，如果動了手術，會有什麼不同的過程和結果。你們正好一起看的一部電影，二次大戰，科學家歐本海默，在眾人質疑下被提名主持美國「洛斯阿拉莫斯實驗室」原子彈計畫。這位有著「唱詩班男孩」氣質的學者，出了名的左派，安全光譜亟須被檢驗。內心掙扎同時，原子彈已經運上 B-29 轟炸機，飛往日本上空，最後爲美國贏得這場戰爭。主事者明白他們需要的是他的才能，不是他的忠誠度。

你們討論過，歐本海默渾身流露專注、張力性格，「天才的原型，極具吸引力。」原子彈成功了，一夕間排除了他的懦弱傳聞，歐本海默卻悲哀地：「彈頭沾滿我的鮮血。」張德模說：「正好相反，那就是強者的極致。」是救生，非創造死亡數字。

「誰知道呢，如果美國沒有贏得這場戰爭，世界會朝哪個方向傾斜？」如果，醫生當即答應：「立刻動手術！」之前膀胱癌，他自行跑去陸軍八一七醫院檢查，當即辦了住院才打電話告訴你。絕對自信的外科醫官下達軍令般，排妥早上第一刀，戰場上兄弟和兄弟的事，家屬沒得參加。清早你尚未到醫院，一傢伙先初步切除，張德模手術室外自簽同意書。好好個人走進醫院看病卻從手術室推出來。你趕到後簡直呆掉：「就能這樣當自己是沒常識沒家人的老兵？」於是你積極比較打聽後決定轉到腫瘤專門醫院，現在的這間。

如今情勢翻轉，你們需要自信傲慢勇敢的醫生。你想起關於歐本海默。如果你沒送他進這家醫院，（八一七軍醫院關閉，原址改成台大醫院公館院區。回不去了。）如果原子彈研發小組沒找歐本海默，將如何？（你會不會後悔離開八一七？）

你事後知道了答案，沒有輸贏，只有張德模要不要挨現在的這六個月。（所以你根本沒有選項。只有一條路——已經發生的這條。）

偽體重：脫水

倒數計時啓動，二〇〇三年八月二十日張德模住院第一天。

你倆母校復興崗在不遠，於是剛開始每天早上必練口令：「老人家醒了，快去買報紙。」

固定最少兩份報紙，主要讀副刊，家常日子病生活。評語如故：「副刊到底在做什麼？」（專心養病吧你！副刊干卿何事？難不成活著還就爲了看副刊？）

首輪化療去掉半條命，鳴金收兵。九月十三日，週六，倒數計時五個月十三天，暫時出院回家。（初期旅程。以爲將一直如此周而復始。不是的，中期過後週期循環拉長。）以後，每天早上固定回院，放療再度開始。

突然極畏光，這天臨睡前不見他在床上，在客房找到他，已熄燈就寢，你站在黑暗門邊要他回房，他反常躁極：「賊亮怎麼睡！」元素作祟。

白天晚上都拉上窗帘。九月十七日夜間七點多時續時斷吐出血絲夾雜粉紅血塊，你撥通內科主醫師電話，那頭略思考停頓才回答：「再觀察！」（「沒有狀況是沒有原因的。」這才是眞正的答案。）

半夜症狀出現，血塊呈暗褐色。（血液中水分降低。事後你知道了，脫水，如廁尿不出來，沉默如故，躺回床上，極怕聲音。）

出現嗜睡情況，住院。路途變得漫長，安全島叫蔓花生的小黃碎花幸運草狀往天際延伸。

到醫院後你駛進地下停車場通診間入口處放下他去找車位。後視鏡映出他雙手扶牆。（你
（你指給他看。）
吶喊：「怎麼會弄成這樣！」）

急診室量血壓九十、六十。

正巧張醫官進到急診室看病人，爲他打氣：「張德模，我對你有信心，你不止這樣，你絕

對能通過這次療程。」

沒想到是脫水。

病人每天到醫院做化療，每天在醫生面前出現，居然完全沒有任何醫生發現這位重病者脫水。你經過電梯好巧見外科主醫師講手機，他騰出手打招呼。（眞是一家好小的醫院啊，隨時可以遇見你的醫師。你好安心。）你沒抱任何希望，不久，見到他斯文如故地步進急診室主動翻閱張德模病歷。（你聽見護士竊竊私語：「醫師怎麼來了？」不是你這時還有心情揣度他的人氣指數，誰都聽得出來，他極受歡迎呢！鴻溝居然以同樣形式化解。以光譜兩極向中間色靠攏方式，彼此都移動。）

外科主醫師若無其事步過來問診，（你清楚看見他往中線移動的動作。）根據目測，他判斷病人脫水，但檢驗報告推翻這個診斷。主醫師堅持道：「再驗一次。」先開診單掛點滴，補充水分。

病滿月這天昏睡度過，尿不出來，下腹丘鼓脹劇痛，施以自然療法，塗薄荷油，沒其他招式，整間急診室揮發高度薄荷味，張德模最喜歡的植物味。（六分之一旅程，你好沮喪想繳械逃兵。打電話請來老友老弟老同事王寶琦「寶哥」，「寶琦眞寶裡寶氣。」張德模經常搖頭失笑。）

第二次檢驗報告出來，果然電解質極失衡，鈉含量過高。急性腎臟炎。（沒道理的整天尿不出來。醫生納悶。）

這下他看不下報紙了，開始還有心情對陪他的寶哥說：「眼睛是花的。」你多心還是什麼，感覺此人眼球灰藍色，他便以這樣的雙眼凝視虛空。呼吸很淺。

下午終於空出床位，雙人病房。開始裝導尿管，一天一夜，半滴尿都沒有。他的膀胱要爆炸了。

會腎臟內科蕭醫師。前段期間，你在會客廊道不時見位醫師快步走進病房，比其他醫師走路急。問診，開口便：「老伯——」你當即怒火打斷：「不！要！叫！他！老！伯！你們差不多年紀。如果不好稱呼，請直接叫他名字。」

醫生傻楞在那兒，不可置信的看著你，意思是：「你混哪兒的？這種家屬！不怕醫生，還下口令！」

你回以堅定的眼神，意思是：「我對了嗎？醫生？他是人，有名字，你少偷懶。」雙方短暫交手後，立刻水漫無痕神色正常。（這是一個有思考的醫生。你暗自激賞。）之後，關鍵的一天，找出答案，檢查檢查再檢查，不斷分析檢驗報告。（脫水脫水脫水。答案呼之欲出。卻是非得天機加上運氣答案才浮現嗎？）

鈉離子含量 175，正常值 140。鉀 3.2 太低。鈉離子含量影響了張德模的腎功能及大腦，尿排不出，小腹劇痛，瀕臨失控。醫護只是不斷詢問：「張先生，怎麼痛法？」「就是痛！悶痛、抽痛、脹痛、持續痛！有什麼差別？我說痛，光來抽血，抽了八萬次血，根本沒有解決！」

主醫師問：「他講話什麼時候變這樣的？」（還是那句，脾氣壞的人最簡單。）要找世故能講修飾句子的，去外交部！

你沒好氣：「怎麼樣？要選親善大使嗎？他大概不合格，此人向來如此！」腎功能即將毀壞。你決定靠自己。

答案就在眼前，導尿管口被結晶果凍狀東西堵住，你捏了捏，軟的，你快速回報蕭醫師。

賓果！因爲化療導致脫水，酸鹼值不平衡，不斷以點滴補充水分的結果，促使尿液凝結，還有技術上，導尿管正常情況順著大腿向上繞個U字型再下引，對張德模不適用，結晶堵住尿管，壓力不夠將尿導出，所以得直接下垂。蕭醫師立即召集住院醫師實習醫師圍上來觀摩，以手壓擠尿管口，慢慢排除堵住的果凍，尿液洩洪般，一傢伙瞬間流出 3120cc 。「王八蛋！」你低聲咒罵。

張德模全身頓時如釋重負，拱起雙手向蕭醫師致意：「謝謝！」蕭醫師回以：「這樣我們就有希望把你的腎救回來。」再用超音波掃描他的腎，腎積水。鈉含量得慢慢降。

最明顯，張德模止住吐血了，甚至不斷以冰水嗽口也停了。原來他感覺巨渴，都因爲身體反應嚴重缺水。

止痛藥嗎啡（Morphine）10mg/TAB 十二小時施打一次。就從此階開始，之前未料到這麼快就得使用止痛藥。你們更一起在醫生護士每次問起痛不痛時，一副驕傲姿態，否定再否定搖頭。你如路人甲，冷眼旁觀。

你不知道這正是他會在這裡的理由。這是一間癌症專門醫院，最擅長使用止痛藥。但沒有經驗可以支持你們開始便了解狀況，而這天，來得如此快。一開始就是經驗。未來，張德模每天四次口服 Codeine（可待因），由 15mg/TAB 而 30mg/TAB 劑量，嗎啡 10mg/TAB 正式登場，四小時一次，與 Codeine 交叉使用。

之前痛被其他癥候干擾，值班護士全問不出張德模的疼痛指數，一直得到類似這樣的答案：「譬如經過一片麥田，我看到的和你看到的不會一樣。感覺怎麼形容，那像風吹拂過麥田掀起麥浪高高低低，什麼時候誰看過同種形狀的麥浪。」張德模沒有失去他的想像力。

你哈哈大笑，對護士說：「做你們該做的，別用隱喻，直接命令。他呢，疼痛指數是假如他說痛就表示很痛，有點痛表示痛，還好就是有點痛。」你對張浥塵說：「他們聽不懂把拔的話。」「很清楚啊！在罵人。」痛是如此主觀的事，每人感受不會相同。他堅持他的意念以此爲座標，讓別人來配合吧！

青少年時期一起長大的朋友赴北京長住，臨行前道別，進門就哭，沒半丁點虛矯，張德模坦然道：「就不說下次去北京找你了。」朋友淚水這會兒瀑布直瀉：「不喜歡這樣強顏歡笑。」你手足無措：「沒事的。」（這是幹嘛？你明白了張德模語句：「對人關心要懂得適可而止，寧願不夠，過頭反而讓對方承受不起。」與德模交換眼神，兩個沒良心的路人甲乙。你看，痛怎麼會一樣呢？）

總是，衰弱如此神速、痛苦如此複雜、生命如此令人費解的走向。唯有以正面迎接。累極了，這時如果有人問你累的指數，你會說：「你看過一片麥浪嗎？」你非常想要求給予注射大量嗎啡：「直接打昏我吧！」

（你親眼了解張德模其實並不明白痛是怎麼一回事。）幸虧還有小小不言的奇蹟。主責護士曉嵐向上報備了止痛藥劑量，暗中給張德模施打一天後，轉到病房來神色嚴肅：「張先生有空嗎？我想跟你討論一件事。」（「慘了，八成張德模太凶，他們派出代表來討公道了。」你想。）

不是，是說明爲他打止痛針事。莫怪張德模今天如此心曠神怡。

專業天分者，有驚人的溝通力。你終於看見不止醫療系統，有機部分，是的，人性。

曉嵐強調，未來止痛藥將成爲「治療張先生非常重要的角色，張先生形容疼痛越明確，越有助用藥的準確。」

身體舒坦了，張德模微妙地明白了形容痛的概念：是與自己比不是和別人比。

什麼狀況？多痛？他伸出手，（就像外星人E.T.）指向疼痛圖系第三圖，共分五級。所以，中度疼痛。

十二小時注射一次，明天下午値班時，曉嵐希望，「張先生可以告訴我更清楚的身體反應。」

第五天，他的狀況一直進步，燒退了，腹瀉止住了，止痛藥效果奇佳，不斷的檢查於是暫停。張德模從這次死亡邊緣爬回來了。

外主醫師查房，你們的大和解。他露出衷心的微笑：「連我都好好奇張先生的放療結果。」（消失吧！急速縮小吧，惡瘤！）

（卻是根本沒有展開第三次化療療程的機會。意思是，要赴遙遠星球，你們只有單一效果差的交通工具可搭乘。）結果是十二月二日，回院預定做第三次化療日期。（多麼美好短暫的第二次紫杉醇化療，注射完他樂孜孜了整晚。「每天都注射紫杉醇好不好？」你單純的渴望。）

驗血報告出來，肝功能指數偏高無法做，再度呈現脫水現象。你不懂，那些水分都漏到哪裡去了，你形容：「像一座漏水的水庫。」偏偏還進食嚴重落後。三個半月，第一次當他面落淚失控，頹喪至極：「乾脆回家。」他要你訂出量，一定照辦。

直到十二月十三日出院，他貫徹了進食承諾。死之將至，所餘唯風格而已。

（氣管正快速形成一個看不見的洞，食物、水將從這無形的漏網滲透，造成肺炎，他最後的死因。吃喝愈多，漏得愈多。你的倔強等於支援這個黑洞。他的身體洞悉了，本能地拒絕。他和你不一樣的是，你可以在事後明白。）

倒數計時七十天，十二月十七日。出院四天，回診準備做紫杉醇化療，肝功能指數一四六，安全邊緣，主醫師說：「下週吧，至少有進步。」

倒數計時六十六天，十二月二十日咳整夜，喝什麼都吐出來，重返急診室，居然止咳，也能喝愛美力。七點多才出院回家，吃了點稀飯又開始劇咳，且任何液體吃進去，加倍吐出來。一夜難眠，你起身坐直，他邊咳邊用手拍你，要你安心睡。

倒數計時六十五天，十二月二十一日好巧重住進六〇七病房。（不再向你介紹病房環境，體重還是得問，你答：「我不在的時候你們再量吧！別告訴我。」）

照X光，左肺下葉陰影，問題來了，「爲什麼沒發燒？」（又是以後你明白，支氣管肉眼看不見的滲漏口，小且隱藏極巧，胃乳、顯影劑，X光全檢查不出來。）

如果是吸入性肺炎，應該在右肺。（爲什麼這麼單純的判斷，當時卻顯得像件公案。難道從沒有一名病人發生這現象？那麼他們又是根據什麼數據，判決張德模只有半年命？難道只根據進來幾個人出去幾個人的單純統計得知？難道中間過程全部都不算？）

倒數計時五十八天，十二月二十八日星期天出院回家。稍晚腹瀉。問急診室，說可能對抗生素過敏。兩天後，重回醫院。他輕描淡寫：「居然混到快過年。」最後一次，他以活著的人的身分進入醫院。

一路狂瀉。對策一，禁食，對策二，灌稀釋碳酸飲料。（重新裝上鼻胃管。）沒瘋也不遠了，你故態復萌，讓護士立刻馬上現在找住院黃醫師：「已經四次請他了。他再不來，我會親自到診間去『請』他！」

黃醫師來了，臉色極差，你更差。你幾乎是命令他複誦他的處理辦法。「積極治療吧！」你再強調：「他值得你們更強悍！」

這年最後一天，斷層掃描，「他們找到發燒及咳嗽的原因了！」（還眞值得慶祝。你卻淚流滿面。）

謎底揭曉：左邊支氣管有個非常非常非常小的漏口。意味著，癌細胞已經侵蝕到那兒。（住院醫師爲他做支氣管栓塞。效果不是很好。你是懷疑主義者：爲什麼不是主外科上陣？回答：「總要讓住院醫師做。我們會指導他。」別唬了，生死場不存在假設性問題，但是，「如果是你親人呢？」你一直好想知道眞正的答案。）

居然撐過了二〇〇三年。他開口了：「總是尿管、鼻胃管、抽血、驗尿、驗大便！爲什麼不是開刀！」（多奇怪的新年許願？）

二〇〇四年，猴年，電視播放生肖分析，今年運勢犯沖虎等三個生肖，並不包括他的馬啊！當晚倒數計時，遠方有煙火迸裂之聲，看不見，但聽得清清楚楚。你假裝日子並不存在，也不會過去。（矛盾的是，你幾乎以爲，這一年他等不到了。）

倒數計時五十四天，一月二日德模咳嗽的聲音較悶。聲音愈來愈喑啞。

你開始使用自己研發出來的方式灌食。少量多餐，六盒營養品，每盒 250cc ，半小時至一小時灌半盒，以免逆流及腸胃道不吸收瀉肚子。

倒數計時二十四天，二月二日，狀況出現一個月後，會耳鼻喉科，大聲公醫師診斷：左邊聲帶壞死。所以引發聲音喑啞，及閉鎖不全，導致唾液、灌食、水分容易滲入，後果是嗆到、發炎。

所以，完全不允許喝水，口水都不能嚥下去。一切都從鼻胃管灌。（當晚你從辦公室回到醫院，桌上立著整盒牛奶未灌。找來護士答說交班備忘三小時灌一次，每次註明灌整一盒。）

你痛極怒聲痛罵：「我要是在病房，盡量自己來，就是希望我外出時請你們多費心，我留下備忘寫得清清楚楚，居然完全沒用！照你們三小時灌一次，一天六盒量，豈不是十八小時都在灌食，怎麼樣，半夜叫病人起來餵？廚房六點連晚餐、消夜一起送來，你們強烈要求牛奶不喝放冰箱，可以暴露空氣中那麼久嗎？你們不是專業護理人員嗎？」

最痛心，你不奢望他突然恢復健康，只求盡可能延緩惡化的速度，多爭取一點時間，好讓他有紫杉醇化療的機會。（紫杉醇那次，他的輕快，若能再回味一次一晚愉悅，那就是人生的全部啊！）

好消息是燒退了：「X光和驗細菌報告出來了，肺發炎的部分，完全沒有了。」（你有個預感，摸索一個多月獨門灌食功將破局！）

果然，隔天上午十一時多他還在睡，溫度竄升，四十點四度。開始發喘。正式使用氧氣鼻管，刻度三。

他的醫學常識，使他不太能落入自我欺騙之局；他的通達，使他不容易崩潰。（剛住院時，他體力還好，經常散步到走廊臨窗盡頭，凝視生鮮外界，你找去，他迎接你的眼神竟無疑義無憤怒。並不交談，他起身回走，你跟在後頭。）

幾乎是你見過最善於獨處者，有些人習慣獨處緣由封閉，他不是。（你且確定他毫無感傷。）

死亡來到他身心，如此禮遇他。《哈扎爾辭典》注記七至十世紀這支定居在高加索的驃悍民族，如是形容突然謎般消逝的哈扎爾族：「哈扎爾人在他們自己的都城備受尊重，來到不朽之城拜占庭君士坦丁堡！亦優待有加。」

都城在哪裡？如今伊斯坦堡，伏爾加河（今天的窩瓦河）口岸，堅固的城牆對著河水迎風而立，巨大的倒影，煢然不滅。（「兩岸猿聲啼不住，輕舟已過萬重山。」張德模喜讀的詩句。不是東方也不是西方，信仰不同調。哈扎爾人因改宗教而罹禍滅種，你們從來沒有宗教信仰。）

傳說十二世紀初曾有幾個哈扎爾人在蘇聯基輔出現，突厥種草原帝國的子民。爲什麼還出現？草原民族生性愛移動，每十代人就要大遷徙一次。（你們也是。日後你有機會去到窩瓦河的源頭，佇立芬蘭灣，極目海平面，拾起腳邊一根羽毛，人類沒有翅膀，那麼流浪者已成神？

世人徹底失去了這個驃悍民族的消息。）

你將證明，關於強悍能成爲一種信仰。用於張德模，亦貼切。

假寐：夢與非夢

《哈扎爾辭典》，哈扎爾可汗，他們的王，夢見在齊腰深的河中行走看書，喝水把頭浸入水裡便喝著，水越來越深，他即將沒頂，這時看見一名天使托著一隻鳥，告訴他：「創世主看重的是你的意願，而不是你的舉止。」可汗找來捕夢者解夢，捕夢者是哈扎爾人裡一個非常強大的教派，《哈扎爾辭典》，捕夢者大匯集。可汗在夢裡和睜開眼睛看見的是一樣：「穿鞋的人切勿自吹自擂。脫掉鞋的人也一樣。」鳥撲楞著翅膀飛走，王明白了，不再有睡和非睡，不再有入夢和夢醒。

張德模呢？二○○四年一月十日，倒數計時四十六天，破半百。他眼睛闔攏與黑暗膠著，不想擾亂你。（其實住進醫院你夜裡八成時間醒著。）第二天清早如假寐醒來：「昨天晚上一分鐘都沒睡著。」向來頭沾枕立刻就睡著，現在，失去了好眠的天賦。他知道自己失去了什麼，而在這場意外，明白了你失眠的痛苦。普魯斯特《追憶似水年華》——躺在暖熱的床上伴隨憂愁而眠該有多麼甜美，在這裡用不著作任何努力和抗爭。

你不會用這種說法玷污他，他不是活該。他這輩子從不耽溺安樂生活，好睡是種恩寵；至於失眠，不必持花擎寶的供養者宣告意義。一切只是身體問題，他將證實；或者像你，比較是生理時鐘錯亂。總之，就不是神祕主義或偈語。

若你掙扎到最後認了可汗，就得相信夢是眞世界。你將面臨張德模恐怕會逸出夢境著實海削你一頓：「人體由細胞構成，身體都沒了，還能由哪條管道托夢？完全不信科學！」張德模死後，他是怎樣的人比較他生前更清楚。

你明白了，這一刻來臨時你將十分從容正告他：「張德模，就在這裡結束了。千萬千萬記得，下輩子別再來找我。」你將與他永遠訣別。

寧願如此。你非常清楚時差是怎麼回事不忍留他，聶魯達的詩：你陪我走過你的夢境，且告訴我光何時歸返。（〈失眠者腹語術〉：你站在北極光雲帶末梢，白晝於此處停步，是那種夜間十二點天色還沒轉暗的時令，耀眼亮光，那種半夜三點身體以爲下午的亢奮，你覺得好疲倦。你該把你的身體怎麼辦？）

倒數計時一〇七天，十一月九日，住院兩個半月後開始持續發夢，午覺時分不斷打顫抽搐。你上床側躺抱緊他異次元身體，他悠忽轉醒，望著你，納悶笑著問發生什麼事。沒有不舒服也不痛。

是從這天開始，他說囈語，斷斷續續長達四小時。你問這意味什麼？主醫師回以：「我太太也說夢話，她什麼病都沒。」張德模平常不說啊！又病著。

倒數計時九十三天，十一月二十三日，二〇〇三年八月二十日入院診定食道癌，到二〇〇四年二月二十六日走，經歷一百八十六天，這天正是中線。

醫生爲張德模施打紫杉醇，二百毫克。

你求來的。電話裡你對主醫師說：「你們小組在他住進醫院的第一天就訂出他的死期，你們直接宣判了他的死刑。但是現在你們看見了，他的態度。此刻，我以一個病人的家屬哀求你，不要放棄他。還是那句話，如果張德模死在手術檯上，他認了。你們總說不是沒有奇蹟，我們不要求奇蹟，他需要的是更積極的治療更強悍的醫生！」（強悍強悍強悍，你唯一的詞彙。）他說：「明天找你討論，有點繁雜，既然如此，我有三個方案。」

你選擇較貴的紫彩醇，副作用是會流大量淚水，非情緒，是生理反應。下午開始注射，當天晚上，他興致地談看過的電影及他做的菜：「我剛做了幾道菜，片吳郭魚炒辣椒、燙菠菜、威士忌酒燉豬尾巴、涼拌榨菜薑絲。」他說：「總要每天做幾道菜。」每天腦海裡構思想像。打起精神。

悲欣交集，你問醫生：「怎麼了？」答以：「類固醇反應。」這讓他輕鬆，僅僅一宵。反而根本沒流什麼大量淚水。只一回，十一月二十六日，倒數計時三個月，陽曆生日。說夢話：「我一直都在配合啊！」孤句，清清楚楚。然後由睡中悠長醒來，你發現半邊枕頭浸濕了，淚水往生命另一頭流去，在聽不見的無聲夢境潸然淚濕？不！純粹藥物反應，紫杉醇副作用，給不爲死亡掉淚的張德模洗滌夢！

你算是見識到了，要死要活，他嗤之以鼻：「嚇誰？少來，老子不吃這套。」（那些動不動痛哭流涕的人，是怎麼了？）

你的札記：

十一月二十日最後一次化療。他在病中心態性情如常，眞正不忮不求，就連住院期間，也是好清醒的如同過家常日子，好篤定的人格特質。他說，我不要講等好了以後怎麼樣的話，能治療到什麼程度，我就過那種程度的日子。病有病的生活。這次住院弄清楚了才出院。

十一月二十八日，倒數計時七十八天，暫時出院。張德模要你問醫生，化療最後的目的。

外主醫師說：「讓他好過點。」你又問，「可以動手術嗎？」回答：「沒道理，尤其已經蔓延肋膜。」

就在他面前進行對話。放療及藥物副作用加重聽力急遽下降，你不願意背著他談病情，其實他並聽不見，是態度原則。他從不搞神祕，你要注意傳達正確的訊息是，他是病了不是瘋了，在他背後談才把他當弱智。

當著他面你逼宮：「病人就在你面前，他願意賭。他是強悍的病人，我們需要強悍的醫生。你知道他的潛力。」「是啊！但是要說服外科並不容易。」這具身體病後知覺變得異常敏銳，痛熱脹氣等等，敘述精準。「請轉告外科主醫師，我們的期望。別讓張德模眞的說中了他。」

病情愈來愈複雜，進進出出醫院。你迅速二十分鐘內打好包。三大包隨身行李，差別在比旅行複雜。（你聯想到，十餘年來，你們著魔般固定往大陸東北城市去，莫非在演練預言？）

像是清晨五點抽血留尿液大便、八時早餐送來，但待會兒有時照腹部X光或者超音波、血管顯影不能吃，要不正在瀉肚子、發燒禁食……但是你不敢輕易停餐，怕他突然可以進食（於是丟掉的總是比灌進去的多）。至於正常的流程，除了每兩小時查房量體溫脈搏血壓，八時、十六時、零時三班交接外，十時二十分放療、十一時點心時間、洗尿管、十二時中餐、十五時午點，十八時晚餐、二十二時消夜……一天兩班打掃，之後加上不定時抽痰拍痰……。入院之初，你們總是等待，這項檢查是什麼那項檢查在哪裡。一切瞭如指掌時，已經用不上了。你才有點明白，十一月七日花三小時為他裝妥人工食道後，外科主醫師說：「好好享受。」是什麼意思。一個半月後，十二月二十二日，重新插回鼻胃管，回到灌食階段。

溫度正在從物體中逐漸消失。日常使用的東西本身緩慢卻很頑強地排斥著人。班雅明的話。

倒數計時五十六天，二〇〇三年十二月三十日，今年進入倒數計時，你們最後一次共同由家裡出門。

（一路，你看不見死亡的陰影。如果死亡有法典。好吧，請把張德模的合約拿給我們看！）《哈扎爾辭典》第九頁，「詞句已成血肉」，如是提示：倘若你已甦醒卻未覺痛苦，須知你已不在活人世界。

張德模的提示是，二〇〇四年一月八日，午睡夢裡發出單句：「會越來越苦。」死亡辭典。聽不懂吧？於是一月二十五日，他又說了句：「你找到什麼糖就吃什麼糖。」所有的夢都早被夢過，他卻像被一個新夢牽引著，以至於很陌生地釋出新故事，如此不夠，他還突然伸手朝空中做抓住什物及取床邊桌上衛生紙，握住，如通行證。

倒數計時零天十二小時，人生的零頭。公車靠站不停，僅剩的銅板都不要，走路回去。（誰愛要誰要！）現在，他下床上路，孱弱的軀體，迅速複製之前健康的身形，雙腳站穩地板，十秒鐘，「好了，可以了。」降神成爲那一直是的嗜走者。再躺回床上，如靈魂反轉，好大一張地圖。東港共和里眷村從小一塊長大的朋友胡茂寧凝視他，快速搜尋到記憶位置：「七歲的張德模又回來了，我第一次見到他的樣子。」七歲的張模回來了。

他是嚮往遠方的，十月十日，凝望病房窗外，一個現實世界，他說，北方大概下雪了。（很清楚了，死亡航道，往往與追尋航道重疊著，只有少數人才可以做到。如旅的人生與無目的漫遊流浪路線併軌！張德模算一個。）你輕聲回答，今天北京蒙古冷氣團氣溫遽降六度，但冷氣團不會到台灣。他說，這季節沙塵暴差不多。

（印度安達曼叢林裡的土著，從不需要日曆。安達曼人根據花草樹木散發出的氣息濃郁先後次序，建構複雜的年曆。安達曼人想知道究竟在一年裡何時，只要到門外嗅嗅氣味就行了。）

張德模走後，你常站在整片玻璃窗他的書桌前，面朝北方發呆。時序逐漸離開二月，陽光逐漸偏移東南，之後將進入春季，不久，夏天便將來臨，你再看不見他打著赤膊的身影。切除膀胱腫瘤手術後，他便整個夏季光著膀子。現在你知道爲什麼了。癌細胞灼燒著他的胸腔。

從氣象，你嗅出再也不會去了，遠方。

肥皂化石

混合原始人與現代人之特徵，你看見的是張德模。與進化無關，說的是純淨。

（你一直都好想知道的北京人的下落。瑞典人安特生〔Johann Gunnar Andersson, 1874-1960〕「北京人」命名者：北京人屬發展之類型，接近原始人。現代眞人之原型。）

安特生在河北周口店到處是龍骨的雞骨山田野考古挖掘化石，（「龍骨」詞條——古代哺乳動物的骨骼化石，龍骨味甘澀，性平，具有平肝潛陽、鎭驚安神、固澀鎭靜之功效；主治頭昏目眩、心悸失眠、健忘、遺精泄瀉、崩漏帶下、老瘧、虛汗、傷寒、陰囊汗癢、潰瘍久不收口等。）有人領安特生去到廢棄的採石場，塡滿堆積如山的龍骨：「往下挖，肯定有好多龍骨。」他不解，爲什麼開採了這麼多年，周口店每家中藥店龍骨貨源不斷，還能以萬斤幾十萬斤算做出口買賣。

（絕的是，二〇〇五年科學雜誌發表，根據格拉斯哥大學麥考萊分析馬來西亞古代人類的DNA研究成果——七萬年前，原本靠獵物爲主的內陸飲食出現變化，人類第一次大遷徙，可能是受海鮮吸引出走。）

張德模病中用著一塊肥皂，自然檀香氣息。（肥皂化石的前身。）他對香味過敏，你一點都不想湊合，「病有病的過法。」張德模說。

於是，破格，光爲找合適的肥皂你可以專程走一趟。家庭生活，你極不耐繁瑣，從來順路買菜、買藥、送洗衣服、繳費，絕不單一只做一件事。

洗臉、洗手、抹淨頭髮用，貼身，忌憚刺激到他。氣味自我完成為獨斷系統，絕對霸道。(皂塊行使你的特權，巴著他。)

(你在大型百貨公司浴品專賣櫃，圓的皂塊方的皂塊拿近鼻尖嗅聞。)選的這個皂塊比一般市售質樸柔軟，(買回來，拿給他嗅聞，其實是問他：「這味道還好？」他點頭。)皂身剩三分之一時對半折斷。沒等用完，張德模過世。

收拾皂身連同皂盒你帶回家置放洗臉台上，再也捨不得用。(你將繼續住在檀香氣息如雨季記憶，你永遠的病房。)你逐日觀察，檀香皂越來越乾固，連味道都凝凍住。肥皂化石。

每天，站在洗臉台前，嗅聞著，如不斷往下挖掘記憶。但你明明知道記憶全都出土了。你就是還想跟自己做買賣：「以幾千億幾千兆記憶體計算。應該還有沒挖掘出來的吧？」

有天半夜你小腿肚抽筋痛醒，黑暗裡清楚檀香味，清潔之夢。你在醫院那段日子每天夜裡大小腿肌肉糾結成硬塊一波連著一波抽筋劇痛，你不肯睜開眼睛，不想處理「要找時間休息」的警訊。你繼續每天每天在抽筋變形的腿肚化石中醒來睡去，彷彿那是你在醫院的病因。你的小腿肚肌肉，硬得像化石。(微物世界裡的生活不見了，被埋在繁複的醫療過程裡。除了病，親友聯誼、娛樂、工作、知識……一筆勾消，醫療系統有著自動過濾的功能，有時候彷彿時間一併過濾掉。生活化石。)

怪道當地堆積如山粘有碎骨片的化石，人們總是避開繞路。民工嘴裡有這麼個神話：很久很久以前，周口店有一座神祕的山洞，住著一群狐狸。一部分狐狸吃光周圍小雞後變成了妖魔。有人試圖要殺妖魔，卻被妖魔變成瘋子。從此再不敢接近這座山洞。更沒有人敢去碰那些碎骨片。

簡直無厘頭到凸槌。偏偏蘊藏新生代裴文中驚天動地，周口店發現：「北京人」頭蓋骨一傢伙將人類推進五十萬年前，代表了人類已知最早的祖先的化石：

我懷抱頭蓋骨，……五十萬年前的人類就躺在懷中，這就是我們的祖先啊！

當時主持周口店發掘「北京人」的主持者丁文江，作爲地質學者，他有個奇怪的嗜好，《徐霞客遊記》編纂者。張德模的路上書。

十毫克嗎啡驅力，張德模掙扎著眼皮實踐他最後一次承諾，不畏承受他獨有的時間感來折磨。等待你回到他眼前，然後下令：「好好睡吧！」

創世紀，一九二九年十二月二十九日北京《晨報》巨幅報導——「亞洲第一塊遠古人類頭骨，足令世界震驚。」毫無疑義，是裴文中喚醒了亞洲最古老之人類，並把它從沉睡的洞穴中請了出來。

現在張德模要回去了。循來時路線，會記得嗎？你一點不懷疑。六個月，死亡僞航道，必要之迴旋。

一盞油燈的周口店小小客棧裡與化石獨對。航道開口。一九一四年四月，安特生沿塔里木河向中國內地前進。

小舟在淡淡的晨霧和陽光中，順著暗藍色塔里木河緩緩划行。整個航程中，安特生總是迎著太陽，獨坐船頭。

十三年前正是這個季節，此人在往南極的路上奔去。如一支遠遠看著你們這支無目的流浪隊伍的同類。安特生同國，地質學家；你好佩服的斯文・赫定（Sven Anders Hedin, 1865-1952），他初抵新疆羅布泊湖，最大疆域曾達五千四百平方公里，六分之一個台灣呢！夠嗆！還是不可思議的內陸鹹水湖。他找到被遺忘千年的樓蘭古遺址。世紀之初一九〇一年九月進入塔里木河：

正是播種小麥的季節，幾條注入塔里木河的支流水量極其有限。加上地形不熟，航道難測。

你閱讀這些文件，還是那句，人生不如一行張德模。斯文・赫定有企圖心得多。（因此被稱為旅者？）果然他好注意的在樓蘭挖到寶，一百五十多件寫在紙上、刻在木片上的漢文文書，最早的文書，西元一五〇年東漢桓帝和平元年左右。造紙術剛發明四十五年，漢朝人就將紙張送到了遙遠的樓蘭。斯文・赫定一古腦帶回瑞典。用這些材料寫出五卷西域考古鉅著《絲綢之路》。這眞是傷了安特生的心。

且慢，其影響是，人類學考古航道以另一份文件迎接安特生：

採集的一切材料包括人類學標本在內，全部歸中國地質調查所所有，但人類學標本將暫時委託北京協和醫學院保管以便於研究。當標本保存在地質調查所時，亦應隨時為協和醫學院的科學家們提供研究上的方便。一切標本均不得運出中國。

一切標本均不得運出中國。兩名瑞典人粱子還能不結上嗎？

這段文字記載了違逆歷史運作，有人偏要改變軌道——翁文灝！誰？留學比利時中國第一位地質學博士、地質調查所所長，以及法國神學家、地質學者、法國達爾文德日進，發現北京人開始，德日進和丁文江、翁文灝共同成立新生代研究室，先後在中國待了二十二年，一九四六年才離華。就爲有這研究室，翁文灝收留了「做人要正成績要硬」裴文中在名下，人改變了人類的命運。你比較好奇的是最矛盾德日進了，身爲神父，他信奉人是上帝造的；身爲科學家，他相信達爾文演化論。

好險的北京人頭蓋骨化石即使日後未失蹤，最初也可能落入被帶出國的命運。

生命帶走生命。白忙一場的定義是什麼？張德模早看見。去任何地方從不帶相機什麼的，只帶書、筆記本、筆，一度甚至被懷疑不會照相是科技白癡。

（你不忍心講的是早年有回他赴大陸，台胞證被旅行社耽誤沒拿到，機票已經先開票了，那時期大陸剛開放，開了票就不能改，否則作廢，於是他堅持照計畫啓程。也沒港簽，進不了香港，於是哪兒都去不了。旅行社約好在香港機場候機室等台胞簽證。就這樣在香港啓德機場三天，自在的看書、吃飯、喝酒、散步，他是不逛街的。你服了這種怡然。日後，台灣一開始信用卡普及，你立刻爲他辦了張卡，搭機規定他買商務艙好使用貴賓室，以免再有任何耽誤，可以避難，休息、喝酒、用餐、睡覺、洗澡、閱讀書報……。他可會使用貴賓室了。「這才像現代人嘛！」你搖頭嘆息：「難怪你們流浪族群快滅種了。」你和他討論一部電影，一群沒有護照的傢伙被置留機場候機室特定空間等待發落，他們成了沒有名目的族群，邊境的邊境，他們利用機場系統物質，在裡頭居然形成另類謀生方式，其中一人左繞右竄，出到了機場大廳，川流不息的人群及車陣，他循原路回到他的族群裡，你印象裡他且絕口不提外頭的那個世界。你追問：「眞可能有這種事嗎？」他大笑：「電影嘛！」好巧的是，他走後，眞來了一部類似的機場空間電影，湯姆．漢克飾演一名東歐人士，在他飛紐約途中，命懸半空時，他的國家發生政變，他的護照立時失效，眞正進退失據，這一切，彷彿說，抗拒地心引力，這就是下場。他甚且不會英語，可怪的飛機上那麼多乘客，就他一人是那瞬間政變的國民？總之，他被迫在機場等待他的國家重整，一毛錢沒有。但他是一名優秀的建築工人，被限定留在特定位置等待的時間裡，學會英語，人來人往教會他體察人性進而談了場戀愛，他的好工匠手藝甚至讓他在機場改建工程裡找到一份高薪工作。還說這是電影嗎？不如說這是童話，安徒生〈豌豆公主〉那種，一名眞正的公主落難，被安排睡在二十張床墊上，床墊底下放了一粒豌豆作實驗，那粒豌豆梗著她徹夜難眠，一粒豆子證明了一位眞正的公主。正好很假對不對？豌豆定理。）

（這次，你們又被困在機場了。）入院個把月一天週末早上，你推張德模去地下樓層做大腸鏡檢查，輕車熟路了，你擅自作主走員工通路，躲開外頭看病人群，避免交叉感染。曲徑通幽般你們不意路過病歷室，迷宮通道完全淨空，不見半個人影，你們如在境外，病歷室直如生死簿檔案室，極機密，誰能保管誰就能掌管生死。

於是，有那麼幾秒鐘，你冒出一股衝動極欲潛入，是啊！就這樣決定了！抽出張德模的病歷大筆一揮隨你意思改寫：「還沒到時間呢！哪來什麼要命的病，出院吧！」一腳踹他回人間。歸不了檔。

病歷在後期，倒眞的失蹤過四天，蒸發掉似的消失蹤影。

那次他預計出院一週，白天回去化療，才回家整夜咳併合發燒。你們重回醫院住進病房，輕描淡寫問你見到病歷嗎？（你暗忖：成眞了？何方神？你聽見了？謝謝你！）適逢週末，問不到相關醫生。（暗示可能主治借走了。眞的是機密檔案！你喜孜孜悶聲不響了幾天！）當天深夜，你意外在醫院邊便利商店遇見休假中的內主醫師，提起病歷。他微帶情緒，幾年前發生過相似事件，便再也不拿病歷到研究室研究了。

他暗示癌細胞轉移的可能，你不相信，你寧可相信是兩天前被壓抑的肺炎回頭。你們討論著，便利商店內！

在沒有病歷的日子裡，張德模做了X光、胃部顯影；並且，再度插回鼻胃管。四天後，病歷出現了。以什麼作爲依據進行以上醫療動作？原來，有時候並不需要底牌。

到底，北京人不也就在世人眼前演出失蹤記。（幾十年後當代魔術巨星大衛在北京大玩把長城變不見的把戲。你要相信你的眼睛還是相信事實？）

還有讓守護國寶無目的地回不了家的同一場戰爭——日軍侵華。

一九四一年十一月三日下午，日本東京帝大人類學教授長谷部言人偕助教長驅直入要參觀「北京人」被拒。當晚值班守衛黎明前聽見收藏「北京人」化石辦公室傳出動靜，手電筒光束一探，打掃的老頭。守衛不動聲色讓老頭天亮再來打掃，天一亮急向裴文中報告，趕到老頭住處，人去樓空。你當是不可告人祕密，長谷部言人不這麼想，從他留下的紀錄可知：

費盡心機在協和醫院終於物色收買了一個專事打掃的工人，企圖透過他將「北京人」化石弄到手。……因爲一旦「北京人」化石被轉移，以後的事情就更加困難了。

發現北京人的裴文中有份直覺，早早便急電翁文灝：「北京人如何處置？」他倡議裝箱運往安全地方，什麼時候裝？「聽信兒。」翁文灝回答。

終於，政府交涉美艦哈里遜總統號由上海駛到秦皇島，運送北京人往美國自然歷史博物館避難，戰後交還。（奉命於戰火中運接北京人化石至美、遠在大西洋彼岸的哈里遜總統號已經起錨。日本備戰宗旨：「今後和美國的談判都是僞外交。」僞外交？眞正的死亡，會不會也是一次次的「僞談判」？）

大小兩白木箱，分別標示CASE 1、CASE 2。層層疊疊裹了六層白紙棉花。還是那話，眞會包裝。

大木箱裝「北京人」頭蓋骨化石；小的裝「山頂洞人」化石。由製作北京人模型的技工胡承志交付協和醫院總務長博文辦公室。

從此，再也沒有人見過「北京人」。

可靠消息，其中有幾百個一九三六年安陽挖出的化石，學術單位或個人帶到了台灣。「繼承」的朋友現在成了「外省人」，大家起哄讓他送去做DNA，現在叫骨DNA。（同區域人類化石陸續出土，北京藥鋪學雖學精了當然也就更昂貴，至少要買還是買得到。）

這批骨頭肉眼看就是現代人，但大家仍三言兩嘴瞎鬧和：「去嘛，做了DNA更有說服力，吵什麼吵，外省掛本省掛全一個種！」說是三千年化石，講不準非洲人什麼的。「懂點科學好不好！骨DNA技術還沒成熟！貴個死，大機構才做得起！」

（擬想現代人非洲祖先僅有的一次出走，自非洲之角，橫越紅海，沿印度洋熱帶海岸到太平洋，南遷到印度、東南亞及澳洲，人數可能只有幾百人。成了這批化石中一個。哎呀呀呀！豈不亂了套！）

總之不管。北京人就像個離家出走的浪子，再沒有回過家。化石，還能死第二次嗎？因此只有兩種下場：被藏起來；或者，等待第二次出土。

（一則報導——誰掉了骨頭？巴黎招領。報紙披露法國巴黎失物中心失物招領一批人頭骨。兩百年前法國大革命家離人散，拿破崙下令成立失物招領中心。會在這兒嗎？）

一定有張地圖，你忙著聯結——北京人失蹤、故宮國寶星霜、抗日國境移民、一九四九二度漂流。（你發誓一定要找出流浪族人的路線。為什麼這麼巧？這是一支約定好的流浪隊伍嗎？還是某種陰謀？）

一九四九年十一月的一個下午，翁文灝辭去國民政府最後一個職務，悄然從香港飛法國。（中共將他列為四十三名國民黨甲級戰犯第十二名。算是叛走，什麼理由非如此做？）抵法國巴黎，翁文灝每天上午去圖書館：「只是研究，不干國事。」（什麼國事？誰問你這個？）整整一年，閱遍圖書館地質學所有最新書籍。（李鳴生、岳南的《尋找北京人》裡寫著：法國科學家柯思蓬懷疑：珍珠港事變前夕，德日進將北京人以神父身分藏匿在天津或北京某個教堂，將北京人隱藏起來，等待死後一同去見上帝，德日進沉默十幾年不是沒有可能。柯思蓬說：「我不會放棄對德日進遺物探尋，希望找到破譯北京人下落的密碼。」）

一九五〇年翁文灝回北京。幾次給有關領導提起北京人，總由民國時期說起，沒人喜歡聽，尋找北京人遲遲沒有展開。

一九六八年翁文灝僅存的大兒子下放五七幹校被迫害死亡，他將兒子照片捧放手上良久，從此，翁文灝眞正沉默了。（先做人才能做北京人化石權威。）

——人呢？也有可能二次出土——投胎轉世。這套永遠不適用在張德模身上，他只相信一個公式：「人怎麼活都是一輩子。」現在的這輩子。

不信今生來世輪迴，張德模這次眞的不回來了。反北京人頭蓋骨化石消失過程而行。

一九四二年農曆十一月二十六日，張德模出生；二〇〇四年二月二十六日夜十時二十分，倒數計時，歸零。

無涯岸，無城府，你俯身吻進他腦前額頁，如此完美頭形，叫他原始人眞人北京人……一定是這樣，不屬於人族的類人族，五十萬年光年輪迴了幾百世，猿猴由地面站起成爲直立人，原來是這樣的：「張德模，遺失的北京人，我們找到了。」

（草原上馬賽族人，天生無法被禁閉，把他們關進四周是牆的屋內，看不見星星月亮，頂多一週，他們便會因爲想念草原枯萎而死。張德模，莫非，你已經被關太久了。）

終究是，流浪者上路，頭也不回。

第二章 僞家人

鬼月開始有新意義。你感覺時間於鬼月速度快速轉動，全因為你們有了至親過世，念念難捨。望向虛空，你想，真正陰陽兩界系統啓動了。

走吧，張德模。理直氣壯的去做兒子哥哥，別當啥叛子逆父。（生母老頭德孝弟循序上路！眞正家人一一先你而死了。）

「這回看誰攔得住！四川銅梁甘家屋基順德兩輩屋頭可不又組團上路成功。」而你們是繼續活在俗世沒有血緣的家人，僞家人。（關係欄徹頭徹尾淨空。）

層層疊疊的人世關係，堆砌積木。米蘭・昆德拉形容卡夫卡：「拆掉生命的房子，爲了用磚石建築另一幢房子——小說的房子。」（人世爲張德模量身打造了另一幢房子。他死了，你才終於看出來，張氏父子仨——張晴嵐、張德模、張德孝是一棵演化樹。其他，都是僞家人。德孝弟弟，二〇〇三年九月十四日，竟能意識到哥哥將走，急著先了上路，農民自殺法，灌農藥。）

獨留你外圍解題：「究竟他們是怎麼排出這個陣卦的？」你左排右排組合出以下三個題例：

積木一，頂好身世凝凍在張德模五歲辰光，那會兒生母譚國民未難產德孝血崩逝去。一切皆生，尚無死。

積木二，譚國民沒撐過生產死亡關，擠出一眼壞死、一腿萎縮，落地便帶了重孝的張德孝，人還是走了。（早幹嘛抽那勞什子鴉片？憑什麼毀掉張家父子仨一生？妳就算死了，也生生世世受詛咒！）沒完呢！七期過後張德模有了新母親，不算外人，他們的老舅媽，李俊昌。

積木三，風吹雞蛋殼，人散保家。「該怎麼地就怎麼地！」張晴嵐獨自帶大兒子，一家三口老實蛋窩在祖家平平凡凡過日子。

以上任何一塊磚，都足以搭建出你最渴望的結果——此生你和張德模沒有遇見的可能！他沒跟父母到台灣，當然躲開了致命腫瘤。

但正好全是又全不是。要為他拼圖，你得知道第一拆掉哪塊磚：「你媽先死的吧？你那會兒有記憶了嗎？」他淡淡：「嗯。」（從未提過。馱著雙重記憶，自動放棄的那塊深種在大腦海馬迴，邊緣系統不壞，記憶紋身。）

你詫笑，深層記憶，得等到你問，五十七年過去。你再逼進：「為什麼從不提生母？」這才狠狠瞪你一眼：「提了有意義嗎？讓老頭活人好過點吧！」不信死，信生。這是張德模。

如果你活得夠久，他死後那刻算起，明年五十一歲、後年五十二歲，十年後六十一歲，跨過重疊區，六十歲那年你還有機會與他六十歲重疊並進，再過去，就沒了。之後，你將獨自走向只有你的時光記憶區，沒得對照。兩兒子會來問你關於父親、親奶奶、爺爺家族血脈（或恩怨）演化樹嗎？沒有可能。

「這叫前線潛逃！張德模，知道嗎？」出國一向他建議別搭同班飛機，你才不理，要死一起，別想把家丟給我一個人。緊緊綁住，卻到底還是讓他逃逸了。英國金頭腦艾瑞絲（Iris Murdoch），二十世紀百大哲學家，七十五歲罹患阿茲海默氏症，病友家人與艾瑞絲丈夫約翰・貝禮（John Bayley）交換經驗：「就像繫著鎖鏈，跟具屍體綁在一起。」

所以，就算生身母親，死了，「提了有意義嗎？」意義來了。

（老天光饒不過他。人生老房子，在他面前崩塌毀滅。現在，馱著自己的雙峰記憶，他亦漸行漸遠。）

好吧！岔出去說說他親兄弟德孝的死。倒數計時九月十六日，電話驚聲響起，張德模就近抓起床頭邊話筒，川音老表，怎麼都聽不清（正陷在脫水半昏迷狀態）。是父執輩蘇叔叔兩岸開放後回去結的親人還是甘家屋基老人？「喂！喂！喂！」他不耐：「說話啊！」光傳出蜜蜂嗡翳聲來回繞。

十天後，張德模由大脫水身體崩坍邊緣爬回來，回過神，憶起那通電話，問道：「張德孝出事了？」你答，「正想告訴你。」

以你對他的了解，遂簡明道：「德孝自殺了。」他靜默：「張家在大陸絕了。」已料到答案：德孝死了。

病至此，該如何丈量手足之死，他嘆氣：「一個拚命想活，一個活得不耐煩。」心緒不平補了句：「張德孝恐怕是餓死的。」你安慰：「不會的，找到蘇叔叔，總有口飯吃。」

蘇叔叔銅梁老鄉，小老頭十六歲，兩岸開放後回老家結親胡老師。就近託了照顧張德孝，作媒娶了足足能當女兒的梁娃娃，比姪兒都小。張德模搖頭：「娶個有點歲數的，即使守寡離婚拖著孩子負債什麼的都好過這種。平凡過日子，真心對人，人家也會懂得回報。那才是長久之計。」來不及了，張德孝打小沒親沒故沉沒生活最底層，鬼都懶得理他，梁娃娃是他錯過一切報償。

張德模說：「現在，算個啥事兒呢？」代表老父回祖地主持婚禮。他的直覺是對的：「張德孝遲早送命在這事上。」

你下班回家一樓鄰居盼到你，趕緊遞上紙條寫著一組台北電話號碼，轉述有個女人找上門，撳鈴沒人應。鄰居刻意壓低嗓音：「說是大陸打電話來沒人接，才找到他們，要她通知你們大陸弟弟死了。」還說：「不敢拿上去給張媽媽。」

依號碼打去：「蘇叔叔那頭聯絡不上你們哦！讓我轉話，飛急要你拿主意，無論多晚都可以打去。」撥到四川，蘇叔叔讓蘇嬸嬸來說，長串連珠炮：「哎喲！總算打來了，冒火囉！哦！下午六點多那女人找人打電話說張孝自殺送醫院，喊醫生一個男的不知道眞的假的跟我講電話，說要急救，催我們送八千塊過去，半夜朗概地方找錢嘛？你出個主意朗概辦子喲？我剛去看了來，張孝已經講不出話囉！我身體也不好怎概夜裡守他。你看朗概好？問過你們才能辦事。」一樣叫張德孝，張孝。

張德孝呑農藥，催吐沒吐出啥：「我不放心僱了人晚上看緊張孝，萬一醒過來，能講出個名堂！」你插不上話。全權交蘇嬸嬸處理，除了謝，還是謝：「都看在爸爸分上。」

第二天天剛亮，電話響起，清晨六點張德孝走了。

還是那句：「看在爸爸和蘇叔叔老交情分上，煩勞蘇嬸嬸處理，費用我這裡付。」長大的梁娃娃連環扣：「喂！我要找哥哥講話！」耐性耗光，你冷冷拒絕。那頭厲聲耍賴：「讓我跟哥哥說話！」仍拒絕：「他病了！」根本沒往心裡聽：「張孝在醫院急救醫生要看見錢才動手術，哥哥肯定要救張孝的。」

（什麼時候了還騙人！）速戰速決：「是嗎？」

「嫂嫂，我要不到錢，你告訴她給我們送錢來。爸爸在那兒放了幾十萬，錢是我們的，憑什麼不給我！」她？媒人蘇嬸嬸。（日後有筆錢交回你手上，老頭生前放了筆錢在那兒供張德孝用。長久以來就你們不知道。）

你平著聲音：「第一，別叫我嫂嫂。」那頭打斷：「喂！喂！爲什麼？爲什麼不信我的話，信王八羔子女人不信我。」

講完：「第二，張德孝已經死了，沒人要急救。」

立刻改口：「那也要錢辦葬事啊！」

「第三，你憑什麼要錢？離婚手續辦的時候你要的張德模給過了。」

還不甘休：「張孝你們要管啊！當初結婚你們答應的。」

放下電話前總結：「一碼歸一碼，你做了什麼？張德孝怎麼死的？你等著有人找你算帳！」

（張德孝中年得的女兒張輝映被帶到靈前捧牌位，做母親的橫力攔阻不准下葬：「得等哥哥回來好好辦場喪事！」趁人被公安留置問詢，葬了張德孝。）

「你們說話，要不要把張孝的死弄清楚？」老家來問。彷彿五十年後的回聲。不了。

老父給錢張德孝買的房子，你作主過給張輝映。（且慢，號稱帶大張孝的陳家女兒小燕，先前張德模說妥的，每天三餐讓張輝映在她那兒吃，請蘇嬸嬸每月送錢去。這會兒打電話來爭房子：「誰帶張輝映房子給誰。」「去你的擔擔麵！」你請蘇嬸嬸轉話：「陳家一家大小怎麼照顧張德孝的，憑什麼陳家兒女全念上大學，張孝卻是個文盲，誰供誰讓的，大家心知肚明。」張篆楷怒責：「都給你們濫好人給慣的！」）

你曾試圖重建這整件事原委，張德模表現得平心靜氣：「沒什麼意義了。」（不久，張家這一代將絕。）

那天，你們交談時，張德模有那麼片刻短暫失魂。追憶逝水兄弟。兩天後，開始為他注射高劑量止痛藥，嗎啡。果然沒什麼意義了。

之後再談張德孝，話題簡化到完全集中在張輝映來日教育。他說，別多扯，如果她媽媽撒野，你就放手，招呼太多，小孩將來在那個社會沒法生存。拿大主意，自己的命在旦夕啊！你後來知道了，張德模不久也將逃逸，他們是一支打著暗號的流浪隊伍。一路迤邐，悲歌而亡。

高句麗王朝。

二〇〇四年端午節剛過，中國東北高句麗王城、王陵、壁畫、貴族墓群遺址，申請世界文化遺產。高句麗，西元三年據吉林集安爲都，西元四二七年不知道什麼理由，遷都東北古城丹東鴨綠江對岸朝鮮平壤，直到被唐滅亡，王朝六百多年。「爲一種已消失的文明或文化傳統提供一種獨特的至少是特殊的見證。」二〇〇四年七月一日聯合國教科文組織批准高句麗王朝列入世界遺產名錄。死去一千三百三十六年，又復活。（張德模，如果你不死，將如候鳥，這天，是你近年飛東北的日子，丹東，是你近年常走到的老友家鄉啊！）

所以，眼前是活遺產，剖開他的心、腦、血管，直接萃取吧！

脫逃戲碼臨死前一晚正式在人生舞台上搬演。內主醫師說，你要做決定。你搖頭再搖頭，希望就這樣一直無能下去：「他現在是清醒的啊！還在看電視啊！一個活生生的人，或者很辛苦，但即使一天只有半小時稍微好過點，那可能都是他能承受的狀態。也許很神祕主義，但是張德模自己會決定。」「（托爾斯泰臨終曾非常無助：「我不明白該如何做。」）

你打算讓孩子最後幾天來陪父親。主醫師說，那得趕快，恐怕等不了那麼久。「不會的，」他最懂拿捏節奏，「將會是不長也不短的道別。」你心想。

（二〇〇四年，王家衛拍了五年沒劇本、現場放音樂給演員聽的電影《2046》上映。事後，王家衛解釋，他拍電影是節奏問題，有時候是探戈，有時是華爾滋，有時是恰恰。節奏對了就對了。）

內主醫師的節奏清晰：「他會越來越辛苦。」說的其實是，越來越痛苦。抽痰越來越頻繁，拍痰拍出的不再是痰，是汙濁的血水。主弦律不斷變化，節奏急轉直下。

（友人抄《維摩詰經》：是身如聚沫，不可撮摩；是身如泡，不得久立；是身如燄，從渴愛生；是身如芭蕉，中無有堅；是身如幻，從顚倒起；是身如夢，爲虛妄見；是身如影，從業緣現。）

是身如夢，爲虛妄見。倒數計時一週，開始服重劑量安眠藥仍無法睡。（長期失眠的是你啊！他是頭落枕五秒鐘便睡去。你輾轉反側，他打鼾，你發瘋般踢他：「睡成這樣！」老兄迷迷糊糊翻身掉進更深的睡眠層。第二天好奇怪的說起：「我的腿突然有塊瘀青。」知道你踢的後，搖頭笑：「滿腦門官司，睡不著怪別人！」你下咒：「每個人睡多少都有數的。」現在，定數論，懲罰他也懲罰你。你輕得像一張紙，卻飄不起來，但也不再要什麼睡得著睡不著，你不再因失眠而怨怒。）

醫師問你：「知不知道，哪種死法痛苦指數最高？」補充題：「這是有臨床根據的。」好離譜的題目，爲什麼問？你能回答更離譜：「窒息。」是的，他的肺炎，使他的肺浸潤範圍越來越大，缺氧。他的醫學常識使他清醒地意識到這些過程，雙重痛苦。他是連心理醫師都不要。

是的，因爲你，他失去了最「好」的時機。

倒數計時十六天，二〇〇四年二月十日，下午四點十分，他平靜清醒地盯著電視Discovery節目，你坐電視機同方向埋首電腦，感應到什麼，你抬頭，發現他正注視你，他扮了個鬼臉，逗你笑，你問：「把拔，要什麼？有沒有不舒服？」他照例搖頭，言簡意賅：「很好。」你感覺外表無異樣的他，疲乏的軀體卻傳輸出一股強大的脈動磁場。

停頓五秒，你推門衝到護理站請人速去量脈搏。（揿鈴等他們回答太慢了。）一百九、二百、二百零二、一九六、二百二十……。小型急救車緊急推進病房，主治醫生、實習醫生、住院醫生、護理長、護士，擠滿整間病房。心房急速搏動。注射2.5g心律調整劑，心跳逐漸由二百往下降。

張德模淡漠地俯瞰人間急救工程在他身體進行著。注視自己瀕死。敏銳清靈像隻小獸。（電影畫面，醫生護士儀器擠爆病房，家屬失控大鬧，抓住醫生哭號：「求求醫生一定要救他啊！求求醫生！」病人亦陷入瘋狂；「我不想死啊！一定要救我！」停，他總在此處告訴你，如果你這德性，「絕對爬起來毒打一頓。」）

你抬頭見到病房長廊透光處，從小一起長大，摔過兩次飛機體無完膚活了下來的老戰友王應彬。失去了語言機制，你望向他，碎碎猛搖頭，徹頭徹尾，窒息。你體會那滋味了。

難道想偷偷走掉，心臟從身體快跳出來，還沒事人一樣。心臟科華醫師步出病房，解釋心跳二百二十，意味兩個意義，一是腫瘤已經影響心臟，一是他心臟隨時衰竭走人：「如果不是你剛才發現，再幾秒鐘，他就走了。就算沒走，也可能腦子缺氧成爲植物人。」植物人？誰救扁誰！他說過。

你陪王應彬進病房，才一會兒多了許多儀器。人影晃動？他要你拿眼鏡，果然人堆裡，發現了親人，木條。

「大疤、木條還有哦！」他們的見面口呼。打電話的口呼是：「哪箇找哪箇？大疤、木條還有哦！」

大疤張德模，小學五年級被使喚拿空瓶子去打零賣花生油，爐上等著用。此人快步跳過小溪一跟頭倒栽葱掉落河溝，來日見面大夥一定取樂：「都跌成那樣還死命抱著油瓶不放。」這跤下巴劃出一道長條傷口，永遠處於結痂狀態，皮肉組織錯過癒合最佳時期，長成一道「大疤」。

王應彬小時瘦竹竿木條，進了空軍幼校當上飛行員，摔飛機沒送掉命光換來燒得遍體傷疤，中年帶著疤印逐漸發福，不復木條體型；倒是張德模疤痕變淡，從沒胖過一根木條狀。兩人打趣了多年說該換過來叫。

倒數計時四十多年前。木條摔飛機。軍校三年級，張德模暑假站整整十二小時夜車回到東港，才進村就聽到消息，原人原行李折返台北。

王應彬二級燒傷，臉保住了，脖頸手臂全身，防護衣高燒熔化巴住皮膚。皮膚壞死、換皮膚、培植新皮膚，水療法。

聽見「手術」兩個字，木條就渾身顫抖。醫生給他權力，「能叫多大聲就叫多大聲！」那段時間，大疤張德模放假就直奔木條床邊。

這回，木條站在大疤床前，話一輩子沒有的多，大疤聽了個夠。這回，大疤問木條：「行程怎麼樣？」木條說：「取消了。你不去大夥兒覺得沒意思。」

是啊，差點就成功了，與至親的老友如家人般啓程。

如一支遠遠看著無目的無方向流浪隊伍同類，你凝視，悲哀難抑。但在他面前你不哭。淚水由身體往下走，流成河。

再說一次這旅程。早計畫好了，結伴赴大陸旅遊，走到哪兒要到哪兒。木條的老傷口，怕天冷氣候乾燥，周身皮膚疼不說還會出血龜裂，夏天冷氣房也好不哪去。最好八月中秋節過後出發，金秋季節。哥倆兒鮭魚順著魚梯洄游返鄉。沿途大疤聯繫妥當納進路線圖，不住旅館，全程住友人房子，如黃山山腳本溪小鎮都可以落腳，幹校四川人鄧雪峰師母支援。（他說，好點就叫師母，討厭的話，就叫師媽。）

鄧師母先出發，主人等著客人，「來一連人也有得住。」差不多故事版本，一群少小離家飄流台灣的老友相約在那兒蓋房子，成了座村子，另一類眷村，只是這次，用來養老。養老還需要計畫嗎？總之，你好羨慕。戰亂人生終究還是給了他們一個補償。

行前，鄧師母打電話來，兩人都沒說，「好了再去。」那種話。師母說，「好心疼德模，眞是好親的學生啊！」她溫柔地說：「我明天出發，在那兒等著。」不久，張德模有天睡眠中以夢話回應：「通知師母，別等我。」

鬼門關口被強拉回來沒上路得逞。都來問你：「心房急速搏動，怎麼看出來的？」並沒看出什麼，就是知道。如夢話千里傳祕。

（只有最少的要求需要被滿足。便還是漢斯．摩拉維克《機器人》的話，日常生活人們可能碰到某一很小數字，如5而較不可能碰到多位數，如 537834254567，多位數在同一時間出現在同一地點的可能性，遠較小數字低。）

你不想放手。心房急速搏動那天，你表達希望他轉加護病房，會有更妥善的照顧，你害怕不敢移開你的目光，深恐移開片刻，他便在你眼前無聲無息死掉。

華醫師說，「加護病房隨時有床，但加護病房一天只開放三次給親人探望。張先生目前穩定下來了，應該與家人在一起。」聽起來就像在宣告這最後的時光。

你說明怕自己漏失的恐懼，他回答：「大家會一起注意。」華醫師道：「張先生，你太太又救了你一命。」這回張德模沒說話。上次他還有精神開玩笑：「已經爲她禱告，祝她長命百歲。」

倒數計時，一天。二月二十五日晚上，主醫師下班前再度巡房，提醒你做決定。你知道，這樣的活，是活剩下的日子，「來不及了。」你心想。心房急速搏動那次，他在你面前創造了若無其事走開的機會，於你們獨處最親近的日子，風格統一的離去。（〈上帝恩寵〉裡，癌症末期病人安慰不捨的至親：「愛之外，一定還有別的。我想去看看。」）

僅僅心房急速搏動二週後，倒數計時十七小時二十分，二月二十六日清晨五點，張德模做出了清楚的決定：「我要走了。」如此篤定，你知道的絕不會收回。看似突然，其實每一天都顯示出遙遠又近了的標的：「沒有流浪是不辛苦的。」

於是，時間到了。（他是我碰過的病人當中，最不會表達自己的，以後可能也不會有了。主醫師說。）

（醫學界定張德模逝於十時二十分。你深深知道，二〇〇四年二月十日，他曾經想悄悄離開。爲了安撫你，又延了兩週。再拖下去，就不像他了。）

病房空間不爲家居設計，生命殘存，別人丟之唯恐太慢，你卻仔細拾掇，留待日後貼上說明：醫生們推門長趨直入、護士例行工作、探視者在病房外敲門……。

倒數計時歸零（結束了你們僞家人關係），身如芭蕉，中無有堅。

現在，他們不敲門便進來了。

僞出發

怎麼開始的？

其實你早生疑心，莫名的胃口奇差，文火燉綠豆排骨湯，他竟連灌兩碗。（你懷著獨自之密，難言之隱，不斷聯想也好菸好烈酒逝於食道癌的書家臺靜農。張德模形容：「說風就雨！見人拉屎屁股癢。」臺老之前症狀也是吞嚥不順。）

近一月，他成爲家裡最早下餐桌者，以前老埋怨：「跟你們吃飯眞沒意思，三兩下吃完下桌。什麼時候想過難得大家聚齊聊聊。」聊什麼？他自己寡言不囉唆，孩子也像他形容：「最大的優點話不多。」

你不斷催他去檢查。

直到鮮紅的血塊吐在白瓷馬桶底部暈不開。一開始就是結果。

急往最近萬芳醫院急診室。他在這所醫院看了一個月的胃，什麼都沒做，總是尙未坐熱診斷便結束，拿藥走人，二週後再來。最基本的胃鏡檢查都沒做。極信任專業，「總要給醫生時間吧！」他甚至責備你的質疑：「一點都不科學。」（注視他背影你開始脫離現實，他的身形快速拉長變形爲布須曼族岩畫人物，布須曼族藏身崖壁山洞，避開動物等等各種襲擊且喜歡視野廣闊。岩畫示意，既寫實又超現實，人身拉長一倍到兩倍，爲什麼？這樣才強大到能抵抗威脅生命的攻擊物嗎？）

信任，成爲他很快回到醫院的主因。

打止吐針、照X光、禁食禁水禁菸。急診室聲浪揚沸人形來去。他的X光片送回來，答案就在那兒了，人體作惡終於曝光。他得留置急診室俟明早做胃鏡。（這檢查會不會來得太晚了？）他再度轟人：「又沒大事，全杵在這裡做什麼？放心，死不了，讓我好好睡一覺。」燈火通明，他無論如何不可能睡。要你留下菸，你整包取走：「水都不准喝還抽菸！」皮夾沒收，免得去買。

半夜，你睡不著趦回急診室，此刻安靜多了，不，死寂。充滿疲憊的空間，衝面一股血腥味，他全身躺平眼皮闔攏，你輕輕貼近床前俯視，他突然雙眼睜開，嚇你一跳：「嘿嘿，想突擊我！不睡覺跑來做什麼？放心，暫時死不了。禍害留千年。」他說。眞沒道理，該恐懼的他總有本事吃得飽睡得著。

總有一天會死，不是今天。

第二天，近中午才排到檢查，你們在急診室空轉，他要拿錢去買菸，你說等檢查過了再抽吧?他散步走開,你留病床邊,半晌不見他回來,覺得不對,尋了出去。醫院外牆角,捷運共構,頭頂一列捷運車體正要離開還是進站,轟聲嘩響。他孤零零立在空地一角抽菸。(也死於食道癌的亨佛萊·鮑嘉,銀幕上最忠誠鎮定的硬漢:「我只有兩種演技,抽菸和不抽菸的。」)

他也會恐懼?總之你認定他只是犯菸癮。(日後,整理舊文件翻出一本他早年訂閱的《創世紀》。扉頁,瘦骨嶙峋字寫著首短詩:我用香菸計算著日子/今日/明日——還有那如/綠波紫紗的/昨日)

你已和上回膀胱腫瘤張醫官聯絡,他要你檢查結束就過去。照完胃鏡,張德模輕鬆自行步出診間,說聽見檢驗師交談:是食道。

你電話回報,張醫官極度焦慮要你們即刻趕過去,病房、檢查已經排進流程。你說,張德模一夜沒吃沒喝,用過中飯就去,他著急疑惑:「怎麼還吃得下?」你很反感:「應該怎麼樣?」就在對面北方小館,開瓶冰鎮啤酒,張德模小喝半口,由衷說,好來菜。卻一瓶都沒喝完。(不久,你們知道檢查結果:食道癌末期。他在醫院門外抽的那枝菸,將會是人生最後一枝菸?那口啤酒,最後之酒?)

酒癮菸癮,如生命,突然被截斷。你只能說,像足了這老小子行事作風。

某部分,你寧願他有臺靜農的遭遇。臺靜農進了醫院:「昨天住院,帶了一瓶白蘭地,打開來喝了三分之一,居然沒醉。」病理學權威葉曙或以醫師或以朋友的身分說話不可知,但臺靜農表示:「葉曙說此病與酒無關,可以不忌。」你把這話轉給張德模聽,他的回答是:「八十九歲，愛喝一整瓶也讓他喝，還怕傷身體？要幹嘛？等著這身體翻觔斗不成！」

臺靜農，一九九〇年一月二十一日住進醫院，十一月九日過世，十個半月；張德模，二〇〇三年八月二十日正式住進醫院，二〇〇四年二月二十六日過世，六個月零六天。時間上，恕你這麼說，是一點都不寧願像。

匆匆與菸酒兩位老友草率永別，你相信他當時便已了然。難怪他選擇在世塵角落與一生的朋友私下道別。

遠望這條世界地平線，再清楚沒有，是你親自將他由這裡，送進終極病房。

六個月零六天後，你步出病房，正式交代住院醫師傳達內主醫師：「張德模下了決定。」果然，他是一定會自己作決定。不為難你。

生命至此，已到以分秒計。等待終止時間之隊伍進入病房，你輕聲對他說：「把拔，現在，我們就在這裡結束了！千萬要記得以前我們說過的，如果眞有下輩子，絕對別再找來。」不信輪迴也不喜歡重複糾纏，你知道他的。

你更不懷疑，他怎麼聽得見。

如動物修復能力，張德模生病期間身體機制迅速調整，敏銳到像小動物。

另一個你視為奇蹟的是，如此大病，他從未失去他的理智。

你和孩子鬧彆扭，都是些瑣碎事，卻惹得你生氣摔電話。他毫不軟弱接手，簡潔下達指令。（他總對你說，凡事別立即反應。）

「什麼事到你手裡就變複雜。」不因現在得依賴你而站到你這邊：「儘跟自己生氣能管事兒？」

狀況不必招喚便來，層出不窮，逼你瀕臨窒息邊緣。一名眞人，從來你就最忌諱在他面前不像話，現在，你告訴自己，崩就崩吧！

要等死亡的拒馬架上了，你方大澈悟，所有線索都指向，於醫院，於你，統統浪費了，你們都辜負了他對人世的信任，還以僞信任。

你們離開醫院：「我們走囉！」現在你可以眞正送他出發。（若非進了醫院，依計畫他上了大陸，你將不時接到發自好遙遠線那頭傳來降雨雜音干擾電話，不在黃山、長白山、蘇州南方書齋、運河，就在無名小館或民宿才到得了的小鄉村。）

緯度偏西南一筆畫下去，（小心畫到羅布泊湖，引來斯文・赫定——一到新疆喀什，立即召收五名維吾爾族人、十五峰駱駝、一匹壯馬，組成一支可觀的探險隊，沿水旱兩路向塔克拉瑪干大漠前進。）張德模嚮往且牢牢實踐的流浪路線。

二〇〇〇年八月五日張德模出發趁夜往大西北去，（多好的時光，一點都不知道死亡正在逼近。）火車直奔三十小時，八月七日清晨六時二十六分抵達西安。

碑林、大雁塔、兵馬俑、法門寺、華山……都是舊路。（他終於撥了電話給你，一行三人，長春老友邱詢民帶了姪女十六歲邱芳，女孩一路跟著他們綁票似的，搭夜車呵欠連天胡天黑地，陪著走哪兒停哪兒，高興了玩他個十天半月，看不順眼，立刻走人。）一九八九年你們上了三峽再度出川，長江輪上，「兩岸猿聲啼不住，輕舟已過萬重山。」反時間。張德模唯一想看夔峽湍急水域中豎著的「對我來」大石。（三峽大壩工程完成後，十餘年工程時間，促使長江成了世上最龐大的流離之水，將遷移七十二萬五千五百人。你心想，你們也要離開了嗎？）

一大早上了船，站在船舷邊透風，一口痰從上層落下，你動怒大罵不道德，人輕鬆指著船舷牌子——注意上層落痰。

都告訴你了嘛！等中午餐廳打飯，打菜員尖聲叫嚷：「別用手指菜，講文明！指髒了別人是吃得吃不得？」你才待開口反駁，立刻遭一頓搶白：「移動快點行囉！菜都被你搞涼了，旁人還候著哦！」張德模以蜀語衝道：「老子愛指哪箇就指哪箇！你不高興叫你老子出來！」用的是川式罵大街動口不動手招式：「龜兒你等著老子叫你弟弟來教訓你龜兒！」三里路遠了更放心叫：「你跑是龜兒！」

兩方正要幹架，有人伸出援手，邱詢民，東北漢子，解放軍出身，山東寬甸人，落戶長春知識分子。

他老兄穿塑料拖鞋，瘦得像竹竿，掏出不曉得什麼證件朝打菜服務員面前急晃一下：「這兩位是台胞。上頭政策指示要禮遇台胞，我們必須落實政策。」服務員批評：「他幹啥子穿個紅衣裳張揚給我們看！這種影響要抗拒！」你們轉怒為笑，眞有四川人的。

邱詢民和裴樺，研究生，東北夫妻，老家丹東與瀋陽。（另一組偽家人歷史開筆，丹東，張德模日後經常去到之城。）離開長春四處田野調查，中文和法律。膽識夠，談吐不俗，四天三夜行程，你們交換彼此生活。當然是不夠的，約定東北相會。你的記事：

一九九〇年嚴冬，日後邱詢民戲稱的老德張德模成行。說來，此人一向甚有遊興，不過這回是去實踐承諾。明擺著長春非春光明媚之地，甚至沒有香港直達航班，得轉機哈爾濱。此刻攝氏零下二十度，冷死人！瞎置了長外套、雪衣、毛帽……台北攝氏十七度。二月大雪，夜晚九點，老德凍手凍腳踏上了哈爾濱。

未來十四年，他們兩人的情感波折，具體而微，代表了這塊土地上的一切變化。兩人口中：「沒得說的。」

（九三年寒冬，你去長春探望他倆兒。回返台北，他們的信隨後寄達：你在的那段日子使我們的生活終於有一點改變，否則努力了這麼多年，只知夫妻雙方的愛，沒有任何實質成績，我們仍然一貧如洗。）

二〇〇一年大年初二，這對夫妻走上分居，裴樺出國小巴黎黎巴嫩，斷了音訊。一直到聽說她已回國，你繞了大半圈地球，打聽到她的電話。年三十晚，肯定在家，一個電話打過去，她愣僵半天說不出話來。

大年初二你們專程飛長春，請裴樺到來會，十年後，你以朋友的身分說服邱詢民離婚：「我知道沒人能做這事了，你們離了，我們有兩個朋友，不離，剩一個。」張德模樂了，看得出他也贊成。

邱詢民見你們頂認眞，煞不住車又翻不了臉，苦惱地搖頭：「嚇！地球哪找你們這種朋友去，大過年專程來觸霉頭。」張德模笑哈哈不忘損他兩句：「都快成神棍了，還怕觸霉頭？」嗑嗑碰碰的婚姻終於結束，保全了兩朋友。你在大雪中離開長春。張德模留下來陪詢民，不忘調侃道：「咱哥倆兒，就離婚經驗有得比！」說來眞是難友，周圍友朋不是離婚、再婚就是打算離婚或離婚中，「簡單，兩字兒，利益。因利益合，因利益分。怕啥！結了離，離了結。什麼不多就人多。」邱博士冷笑道。

中國中國是怎麼回事？放眼望去就張群沒離，張群說：「我怕我老丈人。」沒怕多久，第二年再去，張群也離了，神魂顚倒狂追個「不咋地」不怎麼樣女子，知識水平、工作、相貌……全不如他的前妻，就個頭強性情溫柔。老本事，知識工作張群自個兒有，但他個兒矮前妻驃悍，這會兒缺的全給補上。「把以前加倍討回來，土包子開竅！窮過癮！」（你們正朝一個歷史結束點走去，朋友的歷史。）

闖大西北，這回仍三人組，邱詢民、小芳、老德。酒戰友一路高度酒，館子坐下來想都不想丟出一句話：「五十度以上的酒拿來瞧瞧。」啤酒用來漱口。酒瓶見底，他考酒證照：「還能擰幾滴出來？」「哪還能有，用力倒了！」他說：「打個賭，七滴。」果然，把酒瓶倒過來，往下滴著數，七滴。台灣經驗。

你一路電話追著跑，線路總有回音，住什麼旅館？天南地北張德模的話：「整不明白。」反正肯定挑便宜的。這點你早有意見，你說，想省錢，反而沒省，譬如房價雖低，但偏遠又附近常沒什麼食堂，得打車，一來一往，根本沒省；又或者，坐車花時間路上吃喝也是錢，不如搭飛機，保留精神早些到目的地早些逛。他反詰問：「我省時間幹嘛？我又不趕著改造地球。」

於是，火車大巴動輒幾天幾夜，賊熱，一路啤酒，剩菜下酒。喝撐了，再下來也還只喝得下酒。「抗造！」他說，遼寧土話，能抵抗打擊麻煩。

是這樣引發食道腫瘤？

一九九五年十一月十四日，趕雪季前你們到西安。半夜雙雙凍醒，值城市季節交接地帶，供暖系統尚未啓動，你們迷迷糊糊又睡著，直到破曉時分被嗆醒。睜開眼，整座城市籠罩在煤煙裡，灰茫一片不見五指。

朦朦朧朧秦之旅。世界第八大奇蹟，秦始皇七千御用陪葬大軍兵馬陶俑、始皇陵。公元前二一〇年秦始皇安葬，陵園面積五十六點二五平方公里，玄宮頂部有日月星辰天體圖，死後仍有世界。什麼世界呢？司馬遷《史記》：「以人魚膏爲燭，度不滅者久之。」大白話就是以鯢魚油做蠟燭，久燃把氧氣耗盡，使墓宮內呈現相對眞空，利於保存。距二〇〇四年張德模失去氧，死前二千二百一十四年。

（「你知道哪種死法痛苦指數最高？」「窒息。」主要死因之併發症。主醫師建議頂好避道而行。）

你們往法門寺途經興平、武功陝式小鄉村，放眼陝北高原褐色泥土及辣椒、玉米紮成小聖誕樹形狀，艷紅鮮黃，吊掛屋簷曬乾，黃色系大地。（你很確定，這是張失去衛星導航的流浪地圖。）

「幽泉怪石，無遠不到。」柳宗元的旅行心得。都被貶了還像遊山玩水，寫出了〈永州八記〉。但眼前是怎麼個玩法呢？你抬頭望向他，果然一副陶醉極了的忘俗神情。

但你比較是世俗那面，法門寺，面對唐代八位皇帝六次迎請供養的釋迦牟尼佛指骨舍利，你哪來佛教信仰，一身俗骨不知怎麼恭謹發了個心：「若實現，肯定回來還願。」還一年香油錢。張德模不遠處佇立，眼光如觀賞猴戲。

同樣情況發生在河北正定隆興寺，你臨時起意包了車專程朝聖般尋去。記憶裡寺裡大悲閣有座北宋銅鑄三十三米高千手千眼坐佛，古代銅鑄工藝品最大一件。趕場似，你絕對會逛到文物室找找有什麼可買。

狠狠殺價買了尊小佛頭，張德模如前盡職澆你冷水：「肯定是偽貨。」駕駛也搭腔：「河北省什麼偽貨都敢，藥、奶粉都有偽的。」嫌不夠再踹一腳：「哪可能等到現在才有人識貨。不過您哪別生氣，話是這麼說的。只要看上眼，假的也是眞的。」你嘔極一路摳佛頭一道裂痕，越摳越大，摳出全是草和布屑，你慘叫一聲，張德模狂笑：「神仙腳跟下有人敢造假，就有人偏不信邪！」不坑你坑誰？

好吧，法門寺一年多少香油錢呢？換算當時參觀一個館十元人民幣，光參觀法門寺就三個景點三十元。你們住四天，一天不過六十元人民幣。也是坑人。

法門寺一願，完全沒個參數。你便自己拿捏，一、二千人民幣儘夠了。但許的什麼願呢？你不斷回溯，卻是半點都不記得。

唯確定，當下你並無任何具體過不了的關卡。突然西安變成經常惦記之處，你失去了對那塊土地的現實感。就因著缺乏現實感，「不會應驗的。」你一天一天如是想，總不行動，五年，靜悄悄過去了。

愈來愈失眞的乾澀灰濛褐色大地、辣椒、玉米串、大麥梗子，色彩艷麗如夢。（但你發的什麼心呢？你忐忑不安多年，或許這不安，來自你耿耿於懷忘了許的什麼願，而非還願與否。）這時，你讓張德模赴法門寺燒香還願，他笑了，「要還願就自己來。我們已經去過了。」他是不會做這事的，更從來不問你許的哪門子願，不來這套。不該牽扯他，你該自己去的。

會不會，你許的是一個假心願。

（張德模歷經這次，你再無願可許，被你不經意用掉了，一個人一生只被允許一次機會！）之後三人搭三六七次火車上路，向天涯駛去。倒是你要他到銀川車程半小時外寧夏，幫你去看剛被發現的史前鹿形岩畫，賀蘭山麓南側山坡拐溝中，鹿形岩畫鐫刻在一塊三米高巨石上，鹿直立，渾身梅花，昂首遠眺。

他又說，自己去看。別人代看有什麼意思。你說是心願，不是發願。他說：「有本事完成才叫心願。」否則是吹牛。

不承諾。沒有名目的出走，流浪者風格。離開你視線，便絕不當你的瞳孔。

於是火車輕載著，銀川、蘭州、嘉峪關、敦煌、千佛洞、鳴沙山，前進大西北烏魯木齊、天山天池。是的，塔里木河。那裡的天空，他抬頭且跟隨當下心情亂走：

清晨，天際掠過一群人字形大雁，飛經「生命禁區」羅布泊上空。碰到一群山野調查研究人員，他們是首次在羅布泊見到大雁。

羅布泊四周到處布滿枯死的紅柳、蘆葦，浮土上，很多黃羊腳印。山野調查研究人員剛發現一頭死去的野駱駝。估計牠是從南邊阿爾金山一帶闖進羅布泊，可能是又累又渴死掉的。

流浪者紮營山腳下，天涯到此止步。布達拉宮，留著你準備好時一起去。

和邱詢民原計畫由烏魯木齊去四川，枯等幾天，完全買不到任何票，沒事，踅回西安，反經石由北往西南方向轉，先到成都也成。進了城，空氣裡都是麻與辣，找去聞名已久的陳麻婆豆腐，張德模開始說川話，大聲道：「陳麻婆沒得麻子喲！」像名失控學舌小孩、暴發戶。陳麻婆當然早沒了，陳麻婆的後人，「辣死人不償命！」主要在麻。他吞下一口燙豆腐、辣魚湯、麻辣涼粉、粉蒸肥腸……。好熟悉！不能不承認血液裡流著待去的瘴氣濕氣，麻辣去這兩大氣，老祖宗的活命智慧。

（遺體捐贈解剖，第二天你查問結果，醫生提到，食道癌並沒有太多臨床報告，但近年台灣食道癌案例增加，不確定是否與流行起來的麻辣鍋有關。「他最後半年的飲食習慣極反常，口味變重，買回配料蔥薑蒜一轉身他全給醃漬上。」弄得你臨時抓空火透了。腫瘤阻塞了他的食道，改變了他的胃口？）

終於最後行程——回老家看張德孝。輕車熟路到了銅梁，屋裡不見半個人影，鍋空灶冷，樓下矮桌圍著打紙牌鄉人：「好多天沒見到張孝囉！」張德模大聲回應：「說不定給害死囉！」逕往大足父執蘇叔叔家。

沒變的，鄉村風聲傳得快，張德孝二天便趕到，原來上岳父家幫忙收穀子。兄弟倆偕邱詢民照例走了趟龍水、金山、萬古場，舅舅、表叔、嬢嬢屋頭。四川姑姑叫嬢嬢。這回，他是鐵了心作主張德孝離婚，一刀兩斷。

張德模每天喝醉了才能睡，流浪漢，被情感所迫回故鄉。最後一次，重回出生地，隨父母離開那天，便注定成為一代移民。移民者無祖國。

這次離開，還是老路線老方法，上重慶搭船走水路順長江而下，五天後抵南京。（十二年前，你們匆匆在漢口下船，那時，第一次返老家，那時第一次兄弟倆成年後見面，而張德模已前中年。雖說，千里江陵一日還。也總有走完的時候。）

路上月餘，二〇〇〇年八月三十一日清晨抵南京，玄武湖、中山陵——中國國民黨葬總理孫中山於此。（氣派。改朝換代都沒給掘掉。）

一行再轉赴杭州西湖，「錯把西湖比西子」，江南的山水對張德模太秀美太軟。食物偏甜，一個字，膩。

九月三日張德模飛香港；邱詢民、小芳飛長春。舟車飛機，東北大西北西南江南，最後直線對準往南方，回家。

畫出一個全中國路線，已非流浪，張德模展開他的告別之旅。如此急迫完成旅程，你根本未意識到，埋怨他總在路上。（他留了拉薩給你：「練好體力我們去。」）

（現在，異族們穿越死亡大漠來拜訪他了。如今，回到了台北，家卻變得遙不可及，你望見了距離感。他去大陸一待半年你不覺得遠，他住院，你每天陪在身邊，距離卻硬生生被畫了出來。未來正虎視眈眈，不同國度。）

好吧，這條路行不通你另走一條。你堅持發生的一切只你心裡有數。愈到最後，你越堅持難以自拔，有時醫生們以醫學術語交換意見，你也佇在一旁同步隱形會診，採半信半疑態度，

「一定有更好的辦法更好的醫術。」醫生們開始憂慮你的精神狀況，建議你去看心理醫生。醫生錯了，你打從心底強烈反駁，抬起臉平靜說還好，你堅持會自我調適。

你的心終有可能治癒，張德模的身體卻不一定。

所以，眞正的情況是——「有好大段時間，你睡眠、行走、工作、閒談、酒聚……皆如一具停擺外太空、等待死亡中心答覆、無重量、飄浮空殼。」哎呀！沒辦法充電回地球了，反倒解決了所有問題。毋寧是多麼意外的驚喜啊！你心裡有數，典型悲慟期。這又讓你頓時洩了氣。

「你現在終於知道，他尙未眞正死去。」絕非掙扎在陰陽灰色地帶不甘心走那種賴皮鬼！你太習慣他的不畏死，且認同。一生中最終的課業多麼像生命之河水紋，蕩到你岸邊。你佇立凝視這人生至大的因果，承受丟棄他如人海放生之劇痛。莎士比亞的角色哈姆雷特之死亡獨白：

在那死去的睡眠裡，究竟作些什麼夢？爲此人們躊躇卻步，寧願困在漫長苦難的人生裡。

以下，是你的死亡獨白。他在人世最後一天全紀錄。關於結束，對大多數人的意思是才好開始說故事，對你，再沒別的故事。〈約伯記〉句子——只有我一個人脫逃，來給你報信。

清晨五點，德模把氧氣管扯掉，接著直起身掙扎著想跨下床。我問他想做什麼？要爲他戴上氧氣管，他搖頭，甚至將鼻胃管往外拉出。他說：「走了。」用食指和中指比畫走的動作。撳鈴叫護士，測血氧，83。高血壓178，低血壓143。兩分鐘後再測血氧爬升94.97。

請護士給他安眠藥，至少讓他睡一下。他一直咳痰，即使咳出，已經無法用舌頭送出來。睡的過程裡，他又說了兩次：「我走了。」徵求同意。我一直掉淚，說好，沒事。他點頭，要求起身下床，並且要拔掉點滴。

比了一個2的手勢，我點頭，他滿意了說：「五百萬！」我答是。價值五百萬。他咳了一會兒，我把床放低，要他睡一會兒，他說好。但即刻又直起身子，表情是，「爲什麼不懂？」護士一直問，「舒服點了嗎？好點沒？喘不喘？」哪裡不舒服？全部。無解的問話。一名護士進門就問他：「你有痰嗎？」德模的呼吸聲都快被痰淹死了，旁邊抽痰器裡快盛滿了。卻例行性問有沒有痰，不看也不聽。

請護士給他打嗎啡止痛，回說，「我不能給他打，剛打過。不合規定。」德模明顯的隨時會喘到停止呼吸，我問：「你看不見嗎？」這才看了眼德模，「你意思是他太喘會暫停呼吸？」我請她轉告主醫師。「一大早都在開會，會告訴住院醫師。」

天已亮。可以打電話了。讓兩兒子到醫院。

德模睡中不時掙扎睜開眼皮，我輕撫他頭臉，告訴他，沒事。

他點點頭，回說沒事。就又睡了。

但願這一覺能持久。可以不理會痰。

九點，孩子們陸續抵醫院。德模一一與他們揮手招呼道再見：「戲結束就下台。」狀況急轉直下，開始大喘不斷咳痰。去年十二月三十日住進醫院後，為防食物、口水逆流引發肺炎，床位一直呈約三十度仰角，不能躺平。

請住院醫師找主醫師。這段期間能做的，是反覆抽痰、處理止咳止喘。連拍痰都很奢侈了，沒有力氣送出來，有些痰反湧到嘴裡，仍堅持聽醫生之前告知的不把痰嚥進食道。我以手指取出來。

德模對我說：「胡了。走人。」住院醫生進門，他以雙手食指和中指果決地比了個剪斷動作。大慟。他轉而對我說：「一切由你決定。」

十點二十分，開始注射嗎啡，10mg。主治醫師說有些可以撐上幾天，有些幾小時。他估計德模過不了今晚。

胡茂寧趕來，德模對他說：「沒什麼了不起，我盡力了。」又說，「散局走人。」他堅持起身，我跪床上從背後支撐他身體，他要求站，站了幾秒說：「不行。」重躺回床上。

嗎啡注射一個多小時了，對他完全不起作用。但意識已呈現幻覺，他虛擬打牌，聽牌，透露你們不知的玄奧：「東西。」東風與西風。

不打牌了，喝酒，忌菸忌酒的胡茂寧說去買瓶眞酒來，有何不可？但他已舉杯作乾杯狀，我也舉杯相敬，近年他會說都不陪他喝酒了，「以前你不是這樣的。以前你還有點酒趣。」

一巡過後，他對張浥塵豎起大拇指。這對父子從來同樣自制，此刻做父親對著兒子說：「對不起。」也是放心。伴病期間，張浥塵把未來計畫都跟父親說了，他有意轉行做機師，放棄科技研發。走著走著，活出德模個性，嚮往遠方。

停了酒，再度試了幾次要直立地面。終於，自己站穩了讓大家放手，十多秒，說：「可以了。」

你說：「把拔，你眞是接近英雄啊！」張浥塵說：「根本就是英雄。」死生告別如此自然而然來到，以人們無法拒絕的節奏，唯有告別：「把拔，我們這輩子也許過得並不是很好，但已經很精采了，你喝過那麼多酒，去過那麼多地方，經過那麼多事，交過那麼多朋友，最重要，沒有一位朋友在你背後說過你一句是非。」他點頭，同意。

嗎啡及安眠藥畫出了一道無形的死亡線。外圍的我們無能爲力。（追兵一路，張德模，對不起。）

死亡的意義我們早已了解，等待實踐。悲傷往往只用來減輕傷痛。這一刻毋寧更清楚的是恐懼消失了，唯想到他獨自離開人世，你才覺得好痛。今後我要時時刻刻帶著他活下去。擁抱著他完美的頭形，你告訴他，把拔我們找到那個失落的北京人頭蓋骨了。（北京人橫空出土那天，活生生把亞洲最早的人類推進五十萬年。）

七點半，血氧開始急遽下降，83、79……。（這時，他母親在家，見到他開門進屋，問他，張模，你好啦？）

你開始收拾隨身什物放到車上。（你們放棄他了。）一直他視爲的身外之物就少之又少，此刻看來益發像紀念品而非日用品。你全數留下。

病房很快淨空，醫療器材、音樂。你們雙手空著佇候張德模死亡。（他其實已經離開，呼吸器顯示的是無機數字。一切都是數字。「天要下雨娘要改嫁，由他去吧！」）

十時二十分，醫生正式宣布，張德模離開了這個世界。

沒有等到任何靈光奇蹟。張德模臨終那抹微笑及迎接你的炯亮目光，就是你們最後的交談。

不久後，二〇〇四年鬼月現象。老母記憶底線大挪移，奶奶的兒子元年。老母對長孫提起家祖祖（蜀音讀嘎祖祖）四川人的高祖祖：「以前家祖祖最喜歡你了。」回以：「我怎麼可能見過她!?」「娃娃朗概沒得良心！家祖祖都忘了！她抱大你的咧！」張娃娃分辯：「哪會啊？我是你抱大的不是！」老母氣極：「我跟你講誰，你都說沒見過。沒得良心。」（一廂情願。精神科修補重構記憶症狀，將不存在的眞實化。爲何如此大費周章？朋友說夢見他，笑容可掬輕鬆坐骨灰罈櫃頂端迎接來者，以川音：「帶酒沒得？」「精靈似的。」朋友形容。）

家，開始像百慕達時光黑洞。鬼月，經典狀況，你晚間回到黑洞，才進門老母迫不及待丟出長串埋怨：「我煮好麵叫張模來吃，他在屋頭緊睡不應答。我沒辦法！累死了！」只好把麵坐電鍋裡保溫。緊接著追問：「張模沒跟你一道？」（媽，張德模死了。）你心緒散漫：「哦！」老母自顧嘀咕著：「娃娃從小就顧著耍！龜兒！睡到中午才起床，出去也不說一聲，黑了不巴家，屋頭啥事不管。」急轉彎分明嘮叨的是孫子，兒子孫子生人死者大鍋炒。

但大部是清醒精明的，喚管理員來取舊報紙，管理員怕她聽不見捺電鈴，讓她開門候著，老母哪依：「你龜兒，我開了門你不來，我給小偷搶了你負責！你龜兒要害人！沒得安好心！」雙方你先開門我偏不，扯半天。

老母夜裡起床跌倒，沒撞到任何物體，怪異的手掌撕裂一道傷口，她說，「看見了張模。」張德模死，最單純的母子互動出現了。鬼月開始有新意義，你感覺時間於鬼月速度快速轉動，全因為你們有了至親過世，念念難捨。望向虛空，你想，眞正陰陽兩界系統啓動了。

於是，夜半，社區角落一座空屋廢墟，大花曼陀羅白色巨瓣流年偷換黑幕裡煥發加速抽長，恍若特別加演的潛意識戲碼。（倒數計時歸零，結束守靈，你回到家，好仔細檢查電話線路。「不能漏接太平間打來的電話啊！」醫生說，不會直接解剖或放進冰櫃，他會待在太平間常溫裡，十二小時沒有狀況，才確定眞正死亡。你一次次反覆夢著此夢，不斷在夢裡焦慮吶喊，為什麼積分要在膀胱癌那次用完呢！「死了就是死了。」張氏語錄。你掙扎著反駁，不止於此的，張德模。記得嗎？倒數計時歸零新鬼那天，你尚不習慣跟剛成為不在世的他交談，但很自然的，熄了燈，你輕聲：「出來吧，張德模。」小平頭，三天前理髮師到病房剪的，北京人完美頭型，瘦長身形散發漸層灰藍光，影像人。灰藍人由浴室推門出來放下手裡書上床擺平，他平常生活習慣路線。你屏息注視，不相信地輕閉眼皮，再睜開，灰藍影像人還在。「你知道你已經死了嗎？」）

隔天清早，你打開房門，老時間老畫面老母坐客廳老位置，轉頭見是你，一個人，嘩啦放聲痛哭：「張模沒了？」

第三章 僞記錄者

你離開病房時的身分是一名偽記錄者。這是你的記錄。不是他的。

你，一名記錄者。寫在素面布紋簿子上，信仰者蒲草紙。（最早，大部分的文字書寫在蒲草紙上。希臘文舊約聖經就是寫在蒲草紙上。）

五年前張德模膀胱癌就使用過這本子。住院月餘，寫掉三分之一本，好高興大難不死。（那時，離死還好遠。）出院後，都不想計較趕緊扔進抽屜。如今，病回頭。你哀怨連連的後見之明：當初該扔掉的。

千絲萬縷的是，假若當時明確的知道是人間倒數計時，會有計畫嗎？根本沒計畫！準確說，你的未來理所當然不必刻意納入他，「你」代表的即是「你們」，可這並不防礙天馬行空的想頭，全以你爲主，諸如「吃飽撐著了搬到北京」、「腦筋短路才住市中心」等等，他呢，也有你大大不以爲然的理想：「將來我要住在鄉下養台灣土狗，那種狗最靈光。」你大唱反調：「什麼將來？現在就是將來了。都沒人理了還搬鄉下，瘋了！」某種程度上，你們是背道而馳的夫妻倆。

倒數歲月，你的記錄生涯啓動。他入睡後，你先是將就走道燈微弱光照或移到訪客休息區在蒲草紙寫著，抽離沮喪哀戚情境，鉅細靡遺流水帳，捨不得放棄任何點滴。有時白天，繫掛進度落後，隨時手空了便趕緊坐下刷刷刷寫，逐漸接近底頁了，你也已改變敘述方式，繪製史前岩畫般以符號記注，不分頁一天緊接一天。

第一次加護病房重回普通病房，你離不開了，於是買來檯燈，他睡了，你拉攏隔簾，把燈頭壓低，就著縮小光池如拚聯考，有時你以手在燈下作動物肖形，有時手臂在紙面被燈光映出不成比例的怪影子。（你眞的該住手了，繼續寫下去，他將知道你當著他的面記憶他。可你抬頭，此人沒有一絲傷感，「算素描練習吧！」你繼續當一名記錄者。只問過一次你在寫什麼，你差一點點習慣性遞上蒲草本：「你看這段怎麼樣？」一向他是品管試劑，你是心虛的作者，賴上了他：「這段這篇如何呢？」有天他嚴肅說道：「寫到如今這分上，放手寫吧！」又丟出一句摺疊句：「太陽底下無新鮮事，能寫的早被寫過了。」看透透，以致留下的什物非常少。自己一生的斷代者。）

你失去了一位鑑賞者，且是你寫作階段的見證者。他死後將進入你的作品。所以你牢牢緊記詞條「甕」，死後還會死，死後還有生命。

你以前不相信死後有靈，現在不相信死後沒有另一個世界，不相信「死了就是死了」。你開始往荒謬事件那頭傾斜，什麼荒謬事件呢？最經典的是有人被診斷死掉了，卻在守靈夜悠忽轉醒忙壞一缸活的人：「嚇死人！噢噢！剛才沒罵他吧？」、「哎呀呀！害我白哭一場！」回來的傢伙尷尬或神話，不活也不死，分分秒秒都在夾縫地帶，人人胡思亂想：「今天他會死嗎？」死後復活是介於生與死中間，還不是死，末期患者跟這狀態很像吧？（張德模肯定拒絕拖泥帶水：「請把我包括在外！」）「甕」詞條到底誰界定出來的？死後回來報消息？想到甕如飄流在無邊際外太空，你開始希望眞有牛奶與蜜糖之地，你又太清楚他根本不屑努力去到那裡，那麼，剩下永遠飄流了？一如生。

以前你太忙著記錄，好痛地如今回過神，你忘了提醒他了：「一定回不來了，就妥協吧！死後才容易些啊！」現在，沒有管道了！

病房裡曾暗地觀察他聚精會神看 Discovery 還是國家地理頻道節目「吳哥窟，失落的城市」，你好忙的移動視角到他眼光投注的螢光幕，恰恰對上了那座十五世紀突然消失頹圮的吳哥王朝。（悉達多兩眼凝視，好像看準一個遠方的目標；他的呼吸似乎已經屏氣。他就這樣靜靜地坐著，凝神專注他的禪定。——赫曼．赫塞《流浪者之歌》）

你亦越界凝視任何唯一神：「眞變成了甕，千萬千萬不能把人世最後狀態的病體給他啊！請給他生病前那樣精實的身體。」（你又擁有了信仰？）

張德模離開人間第二天上午，你赴醫院結帳，並拿取正式死亡證明。你回到，六〇七病房，人世的最後之門。（現在，你可以放心離開病房了。）你佇足病房門外，你假設這是最接近他的位置，從沒以這個身分面對他，你顯得有些生硬：「我知道你沒有任何話要說，所以從沒問過有沒有事要交代。我還是要說，如果有任何需要或想讓我知道什麼，隨時可以用任何方式告訴我，我一定收得到。」你還說，癌症患者無法捐贈器官，無法如願，但身體捐給醫院做病理解剖了，（張德模，你當然已經知道了。）醫院依規不收最後一輪住院醫療費，上限五萬元。此人聽了八成會大笑：「還有剩餘價值！全部拿去！」且絕對不忘調侃你：「就是愛錢！」

就在這時，一道巨大白光在你腦內爆閃，外星人降臨，（死亡，你的這段記憶將會被抹掉。）你被一股強力引導如每次回到病房伸手要推門進去，他就在門後頭。（不行，千萬別進去，那已經是別個病人的房間，你不能失常。）你以相等意志反向離開。就在進入醫院六個月後，逸出記錄本身，你離開病房時的身分是一名偽記錄者。

偽比賽

從此，你進入南極時空。夏日永晝白光冬季永夜累月，平常心行走生活。地球外地球，永不融化巨大冰蓋下。最後的容身。

所以，這是你的記錄。不是他的。

就在你整理記錄之際，溫布敦網球賽開打，你們每年最期待的節目。你咒罵與山普拉斯對打的任何球員，除了阿格西，這對從青少年時期就交鋒的夢幻對手。對手的意思是，能創造話題，將彼此推到更高境界。現在他們有更溫暖的凡俗故事要說，他們比老婆、比兒子將來會把對方打敗、比誰能破最老冠軍紀錄。阿格西說，彼特的老婆比我老婆高是不錯，但我老婆肯定球打得好。開什麼玩笑，玉羅剎葛拉芙吔！史上最偉大的女單網球選手之一，二十二座大滿貫得主，一九九九年摘下法網賽第六冠宣告退休。此後唯剩一著棋，把自己送進名人堂。（所以，死亡是張德模對手？）

他們對打歷史時刻，大半賽程你躲一旁：「哎呀！不敢看了，現在什麼情況？」他調侃：「笨，這點膽都沒有。兩人比兄弟還了解對方，這種等級輸贏算什麼？」什麼兄弟？你沒問。（他嚮往的友誼是，萍水相逢，對了味，比兄弟還親。）

是的，你老把眼睛閉上，假裝沒見到。三小時食道支架手術兩小時食道顯影五小時好仔細在腫瘤間找路徑裝置成功人工食道，四天加護病房細菌感染引發急性敗血症十分鐘狂燒到三十八度往四十度竄升，你向著醫生狂吼、懇求：「請你們認眞嚴肅地看待他的病！請你們不要以爲他最後總是要死輕忽了過程，請你們不要集體放棄了他！」爲什麼搭上了這班失控的雲霄飛車？

「賽局理論」(game theory)，尋求自己的最大勝算。能否掌握充分資訊了解敵情及有沒有溝通互信基礎？這回的腫瘤，你不可能有太多敵情，「最少臨床實驗報告，進步也最少的一種病。」醫生表示。

他偏不把死亡之役當回事，「掛了，拉倒。」始終的態度，「做了就得認。」喝烈酒抽濃菸，不找你找誰？早料到必須付出代價。而你，開始便把頭轉開。「一定躲得過的。」你想，一直到他病菌感染住進加護病房，你掃描病人們，其中一個，整頭整臉自下巴至耳朵釘書針釘住般，裝置藝術？另一個，嘴唇腫得像南美紫紅鈍頭鸚哥魚。你才眞正看見了——張德模和他們一樣嚴重。

回到球賽，「賽局理論」，沒有雙贏的可能。連最愛的大滿貫賽都不敢看，你辯解：「誰把誰打敗了我都很難接受。」

他輕描淡寫：「沒有誰被打敗。」如偈。

二〇〇一年仲夏，曾經是青少年溫布敦冠軍新生代費德羅，草地至尊山普拉斯的傳人，一記回發出界送山普拉斯出局，你才知道什麼叫失敗。

之前二〇〇〇年，山普拉斯尋求第七座溫布敦冠軍、網球生命第十三座大滿貫，你在長春。爲了看這場歷史決賽，友人家沒裝有線電視，你報紙追著跑消息，決戰時刻你住進飯店觀戰，「盯鈀上了。」連續不斷地盯住了。張德模不攔你也不跟著去住，光丟出一句：「乃玄。」

東北土話，意思是太誇張。

決賽當晚，飯局一半你堅定的抽離好玩的相聚趕回酒店，偏比賽場地雨下個不停，開賽一再拖延，球場遮雨布拉開鋪上又拉開，熬到半夜，終於山普拉斯和你也十分欣賞的澳洲名將拉夫特開打，幾千名觀眾鴉雀無聲，既寂靜又喧譁，美好張力。四盤雙方互保發球局都打到決勝局，二平。來到第五盤二局山普拉斯穿刺韌帶手術，好小好小間距，破了拉夫特的球。

球賽結束，你所在的城市此時即將破曉。風格者山普拉斯拿得冠軍。別人的勝利是狂喜，山普拉斯是委屈，跪在草地低頭久久，聖血嘩啦嘩啦流遍全身，終於打通人生經脈。

爲什麼你祈禱他贏？這就是理由。拉夫特沒有創造悲劇的元素，他說，我已經有兩個亞軍盤子，不需要再多一個。球賽結束他又多了一個。最重要，他贏，寫一屆紀錄，山普拉斯則是寫歷史。

之後兩年，一代球王一冠難求，十拿十穩會進的球，不偏不倚貼著線外，出界；拿手絕活running for hound、跳起高壓、Aces、發球上網，神力全失，降爲凡人。到這時，你懷疑只有阿格西那樣的對手能激發出他最深層的驕傲，勾引出他最美的潛在回應與熱情。對手愈弱他愈消沉。你疊聲抱怨：「一流球員都到哪裡去了？」

終於等到二〇〇一年美國公開賽，四大滿貫賽一年最後賽事，山普拉斯和阿格西分屬不同組。一掛種子非種子球員捉對廝殺，清理十面埋伏爲他倆開路，刺點出現，兩人眞的過關斬將雙雙來到決賽。

操練再精準的演習也不過如此，神恩。球迷紛紛急速冷凍這個夢，生怕入夢者臨陣抽腳，人人揣著祕密一路似醒似睡來到決賽之破曉時分，醒了：「不再有了，這個對打不會再有了。」一場當下就成經典的比賽，山普拉斯打敗了阿格西。

一直要到山普拉斯一生最好的時機來到，你才知道張德模講的「沒有人被打敗」的意思。你之前居然大剌剌斷言，山普拉斯在等一個冠軍，退出。

眞的沒有人被打敗。告別式啓動，輕視交際者，沒發訃聞不收奠儀花籃花圈，孩子們的同事同學朋友一概未邀，是張德模這一代的事。

拂曉，兩兄弟平常穿著，老母怕不讓她去急的半夜就起床盯動靜：「張模沒了，我總要送送他。」馬戲團無聲無息出發前往殯儀館爲張德模穿衣，你不讓工作人員爲他化妝，臉相平靜，眼瞼低垂若無其事，此人一生的記憶已先離開，這樣的表情也將在不久後離開。

百多位朋友全部不請自來，告別場，張浥塵，小雨輕輕覆蓋絕早揚起的旅途沙塵，爲孩子取名字那刻，人生已定，孩子的到來印證這位父親對遙遠的嚮往，他說：「經歷陪我爸的過程，現在我很確定，我爸沒有被打敗，死亡只是奪取了他的身體。」一一送上他喜歡的桂花枝葉、高粱酒，桂花你和老友姜捷半夜在社區收採的，每枝她仔細修剪了浸水，過一宵還好鮮活。每人一酒一花，樹枝置棺上，酒對飲，大清早便喝開了，都是善飲者，「見一次少一次」，朋友們紛紛訴說張式話語，老台詞老地位，如今都有了意義。全員全程陪到火葬場，無人中途離席。送行隊伍即追悼隊伍，張德模與朋友們見一次少一次地並肩起程。

活著的你們是一群僞參賽者。你絮絮叨叨的記錄，絕不會是他的，是你的。你好想重看二○○一年那場經典賽事，這次，將不爲輸贏，你有更大的要求，浮士德由衷的讚嘆：多麼美好，請你停留。

偽機器

爲什麼石破天驚，他六十二歲這年收了腳步？讓原先等在生命盡頭的人生，有了清晰的輪廓。不需要啊！

他尚未習慣的妻走在他去過的餐廳、酒館、山邊小道、朋友家、雜貨店、捷運車廂……癡癡呆去。

有天你穿過住家旁馬路去提款。想到他在這部提款機取錢回來說：「這台提款機規定最少要領五千元。」你哈哈大笑：「怎麼可能！」他無奈地搖頭：「你這人就是不相信人！爲什麼沒有這種機器？」沒人性！他斥責。你聽進去了，卻覺得悲哀。

這是商業機制世界啊！任何程式都來自摹擬與需要，並浮誇指引你的需要。僞人性。只有此人以爲自動化代表一切科學，秩序。相信科學視之爲一種態度，不是迷信。你其實早就好絕望的恐懼，「有一天，我們都要被科技淘汰。」沒有等這一天，非被迫提早出局，他是自願出局。

背向潮流，他如一支逆向而行隊伍。遠眺十三世紀，羅傑・培根（Roger Bacon）《小拇指》（*Le Petit Poucet*）預言了七里靴一步七里景況、十六世紀達文西（Leonardo da Vinci）非天才無法比擬創畫飛機造型、十九世紀儒勒・凡爾納（Jules Verne）已描繪了潛艦戰爭，還有赫伯特・喬治・威爾斯（Herbert George Wells）遙想星際未來……這種種如瞬間發生，飛機、潛艇、太空船從此齊備。他一出生就丟掉了人人渴求的時光機。

來到二十一世紀，你卻太自以爲聰明，玩弄一點日新月異概念，以爲效率；而世界此時反人性，「機器最後會毀壞」不再是眞理；機器不死，「逃逸速度」。

檢視這個人吧！在你眼裡，曾經他是如此油鹽不進，什麼電腦、行動電話、電子記事簿等等，如同被他開除的誇誇而談僞君子、前倨後恭軟體動物、輕然諾之輩，如同器皿上表演徹底消失的仰韶居民：

新石器時代居民。常以黑紅二色彩繪，紋案習見幾何圖序、魚、鹿、鳥、人面、花瓣，構圖精巧合理，紋彩絢麗多變，原始藝術典律。

你有義務宣告二十一世紀新發現，新仰韶居民。

新仰韶居民金融卡向來由你掌管，需要才拿；無房貸、循環利息、汽車燃料稅、紅利積點什麼的，是副卡族，朋友好玩慫恿才表演現代化簽帳秀，是拒上收開瓶費餐廳的古代人情味怪老頭：「什麼浪蕩侈靡陣仗沒見過？不當凱子可以吧！」厭惡簡體字：「文明的終結。」鄙夷弱肉強食大欺小：「眞有本事去把拳王阿里打一頓！」喜愛大自然如原初生活：「這才像人過的日子。」

最火大一次中正機場出境赴北京、長春，禮品室買一個故宮仿古瓷掛飾給張浥塵。你攔阻，說二十三歲男孩不會喜歡這個，他買了。北京轉機時，又在禮品處選了座水晶小天使，你又不以爲然，說這禮物未免太不實際。長春仼妥了，他才痛罵你一頓，小天使給剛意外過世的東北好友景芳的獨兒子、小四生東石，表達的是保護陪伴的意思；仿古掛飾給研究所畢業的兒子：「有這麼難嗎？要他們懂一點中華文化，給一個失去父親的小孩一點點安慰，一定要買汽車遊戲機才叫禮物嗎？這麼世故！」

放棄修復能力，成爲二十一世紀機器人，反「逃逸速度」而行。張德模退化爲原人，輕視現實。

沒有手機，他走後，你無入口進他語音信箱，你有天突然憶起他入院幾天前在你手機留話：「既然沒接，我只好留話。剛才銀行打電話問信用卡遺失的事，最好回個電話，別讓人等。既然打了這通電話，就告訴你晚上土匪一票西北軍老人聚餐，沒什麼事，就是喝酒，我會晚點回家。see you tomorrow!」聽慣的大貝斯男性低沉嗓音，懂機器但不喜機械化，無人性。

他逝後五個月，半夜你睡中虎地直起身子，淺睡中想起這則留言，打開手機急急進入留言信箱，查遍了，頹然憶起，那支手機他住院時掉了新換了這支。

那麼只剩下他幾乎每次操作都不成功的提款遊戲了。你失去控制地常在半夜持他的金融卡，假裝一番，你假裝查詢他的戶頭裡金額，你假裝轉帳，你假裝提款，……你不斷輸入你將一生牢牢記住的密碼，他的生日，直到你也死亡。

銀行說卡可以使用到年底，屆時就會失效。你永遠不會剪掉，甚至他的錢就一直放在那兒吧，菸灰缸、打火機、筆筒、古董橡木酒架、書籤、半瓶酒……不也照舊放在那兒嗎？沒有變化就是最好的狀態。（你提起一點都不想收拾他的東西，翠娟說，就這樣很好啊！就當把拔還在。你說，翠娟好可惜，你自己父親早走，結婚有個那麼喜歡你的公公，你的父親緣太淺了。她低頭掉淚，說，是啊！我也好喜歡把拔。）

你站在他所描述最少領五千的提款機前，輸入中文選擇，介面秀出一排功能選擇字幕，一排快速提款標示：五千、一萬、二萬。最高二萬，最低五千。

僞機器。張德模是對的。你不知道氣什麼，你恨不得消滅這台領款機。你任性粗魯的捺數字鍵，二萬，一張不差吐出來。

無聲地淚流滿面，手上抓著一把錢，沿路往黑夜隱去。「不相信科學」，他對了，老不經過實驗或觀察就妄下結論，你永遠學不會退到最遠看事物。有些東西就是以你不知道的不合常理在運作。人性。

如果沒有意外，有一天你將跨越他的生年，漫無目的走下去。就像現在，一個人。你終於知道，是不耐你的散漫、不求甚解、不好奇，還有還有，旅行要賴釘死術，他這次是踐履他給的警告：「跟你們這種人出門眞乏味，下次我要自己去。」這回，眞上路了。

上路四個月，銀行寄來通知函，全面晶片化，結合金融卡、國際提款卡、國際轉帳卡、國際信用卡、現金儲值卡的晶片卡，年底推出。磁條金融卡將停止使用。是的，年底無論如何，他那張卡片都要失效，到期了。看著申辦函，你還眞的考慮，要不要爲這僞生命煞有介事跳過死亡，爲他續卡，繼續跨年度跨生死？忌日或生日，講不定循了往例邀請三朋四友，續攤。卡號他一定知道的，他的生日。永遠不會變。

八月入院「紀念日」，惡符號水淹土埋著你，你心煩氣躁馬路上亂走，瞄見街角櫃員機，好吔！玩玩他的密碼遊戲，可你老閃神輸錯密碼，突然，面板秀出一行字，不待讀懂，你急得快手要抽回磁卡，機械動作更快，瞬間卡片刷地被吃掉了。

你依提款機旁列的電話號碼打過去，負責行員強調不能發給你，當事人會有意見，你努力保持風度：「他死了。能有什麼意見。」對方精神一振：「那就更不能發還了。這張卡片號碼已經被註銷，你拿回去也沒用，我們都有紀錄，你有可能還會吃上官司，你盜用了別人的提款卡。」什麼別人？張德模你這會兒成了別人。

你要求主管接聽，電話轉了幾手，更冷的答案。於是就在公共場所，你徹頭徹尾失去耐性放聲大吼：「我管磁卡有沒有用，我只想保存這張卡片作紀念！把卡片還給我！」對方：「你本人來辦繼承才能拿回去。這段時間我們幫你保管。」二話不說你立時衝到銀行。結果一樣，絲毫打動不了他們。走出銀行，立在八月的街頭久久，烈陽當頭，記起一個極遙遠畫面，納莉颱風狂掃而過的整條街成了河道，大水退後，好魔幻的這家銀行七零八落帳冊、檔案等等光天化日當街曝曬，今夕何夕？終其一生，你對這家張德模唯一擁有信用卡、金融卡的銀行的印象，就永遠停在這場魔幻經典畫面。魔幻銀行，你困在無人性的律法遊戲裡走不出去，你失去進入他的提款隧道的磁卡。不久，年底你將失去他的副卡。

你唯一能做的，就是強悍發誓，再也再也不用這家的任何卡！

偽節氣

關於命定，張德模其實已經猜到了吧？都說命定很大部分是看病人放棄不放棄。在他，沒有放棄、不放棄的問題，順勢而己。

可這回，你還是得承認，他是親身推翻了對張家男人長壽傳統的誇口，老得意洋洋望著老父親：「好人不長命，禍害留千年。」他屬禍害。你一直疑惑他何以忽略祖父早逝的事實，一概只由老頭沒病沒痛活到九十壽終正寢推論，明擺著拔離祖地，孤孤一條父系線索，張家一脈均壽値被打進灰色光譜，作爲島上第二代外省移民，舉例注定薄弱？但凡事回歸歷史的他，爲什麼臨到歲數這事就總如此堅持，如此自信。而你，從來簡單深信他的說法，唯一的說法。

（「正時間到了就知道。」其實你不太在乎眞假。）壽命的節氣。

倒數計時啓動前一天。二〇〇四年八月十九日吐血送急診室，死之前奏曲。一九九八年四月一日切除膀胱腫瘤，死之首部曲。他開始，不，你們開始在一間一間病房流浪，如同這世上沒有「一個小孩」這回事，病人也是。

無論怎麼樣，是你自己要走的，但你還是擔心離去是被拋棄的狀態。薩依德如是形容。

成爲一支僞病人隊伍，你們入院，你們出院，你們又入院，你們又出院，你成爲最會收拾行李的旅人，卻從不欣賞風景。你偶爾也爲自己掛號，從病房打出去，總機老以爲你是醫院員工。進入他們的聯繫系統。僞病人。躲在他後頭。

前四個月還看書報，三份報紙，每次都要求放在順手處，最重要的事。也散步，自己一人到處走。你偶爾跟他，走著走著，他就折回病房。不耐煩。

有回，你不知道他散到哪兒去了，一路找去，在醫院角落看見他面無表情凝望窗外，流露未見的鬱悶。你退回。他不會聽見你的腳步聲，聽力因爲做放療受損。有一度，報紙也不看了，紫杉醇化療，視力受了影響。

從來沒有什麼「好了以後」的計畫。倒是有一天你小小說了句：「出院以後怎麼辦？」直接跳到他出院以後的照顧問題，他沒回應，絕不自我催眠，但也不再調侃：「這點本事都沒有，還混什麼？」你在一場不來自睡眠的夢裡，感覺要換節氣了。

二〇〇四年二月二十六日清晨五點開始，僅僅一個夜間，節氣快速轉換完成。

七七四十九天，初夏來臨。十點剛過，你堅持同隻每年如期前來的烏鶖，站上橫過凵形廣場電線，油墨身軀稍微前傾正對你窗口發出清亮的初啼：假的！假的！假的！聽來是這樣。

確定此鳥叫烏鶖之前，每每注視這黑漆漆的羽毛鳥，賣力啼成這樣，他打趣道：「像隻報喜的烏鴉。」極欣賞黑鳥這股牛勁兒，才不理會什麼烏鴉象徵倒楣。你堅持這是同一隻鳥，一九九五年開始出現就成了候鳥，他不經意笑道：「奇了，有那麼長壽的鳥，可以展覽了。」

不久，再度迎來今年烏鶖，怎麼叫聲聽著格外悲哀？你問道：「難道你知道了嗎？」黑色死亡來臨，你沒辦法相信人在白天死亡。如今，永夜來到，你再也無能力分辨日子是開始還是結束？之前你曾假裝是天氣狂，無時無刻盯著氣象：西伯利亞冷氣團南移，內蒙古開始下雪，截至昨晚積雪十五公分。陝北高原地區西安、太原數日秋雨，狂烈東北季風，導致氣溫驟降，同期最低溫昨晚出現在西安近郊扶風縣，只有攝氏三度。

節氣眞與死亡關聯嗎？醫院，密閉空間，恆溫，哪來什麼節氣呢？只有他的食道腫瘤無關天候冷暖，自行增生擴大，灼燒著他的背脊，你依他要求調整冷氣度數，最後整個房間冷得像冬眠期。不要醒來吧！背向僞節氣。好冷。

這年，烏鷲自那天來後就再沒出現，距離一九九五年，整十年。

未來的孫子

時光機再度啓動。你由一個漫長悶熱的清晨悠悠轉醒。彷彿從密封的死亡化石走出來。有道小小的聲音，張遠樵（未來的孫子）在你耳邊清甜溫柔要求你：「去看牛。」住家附近有座教學農畜養殖場，得穿過隧道。

他出生倒數計時最後時刻，你和張德模被臨時電話召去朋友酒敘，談起即將來到的孫子性別，張德模沒想法：「只要不生出個猴子就行。」名字呢？「張遠橋」，張德模取的。老友袁瓊瓊回以同音字：「叫張遠『樵』？」就這樣，快到的嬰兒有了名字，未來的孫子同時有了名字。

離開小酒館時你們好清醒的由深夜小巷底穿走到主幹馬路，沒半個人喝醉。至於張遠橋，當時你並不知道日後這名字將回來。而張遠樵正往你們的路走來，幾個鐘頭後，他到了，名字已經準備好了。你們回到家，見到兩雙拖鞋躺在門邊，（你還好荒謬的詫笑：居然比我們瘋得晚。）其實是未出世的孫子母親陣痛開始，已經前往醫院。不久，家裡電話響起：「生了！生了！」產房觀察室裡，你提起幾小時前的命名聚會，孫子的媽媽：「張遠樵不錯。」於是，就有了張遠樵。

張德模走後，你對老二張浥塵說，將來成家，無論生男生女都要叫回張遠橋。遠方的橋梁，回家的路。原來原來，張遠橋，未來的孫子，張德模已先行完成命名，他預言了即將遠去，藏在命名的摺疊中。（你開始等待你的聖經在眼底展頁，耶穌死後復活，聖經預言寫在蒲草紙上留在人間。未來的孫子，張遠橋，有一天，你將違背自己對來世今生的定見，在這個張遠橋出生後，以與張德模約定的舉動，試探地觸摸小嬰兒腳底板，聆聽答案，你將盯著嬰兒的眼瞳探問：「是你嗎？張德模？」）

看牛之路，車體開始進入隧道，光線使得周遭改變了圖樣，時光機隧道，這次，光源在南。台北城東南邊緣，數十頭乳牛，白底黑紋的、全身栗黃的、不規則黑白紋的，每頭牛體都烙上火印，J87 黑色蕈狀公牛、J45 黃色懷孕母牛、J64 花色正逐漸成形小牛、J22 巨大鼓脹失去了形狀待產母牛、J102 黑底灰白圈母牛，一組放大的密碼。你凝視懷孕身體起變化的牛隻，發現每個花色單一頭，占多數沒懷孕的牛群，才有同色花系。

已知的孫子站在生命初啓如夢之境，迎面撞見緩慢移動的巨大生命，他伸出嬰兒肥手指喃喃不斷：「狗狗來。」狗？你搖頭，要看狗，公寓樓下一大堆流浪非流浪狗。張遠樵第一次在電視畫面看見狗那刻，狗被關在電視裡頭，他放聲大哭趴在螢幕上要救小狗出來。

一陣氣味飄過來，不知道怎麼改變了周遭的氛圍，靜定的牛群開始緩緩移動，夢柵欄裡，不時傳出催眠之聲：「牟！牟！」牛體碩大無朋，失掉平衡。傾斜的城市東南隅。你低頭發現野草叢一大束蒲公英！線狀針形向外翻捲，你伸手指道：「樵！你看。」你朝花球吹氣，魔術白色冠毛絮柱翻飛飄散，如旅途揚灰。他張嘴仰頭呵呵笑。

脫水頭狀花序菊科植物，Mindulle，蒲公英，這年第七號颱風。行進路線怪異，歷年罕見，國土崩坍七二嚴重水患，繼續往中國大陸、香港吹浪跡天涯，使用韓國給的直譯名稱，蒲公英；只有台灣，敏督利。非世界氣象組織成員，無法參與命名。（張遠樵，張德模注定為未來的孫子命名，他是未來的爺爺。）

你們在異境臭味裡迷了路，院落深處無止境，倒是放慢轉軸的高大茂盛闊葉野山芋、冶艷放縱醉紅杜鵑花、地衣巨瓣淺綠幸運草、甩在半空中褐色阿伯勒長豆莢……畫面，與具痲痺神經的白色大花曼陀羅，讓你跌落曾經的夢裡。如此邪惡的尚未誕生的國度，理想而熟悉的國度。不是面積三六一五二平方公里、海岸線一五六六公里，現在的這個，台灣。

下一秒，毫無預警的窒息感撲面而來，牛群消音，四下完全沒半個人影，鎖進經緯度被抹掉的平面方位，時光凝凍，乳牛屏息靜止，在類催眠夢境裡，展示著日後將重新被詮釋的曼陀羅圖像，彷彿你正摟著未來的孫子。牛糞牛尿、牧草搓出一束混濁氣息，重重將你們罩住，大家都到哪裡去了？張遠樵好張皇的眼神，突然以不清楚的語言亂連結：「爺爺叫張德模。」

仰望天空，你問，張德模，你告訴我，未來的孫子有意義嗎？

回到家，你展開延宕的曼陀羅時期。容格心理鏡，望遠。白色大花曼陀羅、綠色蒲公英、黑色窗戶、黃色蒲草，命運都在裡頭（白色大花曼陀羅每年六月結束花期）。其實你從沒看過活生生的蒲草。那種聖經紙，最古老的故事寫在上頭。

倒是你見過的蒲草，是人，名字就叫蒲草，和老頭平輩論交。膚色黯沉，性格深沉，十足男子漢，同儕間頗得人緣。有年暑假，蒲草領兩女兒上台北。女孩國三和小六，發育良好，健康寶寶，膚色黑亮，食量驚人，活潑開朗，沒什麼進步少女姿態。搶著做家事，乖巧溫柔，被誇光會憨憨地笑。

蒲草軍中退下來找了間工廠看大門，另和老鄉戰友合夥開計程車，一家四人，空了輪番照顧家庭起居。（也是個僞家庭？）

上門來玩那段時間，女孩洗完澡，換下的衣服一概順手洗乾淨晾妥，你極訝異，從未被提起的母親在哪裡？居然家人日子可以如此單純，你彷彿翻開寫著樸素聖經的蒲草紙。

一住大半月，哪兒都不去，每天每天高分貝擺龍門陣，痛快喝酒，累了就打地鋪睡客廳。兩女孩暑假過半不僅個頭抽長了且添了體重。暑假結束前離開，從此再沒聯絡。你光記下了名字。

後來你一次初秋單獨赴大陸最北極地小城漠河，無窮盡灰濛濛地平線。農民指向大漠窪地，夏天時，一望無際遍布蒲草。曬乾了的蒲草是黃的，成束成束站直捆綁在野地裡；有經驗的農民煮蒲草時擱鹽和綠色顏料，蒲草乾了便是綠色，像活著時一樣。編蓆子、筒簍、罐子、拖鞋，雖不好使，反正命賤到處是。

當地小街上有不少朝鮮族，專營泡菜鍋和漬狗肉：「懶，好吃酒成天不幹事，老跟人打架！」小飯館老闆批評。「跟人打架？」「可不是！整不過他們，不惹總可以。」原來說的打架是拌嘴的意思。

女人裡有些單眼皮極薄那種，配上瓜子臉，懸膽鼻，說不出的俊俏，不像東北姑娘一張大盤臉。

侵華時留下不少日本孤兒。居然全是女的，男孩都想方設法遞溜出去，沒送出去的也叫父親給切腹殺死，免得落入支那人手裡。（孤兒流浪記？）有些小女孩被窮人收了當童養媳，文化大革命時敲鑼打鼓鬥臭鬥垮收養日本鬼子人家，那些人沒被鬥死的反過頭惡整童養媳：「都叫你這白虎星給剋的！倒楣鬼，能改得了掃帚命嗎？我就不信！」再度被打回到仇人的身世。

改革開放後，消息通了，即使世界僻遠天地，仍有日本親戚循線找來，大人都死了，找到孤兒。童養媳半句日語不懂，仍歸籍日本，有些還繼承了不少族產，立刻帶孩子走人，再沒回來過。「回來幹啥？還不走快點！在這兒命比蒲草還賤！」八月平均溫度攝氏五、六度的地方。你快速失去對那兒的圖像記憶，一片灰濛，黃草漫到天盡頭。而且，寂靜。無論站在哪裡老感覺背後拖著道回聲，從遙遠的極地傳來，有人誇張的說：「說不定是十分鐘前自己講的話？」但也僅止於此，不會有什麼下文的。

張德模過世後，你想起那次拜訪，問孩子記不記得那年夏天兩女孩，沒有，像極地回聲，存得老久了，地理現象，並沒什麼深刻意義。多年後，你突然明白了，那四口之家需要眞的家的模擬。你們家是圖樣。但他們大約也明白，他們不是眞正的一家人，你們也是。牛養殖場，一個失落的古老系統，根本不該在都市，你們的經驗裡。

於是故事走調。已知的孫子走出畫面，人世裡的命名者逸出。張遠樵擁有一隻唯妙唯肖秋田玩具狗，叫汪汪。你隨口問他：「小狗叫什麼名字？」他想都不想：「張德模。」你詫異極了這才正色問道：「那爺爺叫什麼？」他好玩極了的大樂：「叫汪汪。」大人一陣狂笑，你狠狠瞪過去，樵爸才制止：「奶奶要殺人了。」玩具狗是實物，張德模則不在家裡走動，抽象名詞，是牆上照片裡的影像。他離他已知的孫子愈來愈遠。

你好悲哀的明白，張德模之抽象已正式完成，和牌位、歷史、信仰、極地、赤道……同意義層。「把他生回來。」他根本不相信的事，然而然而，如果有來生，他有沒有可能是他自己的未來的孫子，張遠橋？

偽家庭

回到那面牆吧！最初牆上僅掛了全家福照片。就是不對勁，但沒有其他形容詞了。裡頭七人分兩排，老太太老先生前頭端坐著，他們五人後面貼身站著。關鍵是兩女的都不是男的生身母親，是妻子，後母。五名男子分三代，爺爺，兩兒子，兩孫子。（甘家屋基，張德模祖父張敬九在那兒發家，也從那兒垮掉。）兩女的，她：媳婦妻子後母；再就是奶奶，（婆婆妻子後母）張德模的母親。老母原是舅娘，大舅譚國家。張德模爺爺奶奶早逝，張順仁娶了譚家女兒譚國民。（男人名字，高個兒，長臉，大手。）

譚國民年幼患氣喘，家裡給噴大煙治病，出嫁後，懷上張德模被迫戒掉。張德模下地養在外婆屋頭。後來懷上張德孝血氣弱，這會兒戒不掉了，張順仁爲了肚裡娃娃甚至動過手。等譚國民生人生死了，他舅舅譚國家隔沒幾月也病死了，單丁獨苗，李俊昌並沒有離開譚家，一房是活下來的娃娃要帶，一房是新寡需要丈夫。家祖祖作主兩人結了親。（女性長者當家，媳婦女眷們負責燒飯，有趕場時趕個場，平常空下手來躲著家祖祖打四色牌，聽見動靜，立刻散局。個個練得耳聰目明，當完了媳婦當婆婆，比誰都知道媳婦的花頭。日子過成這樣，有次你聽到個詞兒：沒有理想的一代。立刻就覺得正好用在這群人身上。）

新嫁婦角色難做，最理想的狀態是保持距離，出去看世界是個辦法。（你癡想，如果當初留下張德模，他也開口閉口「人家說」嗎？還是「領導說」？他曾誇口，他留下，不會是張德孝那樣，如果鬥死了那是另一碼事，沒死，肯定出頭。你相信有這個能耐。比環境更高，那是王者氣質。）

家祖祖當家作主，本來留下張德模，用意是拴回大人。但張德孝還在襁褓體弱殘疾，旅途不好照顧，臨時換下。

家祖祖斬釘截鐵：「別以爲該你們的。非要出去看世界，弄個三長兩短，溝死溝埋，路死路埋。要沒死在路上，早去早回，娃娃暫時給你們帶著，算譚家屋頭八輩子欠張家屋頭的。」

家祖祖的條件是，兩弟兄無論誰，將來要過個兒子到舅舅名下，算是報答她閨女。萬一落空、生不出兒子呢？沒那話，鐵了心非生出個兒子還能失敗嗎？

反正張李譚三族關起門是自家人，說出去肯定能博個美談。

離開了有名有姓的鄉人，張順仁夫妻倆開始奇怪的信仰生涯，信「人家」。半數以「人家說」禿頭句起頭。雖信「人家」，靠的還是自己，深信到不知道怕：「我不相信找不到飯吃！我一輩子沒靠過誰！」（義大利化學家、作家普利摩・李維，一名「一輩子都在原地兜圈子」

的地獄奧茲維茲集中營殘存之書《滅頂與生還》：一個沒有信仰的人怎麼可能編織或接受一個「恰好出現」的信仰。）

既不信「人家」也不信父母這套，人們反過頭來對馴服他顯示了驚人的興趣，所謂人們，除了父母還有女人及教徒。（你們社區，有人極愛狗，寵物女士雙手各抱一隻迷你狗，娃娃車擠了三隻急著往外爬，每天早晚遛狗，自己頭頂繫著和小狗同款式蝴蝶結，寵物女士兼虔誠教徒：「張先生，我們家晚上有聚會，你有空一定要來參加！我們會爲你祈禱。」「我一定沒空。」張德模正經老實回答。兩樣他都沒興趣，小型狗及宗教狂。女士笑得花枝亂顫：「張先生你眞有趣。」「別有趣了，你的小狗在發情了。」小狗抬腿在女士腿肚窮磨蹭。）信「人家」的兒子長大後被推到對面成了科學人。經常的對話是，他問：「人家是哪個？」當父母的既急且怒：「對門三樓王家啊！你考我來啦？你是我兒子哦！」「哪個三樓？兒子朗概？」老母往外亂指：「丈夫死了，一人拉拔三個娃娃那個嘛！先頭有人給她說樓下王先生，女兒都不答應，現在娃娃大了，都苦出來了……」張德模趕忙打斷：「行了行了。成天搬弄是非。發揚光大這精神，洋房都買三四條街了，原子彈都能造出來囉！」

怎麼就當了一家人？

看世界

從傳宗接代的角度看，兩兒子落地，老頭張晴嵐族名張順仁，對祖上算有交代。兩兒子甘家屋基「敬順德輝遠」排德字輩。張德模、張德孝。

張晴嵐出門數月打外地回到鄉裡，（張順仁做什麼生意？「說是藥材，搞不好是鴉片。」張德模想像父親也是半個江湖人物。）一夕之間空軍入伍生總隊在家門口銅梁舊市壩成立，民國二十八年西元一九三九年。張順仁民國元年年初六生人，下地就是民國。抗戰軍興，大難局勢，田隴池塘低空掠過 **P-40**、野馬式 **P-50** 機腹都看得見編號。

竹籬笆架起，六公尺門柱雄起，左右遒勁勒刻對聯，「民族復興路／空軍第一關」，鄉人交頭接耳，那興奮的！死老百姓臉從冒額頭飯碗抬起：「把空軍脫神的兵送進來，訓練三個月，就出息了！啥子喲！把我們地方當大頭！」販夫走卒團團圍在竹籬外，抬滑竿的腳夫、斜歪著一支扁擔的挑夫，擔擔軍大隊。想出大門嗎？老子早等著你龜兒子咧！你龜兒子試試看！（裡頭飄出隊歌：巴山萬仞，志士如雲，這是空軍的入伍營。人人勞動，自力更生，不分天空與地面……，北京腔唱。牆外，鄉人摸索著，不久琅琅上口溜得像校歌，原本是川音，對著唱，還進了變臉段子裡。）

兩方人馬爭端不斷，總隊長王秉鉞黃埔出身，請大夥進去耍，龍門陣擺起，安撫鄉情。幾十隻眼睛盯著：「肩頭那顆星好美喲！扛得起嗎？」條件開出來，找工作？隊上有缺老表第一優先，受教育？公家資源全面回饋鄉里。入伍生總隊遂成了地方的「衣食父母」及局勢風向球，圖書館、學校全開放給老百姓，來不及鬧省籍情結，四川話成了空軍的國語。

鬼鬼祟祟的年代，鴉片是川軍庫銀主要來源，還徵煙土捐，各軍師部隊武裝運貨護送鴉片，長驅直入各防區。入伍生總隊相對川軍是「下江」部隊，強龍不壓地頭蛇，一概放行，行的道上規矩。地方邀宴，總備有精品鴉片，不登煙床吸兩口不給面子，酒則不醉不歸。抗戰沒把人打死，搞不定的話先死在地方手上。

入伍生總隊便與川軍唯一約定，不得吸收入伍生總隊員兵加入祕密組織及拜把兄弟會。（說好聽叫兄弟會，總不能點明是袍哥組織。袍哥派系複雜，有自家語言，以暗號聯絡，水路通吃。）入伍生總隊訓令外出絕對不准張揚落單。就這樣規定，鄉道上仍到處走著大盤帽、雷朋金邊眼鏡、筆挺制服、右腰別著刀鞘、左腰掛把手槍、腳蹬短統靴青年，走路有風，看著刺眼。

果然不久，到底栽在地頭蛇川軍手上。川軍有四大山頭，人稱「水晶猴子」鄧錫侯，八面玲瓏，第二十二集團軍總司令，下面轄四十一、四十五、四十七軍，總部設在成都，方方面面一時之雄。

那梯次軍官班開訓，初來乍到空軍少爺們滑竿抬著，後頭緊跟著輛黑頭轎車，過不去，猛撳喇叭，前面當沒聽見。黑頭轎車上坐著鄧府第一公子鄧亞民警衛團長，領兩妹妹在後頭吃鱉，四個輪子過不了兩條腿，鄧亞民掏出槍就朝滑竿射擊，飛官們躍下，衝上前兩方八國語言論戰，話講不通，先幹一架。空軍少爺人多勢眾不長眼不認得四川一霸，落了下風的鄧亞民回朝搬救兵，撂下狠話，見一個殺一個，殺盡空軍機關部隊下江人，「給老子宰個好樣的！」戰火一觸即發，鬧得空軍當局增派人馬進駐各部隊。

入伍生總隊眼看事情鬧大了，派下命令，所有生員禁止外出，若遇見二十二集團軍打不還手罵不還嘴：「誰要我們不長眼。」

總隊長親自登門領罪：「本人沒帶好兵，成了空軍罪人，要討公道在下命一條。」水晶猴子哪是白得的，坊間謠言四起，各方霸主蠢蠢欲動，這兩軍打起來最好，正等著伺機坐大呢！鄧錫侯總隊長都心裡有數，水晶猴子剔透精靈四兩撥千斤，舊市壩機場跑道剛啓用非去道個賀：「雄起！開個眼界！」雄起，加油。總隊長登時力邀，以拗口蜀語說：「貴賓請都請不到！」成都市區到舊市壩鎮上機場沿途動員群眾夾道歡迎，加上層層護戒凸顯來客頂級尊貴。機場隆盛軍容等待檢閱，鄧錫侯陪檢儀隊，禮砲、最高規格軍禮崇隆接待。等於公開道歉，鄧錫侯面子裡子拿盡了。一場風暴於焉平息。「龜兒！川軍眞難惹！」有口難言啊！更說不出口的是，他的副總隊長田中和娶了當地女教員張玉平，誰？張順仁的小孃孃。總隊長不能勸啊！落得暗自嘆氣：「沒要你裝聖人，朗概誰要你去結啥子親嘛！川娃兒好惹的嗎？」娶個啥子嘛？老家還有一個呢！

喜酒擺在入伍生總隊裡，張順仁帶著家小去吃喜酒，席開百來桌，武裝、通信設備、學校，大開眼界結了緣。（不久，跟著部隊到了台灣，當了通信士。時代農民翻轉成軍人的例子。）

局勢不好，鄉人們個個順風耳蟑螂觸鬚。部隊才有個風吹草動，大夥早忙闖進總隊長室，談的是鄉親一塊結伴走：「帶著大家你順道而已！抗戰那麼苦還有結束的一天，共產黨是自己中國人呢！不是出去轉轉就沒事了。到時能不讓我們回來嗎？」不像沒長眼的亂世流竄散兵游勇，或抓伕、流亡學生、失散孤兒那種，台灣旅行團正式成軍。

一九四八年底出發，白市驛飛重慶再飛上海，一月四號抵滬。那天，正是張德模陰曆生日。春天的上海最冷，他記得那氣息。

軍用大卡車直奔江邊等船轉赴台灣。車隊橫越上海市區，到處見到排隊長龍，買票，買一切的票與物資。平頭張德模仰起如欖仁小頭，瞇上雙眼瞄準，異鄉倒影在他眼底。那對瞳仁預覽著未來遭遇的人間事物。劉備在荊州失去了左右兩臂關雲長和張翼德，千年來退守蜀中古戰場。這次，他們眞正離開四川了！

（這是一次歷史的剽竊或重演？誰不犯錯就贏，所以，民初，羅振玉竊據王國維的甲骨文研究成果，被北大校長後來台大校長中研院院長傅斯年寫〈殷墟書契考釋〉，稱羅振玉爲「羅賊」：民國十六年夏，余晤陳寅恪於上海，爲余言王死故甚詳。此書本王氏自作自寫，因受羅貲，遂畀之，托詞自比於張力臣，張力臣嘗爲顧亭林抄寫音學五書。七月二十七日：今日又詢寅恪，此書王所得代價，寅恪云：王說，羅以四百元爲贈。）

（倒是四百元能逼死有清一代最孤絕的文人？王國維投湖自盡，留下不解的死因。人和古物都可以考證啊！這是對人的最高讚譽？你還好想尋找失落的北京人頭蓋骨。爬上土地成爲直立人的奧祕呢！反正之後古器大出土，羅振玉竟便消沉了。「不逮初學，於是形態畢露。亦可笑也。」退出考古旅居旅順，徹底改行做建築業。）

上海夜宿江邊，一夜潮水聲，湧上落去，半夜天撒下大雨，春雨，「好兆頭！」李俊昌說。「那個都講是吉利。下刀似的，朗概吉利？」老家帶出來長工王世榮頂撞回去。「王世榮朗概你不想活了？嘴巴這樣死壞！」

王世榮大文盲，個頭沒步槍高，他們家沒人了，所以實際年紀沒法查，張家老長工後代，乳名禿兒，癩痢頭沒毛髮，好賭，兩手空空。

田上收了租，李俊昌要他押穀子去縣城賣了換錢，老毛病手癢又是輸到光屁股。但他做了大家都不會做的事，他沒跑掉，「這娃娃不騙人，信得過！只要老老實實，多少都賺得回來。」沒去想他其實不識字，離開銅梁方圓十里非迷路。王世榮發毒誓不再賭，再賭就剁手剁腳。這次跟主子去台灣做牛做馬一輩子賠給張家，路上還可以照顧娃娃張德模。張順仁想李俊昌免不了全程暈機暈船，多個人使喚也好。荐給隊上補了廚房缺，當了炊事兵入列，名字隊上長官給取的。這樣發展出帶著長工跑的軍中旅遊團。張順仁自己在部隊不過補了個上士缺。

高頻率黑洞異音招喚，張德模摸黑下床悄聲跑到岸邊，遠望江面一片煙，撲面水氣與蒸騰江水味道，吸引著童年張德模如中蠱，一生都在朝這氣味不斷奔去。

江水雨水沖擊出無法阻擋不猶豫氣勢，在江口回頭一顧，出海，說不出的自由滋味。半夜市區生起大霧，鋪出一張魂縈牽掛的市容靈魂，潮騷。（書法家沈尹默在抗戰時入川，多年後念念難忘：江邊終日水車鳴，我自平生愛此聲。）

入伍生總隊最後撤退的走了狗屎運。三十八年三月底官兵自白市驛機場起飛，直飛上海江灣機場，第二天再飛嘉義，全程都搭飛機。趕上這趟的有老楊，幹的軍需，不知怎麼弄了兩個太太住一屋頂下好巧的各生了一個兒子。國家規定太太一名，能擺平嗎？這位原配口中的老渾蛋山東人老楊，好吧！老子誰也不帶。沒事兒人跟兩太太講先去安定了再來接人，根本計畫甩了好另起爐灶。原配早寒了心不能信這死老楊，心生一計將半大不小六歲兒子交機械士李萬飛手上：「娃娃讓你帶到飛機上送他爸爸，你負責帶下來還我。」二房如法炮製：「他要把娃娃帶走，你用力掐娃娃讓他哭。」加強叮嚀兒子要大聲哭。果然老楊中了計想帶兒子跑掉：「快關艙門走人。」老李不依：「我答應嫂子的，娃娃要交還她們！」老楊不甩，老李便使勁掐孩子，孩子大哭大鬧沒完沒了要找媽媽，機場關閉在即，單位睜隻眼閉隻眼，讓老楊兩太太快上飛機，一路跟到台灣。

好有一比，二十世紀末神鬼冒險電影的重要主題，科學家以特殊的鑰匙打開陰陽神鬼人間之門，神鬼在背後苦追，通往陰陽之間的大門在他們身後迅速闔上，逃慢一步，就被迫留在陰間。出來了未必好受，國法家法樣樣饒不了你，老楊兩房妻子一輩子不讓他痛快。大的恨毒了娶小還生兒女，小的怨怒大的霸住茅坑不離婚，弄得大家一身臭。

楊家老大多年後在父親喪禮上神色黯淡：「我爸這輩子實在很壞。想光帶我和弟弟落跑。老婆可以不要，不能不要兒子。哎，中國人！」

到了台灣老楊只能登記一戶眷口，用了二房名字；國軍公墓早年留的雙穴，依眷口名字為準，也是二房。

兩妻子比老楊早走，大房又先走，雖說雙穴是二房的名字，照理先走為大。老楊那時還在，礙於活人感受，大房沒入雙穴，小的死了，總不能把她兩人先入穴，所以都暫厝靈骨塔。

如今父親也過世了，大房長子十分矛盾了：「我媽跟老頭生前鬧了一輩子，死後還住一起，而且葬雙穴得頂小媽的名字，她能甘心嗎？」認為他老媽是正室，不該讓，但不讓的話，弟弟絕對有得吵，但名字怎麼解決？還眞要讓反目一輩子的兩人在地下為娶小這事，無期徒刑算帳下去？（你去參加葬禮，楊家老大決定了：「總有個先來後到，我老媽這口氣爭定了。」）

（先來的譚國民呢？幾次去，沒譚家的人找來。果然李俊昌的直覺是對的，譚家，要絕後了。）如果沒有這次大遷移，沒有生母過世。這故事約會是另個樣子。但張德模這個人，會不會成爲另一個人呢？物質不滅定律，不會，沒有成爲另一個人的可能。沒變的還有名字，「名字代表一種缺憾。德模？明擺著就缺德。」連他自己都不由要取笑這名字。「做人講道德，做事求模範。」東北師範大學畢業的國文老師孟邦益在他初中畢業紀念冊上題字。這詮釋跟了他一輩子，「沒笑話可說，熟人面前拿出來眞好用，總能逗大夥兒樂的！」

史上最大遷移會不會不過是數字遊戲？大堆人馬同時一塊兒玩拔河，其中一隊左右挪移，越過東海到了台灣，北緯 27 度、東經 123 度到北緯 23 度、東經 119 度，一方拔著拔著放掉繩子，失了繫繩，放掉的那方：「別動，待在那兒吧！」（二〇〇四年，國防部長在立法院出示一張台海中線圖，民國四十年美國畫的，「對面知不知道，我不知道。」但看對面戰機的飛行狀況，應該是知道。然後說了句名言：「如果對方越過海峽中線，我們也要過，不能都不動。」）

史上最神祕的時光隊伍一支。也有假旅人。（歷史小說大家高陽，晚年經常整夜窩在KTV，密不透風怕見光，半醉半醒，假旅途。眞可惜那時沒興 pub，否則，他有更多去處。「十年磨劍，五陵結客，把生年涕淚都飄盡。」）多年後，高陽《五陵遊》看到假旅人身世原型。紅樓夢斷《五陵遊》寫的是曹雪芹的故事，曹雪芹四叔曹頫北京謀官卻落得抄家命運，曹母夤夜取出留給曹雪芹娶親壓箱底珍藏賄官救曹頫，蘇東坡天下第一《寒食帖》藏在裡頭：春江欲入戶。雨勢來不已。小屋如漁舟。濛濛水雲裡。……君門深九重。墳墓在萬里。也擬哭途窮。死灰吹不起。

蘇東坡，假旅人。《寒食帖》夾縫文章，格局幽遠。高陽意在言外，不無以此自況之意。可哀的是，帖有帖的命。

什麼命呢？四十五歲蘇東坡，遠謫黃州湖北黃岡，一〇八二年寒食節寫《寒食帖》前身〈寒食詩〉。寒食故事，晉介子推護主流亡十九年，流浪格，物傷其類，天下第一蘇東坡帖哪能不成天下第一流浪帖。十一世紀始，先為蜀人張氏擁有，清同治年間粵人馮氏收藏，一九二二年日人菊池惺堂得去。二次世界大戰結束，一九八五年重回故宮寶藏室。三段流浪定點其他日子呢？蕩了近一千年呢！

（年年雙十國慶、台灣光復節、蔣公華誕光輝十月，故宮一定辦特展。印象深刻的有幾次主題展，一九七二年展曾國藩文獻、一九七四年是元四大畫家特展。一九八一年呢？你調台北那年，他樂歪了：「有個倒楣鬼調到台北，那年展漆器、清代單色釉特展，太細緻，不耐看。」你們都肯定曾與某支時光隊伍錯身沒認出同類。這回不了，隊伍裡的張德模以胎裡帶、看老家寶頂佛寺大足石刻之眼睇你一眼。你認出來了。那雙眼，出生前不斷進出寶頂山，滿月後大年初一，領到寶頂山聖壽寺南宋釋道佛聖地拜頭香，頭道曙光由雲翼穿漏，普照嬰兒低眉雙眼，張德模一個人的南宋印記。）

這支隊伍在台灣屏東東港鎮安定下來，早有傳統，當務之急先興學，舊市壩時期解決總隊官兵子弟教育，辦子弟小學，還開放給當地百姓子弟就讀，師資大部分由東北師範畢業的眷屬擔綱。舊市壩土橋胡家是當地望族，入伍生總隊營地用的胡家祖上土地，胡氏子弟優先錄取，學雜費全免。多早的回饋制度！

至於官兵娛樂，自製樂器，到田裡拿竹棍打蛇，一條巨蛇夠做四把胡琴，琴弓用土橋馬場的馬尾。入伍生總隊團編制，稍動員能找出七八十把胡琴，大夥兒高興了便打造兩把胡琴耍，能折騰，一時間弄得「巴山蛇無皮，雍溪馬失尾」。隊辦學校，小學生看在眼裡有樣學樣，行軍、劈刺、籃球、口哨……十八般武藝樣樣來一手。張德模搭上最後入學班車，銅梁除幾間私塾，十里內沒小學。舊市壩往南有間雍溪小學，老師薪資低，法幣四元八角月薪，才入伍生津貼的一半，所以沒人要當老師。張德模進了一年級，每天滑竿來滑竿去，老師們大江南北語系多樣，方言小宇宙。地理老師吧！原籍廣東新會，生於上海，留學德國後先到瀋陽兵工廠，再是廣州中山大學，七七事變隨校遷雲南昆明，又被點召到貴陽四四兵工廠，張口便是：「麵食米飯大蒜，講的《包公案》，天橋看的拉大弓。」人生只是個容器，大家都是來玩的。

你是這麼想的，關於時空交疊：猶太先知在波蘭，一床一桌一椅眾書，來訪者同情道：「先知你的家具呢？」先知：「你的呢？」來客：「我只是來此遊玩的旅人。」先知脾氣眞好：「我也是。」有人連「我也是」也忌口，印烙在腳板底，碰到這種高裡來高裡去的，指點迷津？給你一老槌：「書都讀到狗肚子裡了。」根本張潮《幽夢影》出格版：「天下有書則已，有則必當讀；無酒則已，有則必當飲；無名山則已，有則必當遊；無花月則已，有則必當賞玩；無才子佳人則已，有則必當愛慕憐惜。」刪去最後才子佳人吧，此人沒什麼愛慕憐惜，純種男人，有的是男人之間的情誼。

一九五八年，張德模進了以當時空總司令周至柔命名的——至公中學。周至柔千叮萬囑的事你想破頭都想不到：「絕對不可吃空缺。」意思是甭想給老子搞鬼作假弄錢。可嘆張順仁以降，代表的就是作假。不作假怎能出去看世界？

至公還訓示：「無德而有能，反足以濟惡。」帥啊！想像一下，畢業四十年，至公中學校友聯誼會，一群六十歲上下的老頭老太太絞盡腦汁想全了歌詞放聲唱，充滿光明面而顯得一本正經：「寶島美東港雄／驚濤拍岸海日渾融／我們要向上努力造極登峰／所期至大所懷至公／德智群美體五育並重／我們是國家的動力／我們是時代的先鋒／前進前進親愛精誠負起偉大的使命／為中華民族爭光榮。」（拜託，全是丁點大的小孩，哪值得偉大的使命？「你這人就是強！為什麼小孩不能有偉大的使命？」張德模聽見你笑，臉一垮罵道！）

出發前，張順仁與出去看世界的老鄉們，繃緊神經待命。臨行前深夜，同宗不同房叔叔領兒子張慶良找了來，託給三哥照顧。

張慶良一百四十幾公分，十四、五歲，從此沒再增一公分，以一百四十公分高度和世界接觸，老實到接近認死扣，一板一眼。三哥張順仁家裡進進出出，「矮爺爺」，張德模兩兒子的獨門稱謂，小楷五歲時就和張慶良差不多高。隨著部隊越來越現代化，農民性格的他簡直更看不清楚這世界了。耿介忠良認人也認階級的他被調到台北空軍招待所伺候老長官，也就在單位士官長退役，勤恭儉讓，省下每分錢，卻沒置過半間房子，「我住定了，看哪個趕我！」農民士官長。長官到台北開會住一宵，都退役了還趕回招待所待命：「現在這些充員兵又懶又沒規矩，長官來也不開伙，都買個便當對付。」

上三哥家，時不時提著招待所淘汰的杯盤甚至鞋子，眞心可惜那些物件：「好好的就不要了，眞遭嫌。」老頭老母很高興收下了。

矮爺爺喜歡自己跟自己生氣，認死扣，湊夠人打小牌，好容易聽了牌，打出一張，人家推倒胡牌！他嘟嘟囔囔念半天：「剛才他打你不胡，就等著胡我！」剛才人家沒聽啊！如是兩三把，不玩了，氣得走人。張德模說：「叔叔老跟自己生氣，他氣爲什麼比你不過，不是氣輸錢。」

一九八七年兩岸剛開放，大足蘇叔叔他們一夥兒早早趕了返鄉，蘇叔叔親戚熱心介紹老伴，快刀亂麻娶定退休胡老師，丈夫過世，留下兒子仨，兩人年齡匹配，前老年時期，圍棋一級蘇叔叔圓融通透，兒子一視同仁，重慶、成都，大足各置了房產：「你對人眞心，人家還不把你當大爺伺候。」張德模坦蕩視之。蘇嬸嬸眞死心塌地從此和蘇叔叔過日子，到台灣住你們家一個月，兩邊人情糾葛全看在眼裡。張德模熱心招待，先謝他們日後就近照顧張德孝。

蘇大爺的待遇矮爺爺看著又跟自己生了氣，不和任何人商量，娶了個離婚小學老師，比蘇嬸嬸年輕起碼二十歲，矮爺爺喜孜孜這下大爺我出了口氣，開照片展，遞到三哥三嫂眼前，眉飛色舞人生頭一回高出百四十公分高度：「我張慶良娶的老婆比他們年輕漂亮不差吧！我（讀哦）也有這一天，沒（讀默）想到噢！」一路置房產擔生活，外帶給被通緝的兒子買通官司、車子、路費，再逼著購第二幢房子，七樓，爬下爬上，差矮爺爺買根葱去掉半條命。還沒學會做丈夫先成了冤大頭；你想要個家，先交上命。

一九九八年三月底，午夜，拖著走不動的病體，行李箱都沒有，提著塑膠袋，裝著簡單換洗衣服，撐到中正機場直接進了榮總，誰送他上的飛機？

早在半年前，去看醫生，醫生要求住院進一步檢查，有可能老胃癌復發。他聽不進去：

「前頭的醫生說我已經斷根，你來耍弄我！」仍去了大陸，逃病。這話跟他三哥三嫂講了，也壓根沒明白噩耗當頭，跟著討伐醫生沒安好心。農民世界秩序大混亂！

倒數計時張德模膀胱癌住院當天。矮爺爺老同事打電話來，說不行了，你們家人總要出面，老頭老母要你們去：「不去不行啊！自己屋頭弟弟啊！」你極忿怒：「簡直失心瘋！」還是先繞到榮總，矮爺爺腹水脹得像懷孕八個月，不認人了。同事們已經圍在一起商討後事，所有財產取得共識留給小學老師：「終究是明媒正娶啊。」你倆撤，一九四八年怎麼撤離銅梁現下就怎麼撤。

張慶良老父親深夜託付，四十年後，正式結束。（張慶良明明回了老家，卻仍拖著病體回到異鄉死於異鄉。）一百四十公分矮爺爺出殯那天，你倆在醫院。

一九八七年，探親門禁開放。矮爺爺、蘇叔叔、廚子二羅叔叔、開計程車的大羅叔叔先後返鄉，帶回張德孝請人代寫的信。急的咧！滿信紙哭天喊地：思念父母、回家探探啊！國家政策是對的啊！一九八九年春，你們銜父命回銅梁找張德孝，父執輩老鄉江叔叔同行。「問路回家」，是的，夜半問路回到家門口，德模對原鄉的記憶蕩然無存；他六歲離開祖祠甘家屋基，所知道茂然成蔭的黃桷樹、田隴間石板路，全找不到了。記憶將它拿回去了。

一個相似的記憶大逆轉。闊別六十年，沈從文回到故里湖南鳳凰，「每天早上，他說的話很少。看得出他喜歡這座大青石板鋪的院子，三面是樹，對著堂屋。看得到周圍的南華山……山腳下是文昌閣小學，他念過的母校。」

張德模的話亦很少。每天每夜，落陷兩萬人口農村的最底層，沒有清甜甚至稍潔淨的水喝，他每晚灌夠啤酒後倒頭大睡。清晨，門外已經有人蹲在那兒，見他出現，立刻站起身急切詢問：「台灣有個……你認得吧！」

再就是走哪兒張德孝寸步不離，緊盯著張德模呆笑，張德模被看煩了：「啥子好笑。傻瓜似的。」張德孝大夢初醒反覆叫喚：「哥哥。」叫完了，還笑。

你還知道張德模、老頭、兒子腳小趾都長一個形狀，家族印記，這會是甘家屋基密碼嗎？酒酣耳熱之際，德孝脫掉鞋露出腳趾，小趾向內弓成嬰兒蜷曲形，沒在別的腳趾上看過，與德模一個樣，德模悲愴地猛灌下一碗酒，說：「兄弟，我認了你。」

認來個用草繩繫褲子的同胞兄弟。他再也沒想到，甘家屋基被修理到這地步。一古腦把帶的衣物手錶皮帶刮鬍刀指甲剪耳挖子，能留的全留給了張德孝，甚至張德模也完全弄不清楚的Boss毛衣、Armani長褲。錢全交給帶大張德孝的陳奶奶的兒子陳表叔，要他們主持爲張德孝談婚事、買房子。太草率了吧？你不以爲然，張德模嚴斥：「就這樣信任他們，他們才不會整張德孝。」未來兩年內，你們總收到不同的相親照片，張德孝就穿著那些配備。過長的外套袖子捲高了來，像沒長大的小孩，偷穿大人的衣服。

劇照般的相親照不斷寄來，標會似的，每月開標。看出了心得，你恍然大悟說：「根本沒打算眞讓張德孝結婚，看這些女人，哪個像眞正的對象？不論年紀長相職業，都不可能。不過一場相親戲，照了相好交代。」錢呢？怕張德孝太快結婚，留的錢沒時間消化掉，未來張德孝老婆肯定不依。果然，快馬加鞭談妥房子，錢一次繳清，剩餘的放高利貸。房子是場騙局，建地是馬路預定地；高利貸則倒了，半毛錢沒拿回來。

後來另起爐灶張德孝才結成了婚。媳婦當地人早聽聞風聲，和陳家這梁子結深了，你們再去銅梁，張德孝媳婦告洋狀：「街上住的媽屄陳子榮、陳子華上回到我們家要打張孝！」啥事？張德孝分的地緊挨陳表叔，有棵樹，媳婦砍了當柴燒。兩方都堅持樹長在自己地上。

張德模搔頭：「吃飽了撐著慌？一棵小樹也去砍。」上門找陳表叔弄清楚，的確找過張德孝算老帳。張德模火大了衝陳表叔臉色一正：「小輩在那頭鬥狠，朗概砍棵樹你老輩子也跟著鬧，今天我在這裡，你信不信，我現在就跟你算清楚帳！你是老輩子，出來攔一下嘛！對你們太好了噎著難受是不是！」又演了一場戲。

一九八九年，張德模曾循一條新路線回祖家，他離開的時候，亦像一場戲，你記下過——離開老家時，鄉人團團圍住，爭相以川語傳述：「張德孝的哥哥要轉回去囉！」張德孝拖著殘疾之腿堅持爲哥哥背行李。張德模穿了件大紅夾克，正碰上趕場，他默然不語穿過黑泥爛地及洶湧人潮，市集裡有人肆無忌憚打量他，隨口吐痰落在他腳邊。他表情木然繼續往前，眼皮都沒抬。

強光耀眼的路底駛來一輛車，喇叭聲先進場，大堆人馬一窩蜂朝車身狂奔過去，猛力拍打車身，人潮裡就你倆停滯不動。車輛當然未聽由亂民指示，且給了個小小的懲罰，它讓人群狂追了五十公尺才正經停下。你們立刻被送行的隊伍大力推進了車腹。張德孝強上了車，這回他趕上了，緊緊扒住車門不肯下去。兄弟倆如被暴民分隔，車子出小鎮不遠來到一座竹林，張德孝大聲吼全車一道聽故事：「哥哥！聽說我們生母就葬在竹林裡。屍骸朗概怕不在囉！哥哥要不要找了來燒個香？」

張德模沒吭氣，你知道原因，老家的一舉一動，都有眼線報給老母，一場生養大戰；他若去祭拜，老母肯定激烈反應。人牆中張德模在你耳邊輕聲說：「去了不又整到老頭。」如何才能處理生母事呢？「除非老頭交代。」他嘆息。

那座陰森無限延伸竹林，不知下場的譚國民墳頭，收藏在記憶海馬迴。張德模走後一清朗白晝，你突地想到，會不會那回經過譚國民埋身竹林，四十年後再返，騷動了亡魂？（你必須這麼想：鬼有所歸，乃不為厲。謂之歸也。譚國民屍骨以前是好好被安葬的吧？有沒有撿骨？從她死到丈夫離鄉南去台灣，中間空白了三年。）亡魂再牽動，四十年後了。張德模一死，人世間背叛她的男人，包括她的弟弟丈夫兒子走盡了，終於，譚國民的男人們又跟她同國。

張德模首次返鄉過兩年，一九九二年，德孝託人寫信：「此生唯一心願就是到台灣看一眼父母。」張德模做了決定：「不能不讓德孝來。」於是他起程去接德孝，過境香港，寄了封家書回來：

此行一切順利，將由廈門轉重慶，預計停一夜，即往德孝處相聚，想德孝孤苦無依，胸中十分忐忑悽惻，我將盡量陪伴他辦妥赴台手續後希望能一起回家。

一九九九年三月二十一日，晚間十時二十分，（二〇〇四年二月二十六日，晚間十時二十分，一天同樣時間張德模離開。）張順仁張晴嵐在家，無疾而終。全家人都在，甚至等到你工作結束推門迎上老人難以察覺的永別的眼光，深深睇來不發一言，你有點不安：「爸，這麼晚還沒睡？你今天氣色不錯，有喝酒嗎？」平常吃過晚飯就上床，晚餐慣例小酌兩杯，回以：「很好。」之後，簡潔明快宣告：「我要睡了。」（張德模亦說：「我要走了。」還說：「要活就要動。」如果這是張晴嵐的信仰，那麼，在他停止黎明前出門去爬山，就死了。）

小孫子攙扶爺爺進屋，幫忙褪掉上衣後，說有尿意，扶往廁所，才移到門邊，雙腿一挫癱軟地板上，老母張皇失措驚聲嘶叫，衝來的大孫小心抱上床放平，不斷測量血壓，數字失速下降完全控制不住，「張模」坐床邊握住老父手，靜定地輕撫父親銀髮童顏臉面，以蜀音送行：「爸爸，沒得關係，沒得關係。」（老母狂號。日後，你才知道，那是正常人傷心的方式。）

你退出房間電話打到社區醫院，請他們派救護車。張順仁張晴嵐離開了人世。

一九四九年大流浪父子好險好險就異處兩地，時間未到。如今，父子相別，分處兩地。張順仁再也不能帶兒子，是的，看世界。（辦完老父喪事，有早你還在睡，他出門前留了便條，「領點錢回來，我想分批請請幫忙的。星期天我們全家會議一番考量房屋事，事涉過戶稅……星期天祭爸如何？老德」他用了很少用的刪節號。）

沒有終點的旅程，「孩子過世時，父親的一部分也跟著埋葬。孩子帶走父親靈魂的一部分，其後不論父親如何努力，終究無法完全找回來。」做兒子的何嘗不是，父親帶走他心靈的一部分，張德模再也無法完整了。父子光譜上，他終究肖父。

如今他去的無名地方，這樣的旅程，也可以叫做「看世界」嗎？

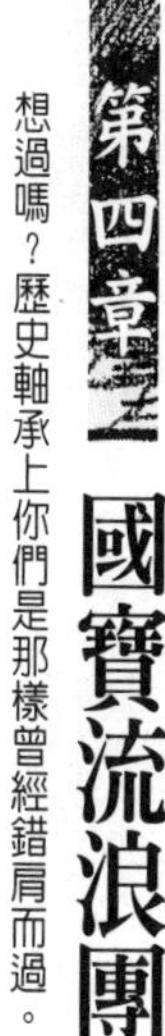

第四章 國寶流浪團

想過嗎？歷史軸承上你們是那樣曾經錯肩而過。

好險。他們差點就人不如物了。

一九四八年張德模長子隨中年父親張順仁的部隊出川，與這支旅行團並時並路線出團的，政府專機。私人財產般搶救另類大國寶：胡適之、梅月涵、陳寅恪……國家財，運往台灣。陳寅恪，出至香港少下一著棋，（根本沒眞打算走？不是那種命。）隨即踅返廣州老窩。命運迴旋，陳寅恪〈丁酉七兮〉說的是：萬里重關莫問程，今生無分待他生。

蘊藉深沉陳寅恪，上品。史學家逯耀東多年後的〈陳寅恪有個弟弟〉裡，最「帥」的人物不是陳寅恪，是那個七弟陳方恪。他們的父親陳三立以詩名世，滿門菁英，但論詩，陳三立欣賞的是：「做詩，七娃子，尙可。」陳方恪體會詩，獨具一格，極稀有熱辣血液，缺血也輸不了。什麼品種血？什麼詩？廢話般一言道盡：「做人不可有我，做詩必須有我。」意思是這還要明說？我的詩就是我的詩，卓然自立於唐宋之外。這種血液如何不傳人。（張德模留下的風漬書，民四十九年西元一九六〇出版的《六十年代詩選》，青年流亡學生、詩人、海軍軍官時期張默、瘂弦合編。詩集扉頁黑鋼筆墨水詩抄〈群山中的小屋〉：「那小屋招我以雪的手／樹的圍巾（白得耀眼，綠得心碎）／有時風做了他的嘆息／我想對他說／我聽見了他的耳語／告訴他／你並不孤獨／我用不僅僅是同情／去暖和他的心。」以你看，正是陳方恪廢話後句：做詩必須有我。）

廢話大王陳方恪滿腹英文、法文、拉丁文，勞什子學了半輩子，卻不拿來謀生，全浪擲在飲酒作樂夜夜笙歌。靠老父人脈謀職找錢，謀啥職？倒乾脆：「只要不掌權肥缺，錢攢夠了走人。」

人情、銀子皆花稍如流水，耗盡了，兩手一攤轉身返南京舊家。雙眼發亮盯上老宅藏書，無窮盡絲帛聲，價值他夠懂了。這廂陳三立不耐時政，早已萌生隱退之思，於是，一代詩家點了頭。陳方恪動作夠快夠狠，選定蘇州立馬快鞭含光閣書店開張，足足花掉兩年時間散盡祖上累世善本藏書，蘇滬杭一帶書商絡繹於途全數低價購走。

（民六十七年七月二十五日，賽洛瑪颱風路徑詭異登陸。天剛亮張德模打整夜牌輸光了最後一塊錢，乾脆悠悠蕩蕩晃回家，越走越不對勁，沿途遍地樹屍堆高的垃圾，這才攔了車拐進巷口，爛泥埋到膝蓋，大門都不見了，壁面漬痕足有四尺高，全家急避到二樓鄰居家，斷電斷水，孤島，還讓老頭下來付錢。他極珍愛的音響、黑膠唱片、照相機、餓肚子買的書全毀了，「你還記得有個家！」老父母臉色鐵灰厲聲指責，打下十八地層浪子區，永世永生不得翻生。民六十九年八月諾瑞斯颱風，「黃金颱風」，沒啥大災，豐沛雨水卻解決了乾旱問題。黃金年底你調藝總，全名「國防部藝術工作總隊」，見到他。豐沛雨水。）

（沒人在乎書不書，但天氣放晴了，搶救財產的心態，老頭端張矮凳挨院牆坐，仔細撕開粘黏書頁，他借了相機拍下黑白系列照片見證書的故事，照片後題名：曬書。羅蘭．巴特的話：「那些照片猶如加上了標點，有時甚至布滿斑點，小裂痕。」我們隨手挑一張，布滿斑點：泥牆水漬駁痕，夕陽餘暉，老頭老母兩兒並坐，兩兒子一立一背著弟弟緊捱爺爺奶奶望著什麼，張德模正是那被看的目標。小裂痕：兩兒子大篆楷仰臉注視鏡頭抿嘴邪笑，背帶交叉繞綁一歲弟弟小滬塵。未來照片，兄弟之綁。）

（迅速放下戀物，破音響照聽、照相機可有可無，好書誰愛儘管拿去，他知道好東西是什麼。最後，張某人上路，什麼都不帶。你翻出當年一本勉強搶救下來的書，底頁蓋了「風黃陳舊書售出概不退換」紅墨色章，風漬去風漬回。還有一本蓋了專章的風漬書，詩集，內頁鋼筆字寫了他唱和的詩句：冷冽的月亮光／照白了她的微笑。那年頭風漬書也是一類書種，居然「專章」伺候。）

（還有今日世界出版的張愛玲等中譯《歐文小說選》：張德模六十・二・二八台北。還有今日世界出版趙銘譯、亨利・詹姆斯《奉使記》……多年後，你寫張愛玲論文，寶物取了放置書架張愛玲專區。）

無名目的流浪不是什麼人都當得了。一九四九年，陳寅恪就沒走，陳方恪走不了，抽大煙，寸步難行。一生不當回事兒的人只合該待老家，長門大宅裡，主要早年進出長三堂子，陳方恪養成退藏於密之道。

共和國成立了，運動成風，不斷開會座談，用上招數了。組織討論某一嚴重問題，全體作沉思狀，合力推他發言，他稍沉吟：「報告各位一個好消息，東街口北京羊肉館，新推出羊肉煨餅，肉極肥嫩，美極了，大可吃得。」好吔！「做人不可有我，做詩必須有我。」政治絕妙版，四兩撥千斤，無盡境隱隱絲帛聲傳來。

如此骨架身段娘胎裡帶來，整肅狂飆的年代，也是要陳寅恪說話，他正色道：「孟小冬戲唱得極好，當今第一鬚生，應當找她回來唱戲。」什麼嘛！還有，郭沫若請他出任科學院中古史所長，他沉聲反問：「王國維的碑文現在不知如何？」一代國學重鎮王國維自沉於昆明湖，陳寅恪負責撰寫的碑文，透著答案：「獨立之精神，自由之思想。」你說會不會出任中古史所長？兄弟倆果然一家人。(你就是更喜歡陳方恪,能屈能伸還能不做小伏低,只是退,退到角落。)

如一支遠遠看著你們這支無目的流浪隊伍同類。你是這麼想的,關於流浪河域的重疊之可能以及岔出,會不會在不可知的起點,同步開始、行進以及分開。某天,時間色鏡會給出大部分答案,把你們分在不同光譜。至於那沒有答案的小部分,或可用隱隱絲帛之音來形容,平常人分辨不出聽聞不見。你唯一確定,里爾克的話:於是這無人認識的新,就在中間,沉默無語。

新生事物新流浪隊伍逐步整合。一九三七年盧溝橋事變,逆旅之上多支流浪隊伍輾轉路途。其中一支,運送故宮五千年絕世精品國寶時光隊伍魔幻上路。光裝箱就能愁死人,不是哪樣東西都可以帶著走的。北京國子監秦石鼓,包裝困難不說,無價珍品啊!國寶隊伍中有位莊嚴(莊尚嚴),想方設法請來北京頂極大牌古物收藏家霍保祿,開始包啦,氈棉、棉繩,層層疊疊嚴絲合縫鼓脹得老大了。多大?饅頭形石頭,每只約三尺高、直徑一尺,一輛卡車運一只石鼓,凡十只!就十輛大卡。鼓面銘文記載天子出遊狩獵云云,書法古樸遒勁。

多年後莊尚嚴念念不忘這故事,如何走上專心伺候國寶之路?當年弦外之音隱隱牽動了因果網。世俗的定義統統推翻,命。北京大學國學門畢業後,留校做助教,專研考古。一九二四年三伏天,和歌謠研究組董作賓夜宿辦公室(對,就那位甲骨文大師董作賓),哥倆連宵夜話吹著穿堂風。學歌謠的董作賓突地直起身幹:「咱倆長此下去,如何是了。不如一同回我老家河南去發掘甲骨。」考古莊尚嚴回答:「你我二人,一個搞歌謠,一個學考古,我應當下田挖地,你應當上山唱歌。研究甲骨文最基本的小學訓詁文字學一無根基,怎麼發掘?」董作賓耿介脾性上來:「等你在課堂學好了文字學,甲骨文字典早在書店擺著賣了,還有咱倆機會!得佔先，邊發掘，邊讀書，邊研究，有新材料就有新問題，問題非逼著你讀金文小學，這麼一來，自然會有新局面、新結論。」一場夏日夜半的無名交談，兩名前途茫茫的青年瞎鬧磕，撞出金石聲。

啥金石聲？兩二楞子渾不知覺的正往創造「傳統」路上走去。這類傳統首次出現於歷史時刻，通常是爲了安頓一群人的命運。（摩西從西乃山上攜回刻有十誡的石板，爲的是安頓流浪異域的猶太人和他們疲憊的心靈。）

如一支遠遠看著撤出安身立命之地的這支無目的流浪隊伍同種同類，考古學家董作賓，反向而行，又一塊反經石的料，於是別人出鄉，他回鄉。（最終還葬骨異鄉，台灣中研院南港公園。）

背上小包袱回安陽老家挖龍骨，是最早到安陽的學者。北京學術界接觸過河南各界多次都遭到地方人士強烈反對，河南人董作賓適時出現了。

他的意見有決定性的影響，他說服老鄉們：「地下寶物能賣錢，不過是一票買賣，錢又進不了你的口袋。它埋在地下就是大家的，誰也不能據爲己有，拿來考古老祖宗的事，該咱們安陽揚名立萬的機會來啦！」老鄉們誇誇對話，能知道你們沒私藏盜賣咱家古物嗎？「哪！天子腳下頒的令啊！」董作賓手指中央政府布告：「要抓到考古隊伍裡有誰做盜賣老祖宗古物的勾當，立馬把手給剁了，我負責！」

董作賓的流浪路線，也是遠兜遠轉，沒去安陽前，天北畫到地南上了福建協和大學國文系蹲點，還沒完全死心歌謠研究，寫了福州歌謠第一章。冬天又返老家南陽，任開封中州大學文學院講師。一九二七年暑假重返北京，任北京大學研究所國學門幹事。秋天又南下廣州，任中山大學副教授。（二〇〇五年，你在親戚家中望著董作賓甲骨文體撰寫的條幅，極古雅深幽——人楚楚燕依依幽玉猶若夢新月又如眉花間月下長相望終歲其如不見伊。）

說起來，在進入北大國學門研究生前，董作賓不過河南縣立師範講習所畢業，能想到，有朝一日，成為「舊社會產生的奮發自修的學人典範」？考古先輩李濟認為他靠的是「天才」，並非他和莊尚嚴所說邊走邊瞧苦工夫。（不停的動，人生有比不安於室更重要者！）

甲骨文那段，得岔到有清一代國子監祭酒王懿榮那塊。

一八九八年王懿榮患瘧疾，著僕人到北京城外菜市口逵仁堂抓藥，他的好友劉鶚（是啊！可不是寫《老殘遊記》的劉鶚嗎！真容易創造傳奇！）檢查藥包時發現一味叫「敗龜版」刻有隱隱約約的字，兩人急忙湊前細看，認出了劃時代古代文字。王懿榮立刻差人：「把北京中藥鋪敗龜版給我收購一空。」

但也另有一說，一位叫范維卿的古董商，在河南小屯村收購甲骨，帶了十二片到北京給精通金石的王懿榮看，王懿榮見之大喜，以極優厚價格全部買下。

不管哪種說法，王懿榮留名歷史是肯定的了。一介政府官能在甲骨文研究參一腳，得有多大見識學養！無怪八國聯軍攻陷北京，夜半東安門防線潰決，他終宵徘徊庭院。「風吹鴨蛋殼生命難測。翌日留書「主憂臣辱，主辱臣死」，投井自盡，賣鴨蛋去了！

王懿榮死後，兒子將他收藏的甲骨轉售給劉鶚，劉鶚精選其中一千多片拓印出版《鐵雲藏龜》，第一本甲骨文書藉。

董作賓研究甲骨文也跟中藥鋪買龜版有關，這層經驗董作賓以學術解決！一九二九年冬董作賓重返北京，爲了研究龜卜和骨卜歷史，他常跑中藥鋪收購龜版，買回來試驗鑽灼，有天早晨，考古學者李濟恰好上門，他忙不疊抓了李濟極興奮問道：「你知道卜卦的卜的聲音是怎麼來的？」李濟是行家，有點明白了：「這是你的問題，應該你來告訴我。」董作賓點香灼燒龜版，漸漸烤熱後，突然發出「卜」地一聲，龜版同時現出「卜」形裂痕：「瞧，這就是卜卦發音由來。」

二〇〇四年七月，二十片甲骨精品在上海現身。每塊米黃色的甲骨上都有難讀解的精美文字，記載農業、天文。第一批甲骨文出土以來，粗估陸續出土有十五萬片以上。天津書家李鶴年收藏第一批出土的甲骨四百三十一片，論字喊價，每個銘文一兩銀子，最後留下三十片精品，文革被抄家胡亂堆在倉庫裡。直到一九八三年才平反發還原主。好險！

二十片總面積不足兩平方尺、不到二百字的甲骨文，十九片是牛肩胛骨，一片是龜殼，以五二八〇萬人民幣賣出。

無須解讀龜版甲骨文字內容，以中文簡體字，報紙上寫了現世價值：

在河南安陽，小塊甲骨文的市價在一萬元左右，大的也不過四五萬元一塊。雖然目前出土的甲骨文已經超過十五萬片，但是這二十片甲骨文卻是其中流傳最爲有序的一批。

最爲有序的一批？什麼序？以流浪者眼光，這是時間的混亂正極必反之序了。過度到科技新世紀，靈感啓發如有神者，登錄註冊以甲骨文為名之全球資訊庫，人類智慧財，天價。（你和張德模兩人一團，桂林、昆明、大理、麗江，喀斯特地形國度，到處賣剛出土的恐龍蛋、爬蟲化石、甲骨文殘片……時光隧道文物假面向你們展示，這樣正大光明的作假，你驚得瞠目結舌，說不出半句話，張德模對著兜售者，不管出多少錢都一本正經回以：「十塊錢。」你拉他衣袖：「瘋了！人家出八百呢！」他面不改色：「我也出這麼多，十塊。」根本明擺著是個文瘋子，居然人給讓了一個古董印盒，就十塊，後來躺了你的私章。沉甸甸的梨花木。你們腳步悠慢極了，不像旅行，像雙人流浪隊伍，想到哪兒是哪兒，最常站在層岩堆疊著的亂石高嶺上，無所事事，半天耗去了，導遊放牧般藏在陰涼處，哀聲嘆氣。兩個人帶到什麼館子吃都沒啥回扣，何況你們從不進禮品專賣店。居然到了麗江還買高價票聽納西古樂，幾個百歲老人在台上進入滯止音律中，活化石，你們起立大聲鼓掌時，年輕地陪老司機第一次知道你們是有情緒的，活人。）

這廂拍賣得如火如荼。那廂回到一九三三年瀋陽事變中央政府決計將故宮文物南遷南京，現在的南京博物院。

甲骨文拍賣天價轟動武林，南京博物院自館珍藏三千多片中精選一千五百片殷墟甲骨珍品開展，半世紀以來首次與公眾見面。

照上海拍賣價格，每塊甲骨價值逾二百萬元人民幣，那麼，南京博物院殷商甲骨藏品總值多少？六十多億元人民幣！你好悵惘，國寶流浪十四年，還是有大失誤。南京博物院館藏中有兩千多片是加拿大傳教士明義士捐贈。明義士一九四九年離華，以私人收藏名義贈給當時的

「中央博物院」，如今台北故宮博物館：

正是有了私人藏品的名義，國民黨政權遷往台灣時才沒有將這些甲骨帶過海峽。自一九四九年以來，塵封半世紀，一直放在南京博物院庫房內，用發泡膠鋪墊的特製「抽屜」裡。每一個抽屜放置幾塊到十幾塊不等。據說這批盛放甲骨的「抽屜」是當年「備戰備荒」時設計的，以方便攜帶。

知道了吧？翁文灝有先見，早訂下規矩，出土物：「提供研究上的方便。一切標本均不得運出中國。」

如一支遠遠看著無目的流浪隊伍同類。岔開再岔開，滾石不生苔，畫出另一條路線，李濟彩陶遺址陶片。（沒有流浪氣質，就沒有流浪隊伍，偉人才有黏土腳，立在基石上，流浪者停不下腳程，且沒有自己的收藏。）

一九二六年，李濟在山西夏縣西陰村，挖了一個月，發掘到一處彩陶遺址，破碎的陶片石器骨器，裝了七十多箱運到北京。僱了九大車，每車配五至七匹騾，走了九天才到正太鐵路榆次站。山西省政府想是猜疑你們搞啥鬼？設了關口攔檢，村民全都來了，人牆圍了一層又一層，第一箱破陶片，第二箱破陶片，第三箱，還是破陶片。官員不耐煩了：「你們花了這大筆錢，就爲了運這些破磚亂瓦？」瘋癲、不可理喻，這些人毫不掩飾這些想法。隊伍狂心灰意冷：「怎麼的？不信？一箱箱打開唄！」

好吧，你想像，一堆可疑的碎瓦，一群鄉野百姓，會撞擊出什麼災難，難以預料。時間拖得愈長愈危險，說不定誰率先發難，不值錢是吧！掀了你這破爛消氣再說。

好說歹說總算讓上火車，又輪到火車站檢查人員把箱子幾乎翻過來，苦力們扛箱子最清楚，紛紛議論這麼重的箱子裡頭一定有寶物，否則哪會大費周章花人力金錢運輸，就更不行輕易放過關，正鬧得不可開交，李濟簡直要發瘋，這時一位自命不凡的火車站員站出來說話了：「我保證，箱子裡都是些科學標本，運到北京化驗，化驗以後就可以提煉值錢的東西出來。」眞刺激吧！一名站員用勞苦大眾聽得懂的話擺平了。人生研究路上，李濟再也不會遇見這人。

「無論是出於急智，或眞相信它，在我個人的回憶中是帶有刺激性的。」幾十年過去，李濟感覺他的陶遺址陶片研究早得到了一個結論——「『提煉』這兩個字也許是說明這一研究工作甚為適當的語言。」一份稱之為可疑的光明磊落之文件流浪，銘刻在他們脊梁骨上。

大搬家的年代，那些田野考古挖掘出土的「破磚亂瓦」適合兵荒馬亂四處遷徙嗎？又是化整為零，歷史語言研究所考古組，李濟領導的研究單位。放三處，安陽冠帶巷、北京蠶壇、南京北極閣。

帶著原始紀錄，寸步不離身，上路。一千一百三十一箱圖書儀器標本繞圈子，小型專類圖書館，史上最奇怪的隊伍之一。沒有哪支隊伍要放棄這些國寶，自己的物品丟棄丟棄再丟棄，個人的物品代表著——沒有用。

隊伍裡有人死了有人改業，立刻換個新人來做，也沒別的辦法。

「戰爭時間的一種常態」，一群知識分子，在七七事變的風潮裡，試著不滅頂還當一介研究者。這支隊伍把遷徙生活視爲常態。

一九二八年在廣州東山柏園歷史語言研究所在傅斯年手上成立，打那天開始就沒安定日子。先轉北京、上海；抗戰軍興，南京、長沙、昆明停留兩年轉進四川南溪縣李莊鎮板栗坳，大西南繞了大半圈，「敵人來了怎麼辦？」隊伍裡一代才女林徽音肺病犯了病病歪歪臥病床上，兒子問。「沒看見屋前那條南溪嗎？」意思是沒人攔著你，投江保個節氣！這還用說。

李濟他們實驗完成了出土陶器序數的編製。序數，借用圍棋棋譜的名詞。用的是笨方法，沒有「考古圖」、「博古圖」那樣典雅，可是清楚，一個流浪隊伍畫時代的決定。你還能說，以容器底部的形態爲第一標準。殷墟出土一千五百餘件全形及可以復原的全形陶器全納入編製，稱之爲系統。系統裡的每一型、式都有固定名稱也都有一個圖樣爲它界說。抗戰勝利，一九四六年復員南京，一箱也沒少，以爲從此安居立命。

早咧！一九四八年流浪生活改變方位大播遷，轉而東南，到了台灣楊梅。還是那話：停留也是流浪的一種，短暫也是住，有一天是一天，創造值得的人生。起先以爲，楊梅大約就像山西夏縣西陰村、四川李莊鎮板栗坳。不是的，他們當時並不知道，以後，他們成爲外省第一代，新移民。他們將在這塊土地上，成爲被祭祀的對象，第二代、第三代、第四代……。李濟、吳大猷、莊尙嚴、臺靜農、董作賓……都死在這裡，長的停留。誰說這非流浪？結束早已到來，你們不知道而已。老蔣總統一家，包括小蔣總統，二〇〇四年小蔣總統五月二十日誕辰紀念，蔣家最高輩在世的蔣夫人方良女士（一位俄國人啊！）指示二〇〇五年，兩位蔣總統入土爲安，結束暫厝浮棺歲月。王國維的書齋未埋庵，這世界基本是個大型未埋庵——五十之年只欠一死。

（於是你來台的父親到了他孫子輩外省人第三代後，決定在台自訂家譜：立天地正氣法古今完人。你這代還頂著廣東省番禺縣石井鄉古料村祖上排上偉字輩，兩地都有你的分。好怪的是，祖地升級成了廣東省番禺市石井鎮慶豐村，你塡籍貫，還寫廣東省番禺縣，是廣東省番禺市石井鎮慶豐村正式宣告你們正式成爲不再是等待回家的流浪族，你們是新台灣人，移民。）

（二〇〇〇年七月你們轉赴邱詢民丹東老家。以前的安東，國境小城，隔著鴨綠江和朝鮮相望。酷暑熱不可當，邱詢民大爺本家二哥靠鼕河邊住。收河蟹季節開始，一直要收到秋末，這段時間固定有收蟹的小盤找來，黑龍江下來的兩人收蟹組，不能落單，正農閒時節，有些田間就是小養殖場，老不時一隻小蟹溜上馬路橫行，農民補貼家計全員出動抓蟹，有了貨就拿到這兒賣，房裡用紅磚砌了兩個水池子，儲蟹用，人就睡池子邊，整天光著黑亮膚色膀子，水性極佳。

大暑，張德模一頭栽進鼕河湍急流域，載浮載沉，「這河以前只在課本裡，還眞給你游過了！」丹東即歷史名城安東。一江之隔，隔鴨綠江與北韓遙遙相對。中午坐十六小時火車回長春，途經本溪市、鞍山，鐵與煤之都。整山污染過後的綠色、褐色、黃色、黑色。片草不生。回到長春已是凌晨三時，吃了宵夜，洗了衣服，長春緯度低，這會兒天色已轉白，長夜將盡，你說：「其實他們也在大移民，只不過是在同一張秋海棠葉子上。只不過他們還不知道。」小學課本上，大陸就是一張秋海棠形狀的「國家」，現在，張德模還是那句老話：「眞想把你地理老師打一頓。哪來什麼秋海棠！早變成老母雞了。不過這回你說對了，他們還不知道。也許他們根本不在乎，能移動對他們是本事！」你低聲道：「一代好動國民。」）

好嘛，以上全岔題，正宗國寶旅行隊伍路線是這樣的。

一九二四年，「清室善後委員會」成立，接管故宮清點文物，莊尚嚴老師馬衡提攜指派參與。他們拉開遜帝溥儀養心殿，你猜第一眼看到什麼？帶著齒痕的蘋果，溥儀沒來得及吃完趕緊落跑。他們登記的第一件寶物是皇簾寶座下那個二層踏腳凳，一切依千字文筆畫順序排列。

這裡頭還有個故事，一九三四年馬衡發表故宮博物院院長，一九四八年冬，莊尚嚴奉派押運故宮文物南遷，爲師的馬衡致函弟子莊尚嚴，囑其拒絕，橋歸橋，路歸路，莊尚嚴拒絕的是老師不是歷史，從此師徒斷絕。

帶著進入貴州安順避難的，八十箱文物精品，包括那日後聞名中外王羲之《快雪時晴帖》，三希堂第一號寶物，乾隆的至愛，從溥儀倉皇離宮鋪蓋裡抖出來的珍瑰。另二希，王獻之《中秋帖》、王珣《伯遠帖》。乾隆得了三希，貯放私人小書房備隨時臨賞，題名三希堂。清遜位後君臣上下其手典賣國寶。《快雪時晴帖》名頭太大，這些皇室貴冑沒別的本事，眼界倒練高了，瑾妃就只敢動《中秋帖》、《伯遠帖》，不敢流入大骨董鋪聚集的琉璃廠，偷偷遣人送進清宮後門地安門小骨董鋪品古齋脫售。郭世五邂逅買得，不時珍祕把玩不在話下。

郭世五當過袁世凱的外帳房，精研瓷器，故宮博物院成立後，曾被聘爲瓷器部門委員，最大心願是用宋代定窯柳門栝喝五十年老紹興，名器配佳釀。一九三三年瀋陽事變後北方局勢不穩，政府決計將文物南遷南京與上海，一傢伙裝了六千零六十六箱，六六大吉。臨行前夕，郭世五在獅子胡同觶齋自宅置酒邀客，請了故宮博物院馬叔平院長、古物館號館長徐鴻寶及莊尚嚴吃飯，餐桌上擺著罕見的多寶格火鍋，各人在格子裡涮自己愛吃的食物。飯後，正戲開始，郭世五捧出中秋伯遠二帖，當著兒子郭昭俊面前交代他百年後，將此二帖無償歸還故宮，讓三希珠還合浦，重聚一堂。

冥冥之中遠遠守護無止盡流浪隊伍。一九四九年政府遷台，郭昭俊攜中秋、伯遠帖來台，避難家財耗盡，希望以半贈半購方式處理兩件傳世之寶，莊尚嚴和政府一商量，錢也有了著落，又是由中英庚款項下撥付。

「老宮人」籌備就緒，英國政府付款有意見，政府財源短絀，錢得用在刀口上，希望從長計議。郭昭俊需款孔急，便攜二帖去了香港，最後到底售給中國。遺棄了《快雪時晴帖》。

「真有點挺那甚麼的」，莊尚嚴思之怏怏然，想起老友梁伯華遇事時，常說的一句話，「挺那甚麼的」，從此有了口頭禪：「挺那甚麼的。」三希終始未能在他手上合浦，也只能如此了。

春夏秋冬也有輕鬆的。乾隆有他的三希，清室善後委員會也有三希，前面說的溥儀留下齒痕的蘋果、二層踏腳凳，還有就是活人——審查委員加拿大傳教士福開森（John C. Ferguson, 1866-1945），此人一九二七年即任故宮專門委員，是院內人盡皆知的洋人，他入境隨俗，報名必自稱：「我是福大人哪！」浮誇能色，常有令對方驚訝不已的戲劇效果。

想當年，誰不是因緣際會，莊尚嚴北大哲學系學生，受教胡適、沈尹默、沈兼士等著名學者，畢業後，留在北大國學門考古研究室當助教，和董作賓一夥。不同的是他當年學考古，董作賓致力歌謠採集。你知道的，後來兩人研究反了。

押運古物的莊尚嚴，比擬一五〇八年這一年，王陽明躲脫了宦官劉瑾一路派人追殺的生死險境，到達了謫居貴州修文龍場驛，人生困厄，忽中夜大悟「格物致知」不覺呼躍。這一「呼躍」成爲歷史上震撼思想事件「龍場悟道」。而莊尙嚴，臨摹孤高國破家亡宋徽宗瘦金體。

來到貴州地層岩地質，處處滴水鐘乳石窖，喀斯特地貌。根本不必挖，天成堅硬的山洞，最上乘的保險庫，卻是人要發霉。押著國寶先由故里北京至南京抗戰再起，又順江而下。這一入行，莊尙嚴成了「老宮人」、「守護神」……云云。「古物搬運專家」莊尙嚴，意思是，什麼事也做不成，無從著手，一動就犯嫌疑，什麼嫌疑？偷文物啊！什麼概念呢？第一任館長易培基任期一九二九年到一九三三年，盜換珠寶大珠一萬三千餘粒，寶石三千餘塊。莊尙嚴，一九二四年到一九六九年，整四十五年。老莊哪兒都沒去，最遠，離古物幾室。

（張德模過世後，你收到的一封安慰信：「落幕了，你可以開始爲自己生活了。」你回以：「剛從一場宿醉中醒來，剛告訴自己『你還好』，剛手抖著喝了口水，剛想到要去買紙錢燒給張德模，……我在靜待張德模給出指示，我幾乎無法做任何決定，最大的決定德模自己做了。我跟你的反應不同處在我半點沒感覺到我周圍有人，我絲毫看不見聽不到任何畫面聲音。」是的，哪來什麼落幕，更沒開始。你哪兒都不去，原地踏步。你更不解，爲什麼那麼大的隊伍能拖動，你連己身都拖不動。答案只有一個：你不屬於遠遠看著的這支流浪族群。）

一九四八年十二月，這支隊伍搭中鼎艦抵台。

這下不是海棠葉上四處的國土流浪，得跨海。選了珍品中的珍品十二月二十六日寶物抵台。這樣「老裝」箱，大夥兒取諧音讚稱：「老莊老運好」。莊尙嚴一本正經道：「別來古物搬運專家，至少配得起什麼名總鏢頭吧！」

果然，留下十面秦石鼓，十八年後，折騰到一九五七年才在北京啓箱，莊尙嚴在海峽對岸北溝洞天山堂得到消息，「箱啓，則氈棉包裹多重，原石絲毫無損，」大鬆一口氣。眞能包紮！

你也有你的石鼓文。你和張德模兩人流浪隊伍雲南遊，主要大理、麗江。缺乏團體能力，你是組不成旅行團的料。（一直就迷信西南大失落原鄉失去的地平線、古城傳說、少數民族神話。）司機、地陪，你倆，單調的四人隊伍，高原重山壩子十分接近天空路途上，你的高山症使你腦袋如海綿體，總是癡呆凝望車窗外，晚睡晚起家常日子喝了酒上路，隨身高山症狀甩不掉像隊伍裡的第五名同行者。（你有個奇怪的心理，西南大地下午的高溫，說不定能甩掉這隻鬼。）

旅程來到長江第一彎，江邊小鎮有座鐘樓，二百公分直徑大的石鼓沉沉架在石墩上。素面勒刻漢回二族交兵戰功。石鼓文。之後你們往麗江走。全程山間沒鋪柏油毛路，烈陽敞亮當頭，腳下瀼著燒灼的土地，根本無處躲。你渴極扭開保溫瓶想喝水，早上飯店灌的開水泡茶，幾小時了該已經涼了，車身突地一百八十度轉彎，熱水直淌淌從瓶口潑流到你手臂，如紋身，比剛灌時還燙似的，皮膚立即浮起一片朱紅水泡，你居然喊不出痛。暗暗咒罵：「鬼上身。」

多年後，你有種感覺，你在那刻其實很接近活在流浪族人故事裡。掃興的是，故事外的你、那年七月，你出門心裡卻頗懸掛那隻每年四月來七月離開的烏鶖，站立窗前電線望著你啼喊一整季，你知道節氣一換，它便離開。耿耿於懷這次送不成它。回到台北，果然失去蹤影。倒是滾水傷燙不久起了變化，你旅行之書裡念念難忘：

燙傷於她手臂印記一枚黑色圖案。在下手臂內側，像什麼東西站在懸崖邊。水泡收乾後，看起來像一隻黑色的鳥貼紙，扁長的嘴。對著光池回想往事。回到一條炙熱的毛路上她曾經擁有過一隻候鳥，停留在她彎臂上，悠長的夏季，以慢慢淡逸的方式離開。

一九三九年拖家帶眷守護文物跟私家流浪隊伍沒兩樣，上路有傳家寶誰都肯定帶著跑，差別在這家人守的是國寶，亂世懷璧明擺著找死。一行水路南京漢口，陸路火車長沙，再轉湖南省公路局接棒廣西省公路局貴州省公路局，烽火中農曆除夕抵貴陽蔣中正行營，「眞有點挺那甚麼的。」未來，兒子們時常聽他「眞有點挺那甚麼的」，注解人生萬事如麻。

暫厝貴陽，才放下行囊，趕在大年夜，深宵鋪紙寫春聯辭歲再說：風雨一杯酒／江湖十年心。

以後年年如此，成了慣例，除夕前一兩天，選個下午，洞下樹下屋下長條桌紅紙鋪妥，鄉鄰奔走相告：「莊老夫子要寫春聯囉！」人潮立刻聚攏。那些年，山色滿窗書滿架／雲根爲壁竹爲門。類似楹聯沒少寫。

貴州僻遠，未來得守著古物等太平，看似簡單，守得住嗎？上頭不時來人查點國寶，搬進搬出開箱封箱。等待期間，勇敢沒啥用，但也不能沒有，重要的是守得住窮和貪。過年時寫過一幅楹聯：茅酒入杯醇／四海方兵火／故鄉長棘蓁／無悶不憂貧。

寫字從小就喜歡，跟楹聯有關。一九一七年莊尚嚴由吉林報考北大，從北京十剎海趙世駿習褚遂良體，趙府大宅門就有趙老的楹聯：惟有王城最堪隱／萬人如海一身藏。

莊嚴入故宮後飽覽大書法家眞蹟，眼界頓開，對宋徽宗瘦金體尤有偏好，偶爾臨摹，大有興會；徽宗早年也寫褚字，應了其中機栝。「未曾專力，反得大名」，臺靜農也熟褚字，開老友玩笑。

最夢寐的書法卻來自一個被消滅的國度，高句麗王朝。莊尚嚴得了一捆喜愛的好太王碑舊拓本，爲之騷動。十六幅拓本，每幅長一丈二尺，沒那麼高的牆面，隨看隨捲。

原碑在吉林省鴨綠江邊集安市。高句麗人，突厥草原帝國的子民。圓筆方體八分正楷。「貓好玩球，猴喜爬樹，不外興趣。」好太王碑，一千七百七十五字。碑文記載高句麗建國神話，第一代王是「天帝之子，母河伯女郎剖卵降出生子。出生子有聖命駕。」莊尚嚴好臨好太王碑體，自撰聯句「不作厚古薄今論／莫爲貴耳賤目人」。

來自吉林，莊嚴則再也沒回老家。時光之旅，反故鄉而行。浮家泛宅，最後把「舊京塵帶到了台灣」，兒子莊因的話。

你想這會是理想投射嗎？不僅僅是書法，一個神話之國，河伯神女之子，卵生，徹底絕滅。拋棄歷史，留下完美陵墓碑文。法制生活，不敵書法。

（一九九七年八月三日，張德模說要遊長白山，趕在封山前，邱詢民硬是由黎巴嫩回到老家，兩人一路乘火車慢悠悠由長春往南抵通化換車到白河，通化到白河段，他留下的票根：票價二十元。645次，0845開車，5車102號，硬座普快，限乘當日當次車在二日內到有效。你看過最怪的車票，「二日有效」。你們在島內，到哪兒即便環島吧！也當日就能到。這二日有效是什麼概念呢?晃蕩?兩人上路一概老法子到底，買不到軟座，上車再打算，一人多十元，補餐車座，不論多遠，杵在餐車座上吃喝到多遠。這程人民幣都沒換就往長白山奔，都以爲對方準備了，等到夜宿入山口二道白河，臨上賓館餐廳這才揭曉，沒人民幣了。賓館太小根本沒這服務，一般人急死了，哥倆兒互望：「沒事!」吃喝了再說，遇見個道姑，花枝招展會看相，睇住張德模：「輪廓清楚相貌清奇，不是這兒人吧?」張德模手指邱詢民：「這兒有人嗎?不是像他這種半瘋就是野狐禪。」邱詢民回道：「咦!你怎麼知道我拜的狐仙。」張德模：「你早先拜的是濟公唄!怎麼遇見漂亮仙姑就變啦?」道姑樂的，三人窮扯一晚，邱詢民中文系出身，還給她測了字：「明年就嫁人!」最後讓邱詢民給換了人民幣埋單，道姑動了心約下山老地方見。「道行太淺了，要不然旅途上解解悶也不壞。」兩人下山避開了往西，正是繞去了集安。你問：「山裡遇見個這麼自來熟女子，不覺得乖訛嚇人嗎?」他很正色回答：「你都進社會幾十年了，遇上見慣的妖魔鬼怪還會氣回家，不覺得可笑嗎?那道姑是個生人，她有何花招底細我們不知道，不想知道，我們一無所求，她那點招式用不在我們身上，有什麼乖訛嚇人的!」「那你們躲什麼?」張德模笑了：「躲什麼?說穿了我們沒興趣，這不是讓人難堪嗎?」即使萍水相逢一餐之會，還是不願意給難堪。你終於明白，這些年張德模何以老循著些氣息走進某一支流浪路線，追尋路途同血統流浪族人影子。流浪者在意的不是去的哪兒，他們只是得移動。他幾乎不再去其他國家，只去中國。一九八七年兩岸文化探親交流，他的反經石流浪回流之旅展開。)

局外人

一九四〇年國之寶藏進安順讀書山華嚴洞，洞名取自清學者洪亮吉遊華嚴洞詩：「我欲摩崖易舊名／讀書山畔藏書穴。」洞額岩壁上横刻「天地妙蘊」。

六十五年後，二〇〇四年，安順出生的莊尙嚴之子莊靈，聽聞莊尙嚴墨跡題在華嚴洞內佛龕石壁，自台灣尋去，同去者就著洞口微光仔細搜尋岩壁，卻一無所獲，他快快走到殿後，感覺這是可能的題字處，光不夠，大夥兒紛紛掏出打火機舉向壁頂，果然發現一片墨跡，趕忙架木凳抬桌子攻頂，他左手扶岩壁，右手持蠟燭，辨讀超過六十年時光之墨跡。勉強認出幾字「自陪都……辦理故宮書畫……其事……莊尙嚴雖……也」莊尙嚴？藏密圖？自陪都？迷惑父親那時光去過陪都重慶嗎？又如何始無前例自書旅程還落款題名。（轉換時間軸。國立故宮博物院安順辦事隊伍過家居日子，孩子開學時，發下了新書，都這辰光了還發新書，眞豪華。抗戰軍興，政府入川，教育部可沒閒著，戰照打，教育不能丟下，孩子們走到哪兒學到哪兒，大人走到哪兒教到哪兒。還成立了教科書編輯委員會。戰不能白打浪費時間，中英庚款的確好用，董事會就在安順東門外創了間學校——黔江中學，接受戰區來的學生。有點學問的路過貴陽，有義務上台給演講。莊尙嚴也上過台，講「避諱」，好端端給小孩講什麼避諱，居然給他講熱了場子，全體掌聲如雷。兒子們也在台下，沒得「避諱」。莊嚴太太申若俠北師大畢業也在學校教書，一個月一擔麥子薪資，得自己磨成米。避諱成這樣，如何能信父親把自己名字題在華嚴洞內佛龕石岩壁。）

莊靈返回台北，想起父親的珍藏《安順讀書山華嚴洞圖手卷》，可不是，答案根本近在眼底，原來一九四三年故宮院長馬叔平自陪都重慶至安順小住，一日酒後忽發逸想，莊尙嚴的紀實：「老頭子竟攀梯登三丈許，兩崖大書百餘字，可作紀念。」馬叔平的題墨。

文物古物館莊尙嚴科長正式安順掛牌「國立故宮博物院安順辦事處」，起起伏伏石頭城，「城南十里路迴環，平地清泉水一灣。」苦中作樂，逃難能沒有點自況意味嗎？哪想一待待了下來，第五年又加一詩：「半世依巖竇／長年掃落花」，有點低沉了。

這還不說，得過日子，生活用品得等安順十二天趕場作一次買。沒買齊請等下次。一年年過去，市集場上開始夾雜大量粵語、南京腔。（你父親與同儕廣州黃埔軍校新科軍官，派駐安順三百里外晴隆縣半坡塘。）

粵音，城東人稱趕牛場，城西稱趕馬場，粵人說趕墟。莊嚴打市集歸家，放下雜物又得一詩：「新來常好靜／歸住舊茅廬／走訪東西舍／來趕馬牛墟。」生命中累積了大量前所沒有的市場經驗。

一九四一年七月底日軍一天一百三十架飛機狂炸貴陽，文物絲毫無損，倒把鄰鎭不遠亞洲第一黃果樹大瀑布水給斷了流，聯絡昆明、貴陽兩地的晴隆大橋給炸斷了，你母親的家鄉。你父親戍守大橋，橋斷了，退到晴隆，你外公的地，「連屋裡都是石頭！」你父親形容。你母親每天下到山溝挑水，俊俏蹄角動物，小臉，容長頸子。困守半年。娶了十七歲你母親帶回廣州，成爲少數走出去的女兒。

一九九九年，三度回溯流浪路線，葬送掉老頭，繞北京長春再西南到成都報喪，到成都先打電話到張德孝隔壁郵局請幫忙叫人，話老沒說完對方就掛斷，你越吼越大聲，「外星人！野人！」你嘀咕。（張德模、張德孝都走了。張家留在大陸的唯一血緣女兒輝映寫信：「媽媽罵我說不該生下我，過兩天她就要離開我，孃孃，你收信就叫蘇爺爺給我交學費。」你打電話給蘇叔叔，他煩透，直嚷嚷不想管：「你們從台北寄錢吧！那女的賴上我們老找來要錢，不給就鬧，不知道多可厭！」你說：「算幫張德模的忙。回台北我一定奉還。」放下電話，你的悲哀是，張德模打小自己一邊，如今，故事重演。）接不通只好直奔張德孝處，兩層樓底下張德模作主租了出去給棉花店，整間店彈得四壁細棉絨，穿過店堂滿鼻腔棉絮嗆得人不敢呼吸，一群男女黝黑瘦小圍著賊油賊膩漬的矮桌打四色牌，腳下一堆碗碟，飯菜餿水桶就靠在不遠牆角，這些畫面發出異樣強光，打到你視線上方囟門裡，不斷倒帶。果然外星人。

大白天抄著手不幹事光耍，張德模面無表情上了樓，屋內鍋空灶冷，沒點人氣。再下了樓轉隔壁郵局找唐先生，外星人醒過來認出了他，衝著他背後說三道四：「張德孝台灣同胞哥哥轉回來囉！好囉！張德孝媳婦跑到街上耍沒在屋頭喲！」張德模瞪道：「好好玩你的牌！干你啥子事！」

唐先生立刻去找來了張德孝，一見你們面，張德孝就知道父親去了，號啕慟哭。張德模：「啥子好哭的？爸爸沒得半點痛苦過去，老神仙一樣。」飯後，你們上唐先生郵局存進一筆定存，利息拿來過日子，本金不動，你們都知道，根本只是盡人事。

第二天請了孃孃老表到附近餐廳，坐了兩桌，張德模報告過程，張德孝媳婦當著大家面前逼張德模表態：「以後就剩下我們一家親人了，哥哥更要常回來囉！」張德模沒回應。半夜，你在雨聲中醒來，張德模不在床上，也不在屋裡，你下樓，果然他廊下面對馬路抽菸，對過就是銅梁公車總站，陸路碼頭，喃喃地：「擺個小攤就能活人。」但張德孝不識字，媳婦無心收集人潮資訊，哪有做小買賣安家打算？天亮後，你們離開。待不到四十八小時。

（現在，九歲小女孩張輝映自己一邊。）

他方

五月才由四川報喪回家不過一星期，你滯留貴州晴隆探親的父親傳出發燒。你與張德模商量了決定再走一趟。兩天時間你爸燒退了。機票訂了，仍照計畫去，你爸媽小孩似的大事規畫，先和你姑父僱了輛車到貴州住一晚隔天接機再住一晚才去晴隆。

感覺上，飛機還未完全下降就落地了。站定停機坪，人人與四周山頂平頭。不，那些遠遠在機場外圍看熱鬧的人，像掛在流刺網上的星星。姨丈神通廣大從晴隆找了輛回頭大巴士接他們。公路正在修，得花八小時才能到。

夜宿長程巴士站邊旅店，快夜晚九點才進住，台灣早年公家單身宿舍格局，兩排房間直條通到底，暗淡燈泡、蹲式廁所、紅塑膠桌布、枕巾，以及兩邊房間全敞開，裡頭電視、划拳聲浪衝天。都是公務人員旅途上。

你母親貴州女兒招呼你們下樓到餐廳吃晚飯，早看好訂了座的，等著大夥，要不九點就打烊，老頭不說話光笑咪咪：「他們貴州什麼都單行法。」其實是誇獎地頭蛇有辦法，就能讓飯店等著。張德模老萊子湊興：「一定要嘗嘗媽媽家鄉名酒茅台。」菜是冷的啤酒是熱的，沒有茅台，怕僞，你姑丈老實人：「好茅台都外銷了。賺外滙。」眞能沒有？不甘心的你倆街上找去，外頭是夜市，震天價響，地上厚厚一層葵瓜子殼，沒人覺得不應該。張德模亡種論又來了：「窮沒關係，髒亂就叫沒骨氣，那就玩完了。」什麼骨氣？「剩下一件破衣裳也要洗把洗把補好才穿出門。」張德模弄來瓶二鍋頭，菜不對味兒，「不吃了，酒帶回房裡喝。」他說。一路經過敞開的房間，裡頭人投以防備不友善眼光，他警覺道：「這飯店龍蛇雜處，得清醒點睡。」整瓶酒灌下，徹夜未眠。

國寶旅行團幾十年後，你們循舊路而去，什麼包車，長程大客車，難怪住巴士總站邊，好上車：「跟駕駛員講好了，我們坐前頭，到齊才開車。」車過安順暫停十分鐘。「安順呢！」你窮嚷嚷！好想下車尋去國寶流浪隊伍之安順黔江中學。當然哪兒都不能去，廁所味兒一陣陣飄來，不斷傳來大嘔大吐聲。沒半點冒險精神，你光盯著小販爭相叫賣的一種糯米糍粑，抓緊時間下車買了五個。你父母壓根不知道什麼故官寶物曾流浪到安順，你好可惜這段國寶時光與他們錯身而過，沒法挖寶。一路奇石峻嶺，都看傻了。時光隊伍，到底飽過眼福。你的安順記事：

車子中途在安順休息十分鐘，叫賣糯米糍粑的小販急忙而熟練地提起烤爐蜂擁而上，貴州腔聽在耳裡是飄忽的山歌回聲，還眞土，讓你啞然失笑。傳說中最古老的音階，彷佛久違，聽在耳裡，讓人神往。

狂顚十小時，高速公路一半路段在翻修，怪不得不敢包計程車，車小顚得更凶，老頭胃酸都給顚出來。開著開著車暫停，前頭不遠火藥炸山，還眞像戰爭。幾聲巨響後，煙塵蔽天，有不怕死的車子不理管制，仍往前開，駕駛大聲說：「沒得事的，我不怕死！我跑多少趟囉！」眞像戰時。經過黃菓樹大瀑布，駕駛好意靠邊停下，一群婦人小孩提了竹編籃上來兜售楊梅，什麼黃菓樹流泉半眼沒空看，（白水河經過黃菓樹地段，河床斷落，黃菓樹落差七十四公尺，溶蝕形成天然洞窗，洞口爲瀑布掩蓋，水簾洞。）你母親跟緊了你，你凡是看什麼，她都管，以貴州腔：「怎麼賣？」你怎麼聽都像台南她在市場買東西。但小販們似乎立刻聽懂了她不是外客，全自動讓了斤兩價錢。你們買了一大堆楊梅，全車請客，眞酸。

五月黃菓樹瀑布沒什麼水勢，光是人和車。車過盤江橋，晴隆快到了，遠遠望見整座小城陷在煙霧裡。燒煤，常年季節雨，於是煤煙在山城圍轉不出去，仙境一般。下了車走在路上，人人上前招呼：「蘇連長女兒喲！眞概像！」你父母的故事源頭這裡：

晴隆舊名安南，終年陰雨，地方人士爲討吉利改名晴隆。隨著戰爭的發展，成爲第四十一團第四營高砲十一連駐紮地。年輕老廣連長據守盤江橋，和半坡塘少女相戀。

你媽一回娘家，動不動拿根包穀啃，回復少女胃口。隔天，你們去掃外公外婆舅舅墓，八十度斜坡，像四足動物攀爬到山頂，山頂連站的地方都沒有，有一種地形連地圖狂也畫不出來，疊床架屋，哪來什麼平面面積？香港就是。

山頂無立足之地沒法上香，只好七跌八落紛紛滑下山，好樸素地在馬路水溝邊燒紙錢祭拜。（墳墓在萬里。也擬哭途窮。死灰吹不起。）你與亡魂連接：

走近簡陋墓地面向暈染的稜線出人意表大吼道：「外公——外婆——我是你們的外孫女，來看你們啊！你們好不好？」非常之戲劇性。母親滿意了，連聲笑罵：「小瘋子，發什麼神經病？」

虛構來自張德模，說過了，不耐繁文縟節，拋開生人死路祭拜形制，自己給出規格，臉朝天空山脈以川音呼喊：「外公，外婆，舅舅，我是張模，來陪你們喝酒囉！」川貴一家，同語系。張模，自家人叫法。

兩岸開放探親第二年，你父母就找回家，連接晴隆、安順間的道路因大雨山崩斷線。（不要小孩陪去，他們說，自己家還能找不到？）兩人只得在安順住下，往當地郵電局發電報代尋，如人還活著，見電報即赴安順車站前安順賓館，七天等不到，就離開。

完全不知道家族還有沒有活人，一九四五年離開，晴隆女兒就沒回去過。一路在後頭追趕丈夫的部隊：

年輕的連長匆忙抓輛往貴陽卡車，令駕駛負責安全送到，臨走塞一大麻袋整營薪餉，囑咐母親保管等著交給師部人就不見了。母親說也不知道怕，光吩咐駕駛在家門口暫停：「跟你外公說一聲。不能不說一聲就走啊！」

一路碰過江蘇人、山東人、北京人……追趕人影不見的高砲部隊。

蘇連長跟著部隊上了台灣，貴州少女被安排在廣州大家庭裡，幸好靠沿海，香港又有親戚，部隊定下來，你爸寄上路費，貴州少女年輕母親拖著兒子先去香港，等船過海去台灣。

（等啊！老在等。貴州奶奶說。）枯等七天，不甘心就這麼算，等成十天。貴州濕氣重，床像泡在水裡，兩老夫妻半步不敢離開，只做幾件事，吃三餐、上郵電局探消息、問旅館總台有沒有電話：「沒得！」越來越心涼，老家恐怕眞沒人了，否則早找了來。

第十一天下了決定，去買車票隔日中午回廣州。你小阿姨和姨丈趕了整宵山路坍方，一大清晨急吼吼敲門：「郵電局的人沒把電報給我們！壞死了哦！怕事！說上頭要檢查沒問題了才能給，打算拖過時間給了你也沒用了。好惱火！先趕了來看看！回家非給我們交代！」姨丈是個好脾氣，也上了火：「失散幾十年，見不著人，老子肯定往上頭報狠狠檢討你！國家都准他們回來，輪到你放屁！」就算超過時間，爬也要連夜爬過來看看，不相信都走到家門口了，多幾天都不等。

見了面，通宵夜談，幾度天亮後，房間太小住得實在乏累不堪，想方設法過了坍方。這才回到晴隆半坡塘老家，兩姊妹回到兒時，抱頭痛哭：「小娥！你都老了！」小娥，你父親以前給小阿姨取的小名。不過就是嫁去廣州，五十三年後才回門。這些年都藏到哪裡去了？答案只有一個，他方。米蘭．昆德拉的小說。（你父母之後幾乎每年一次又一次離開，路線貴陽出發直快 488 川黔線火車經湖南衡陽，次日下午五點四十分抵廣州。三十三小時車程，對準南方。與當年出貴州路線沒變。）

幾十年故事幾天說完，輪到你感覺乏累不堪。於是你和張德模先離開，貴陽靜幾天才回台北。住了一天全市最現代化飯店，為了吃遊方便，滿城滿眼辣子、辣油、辣椒粉，嗜辣的你們都辣怕了。住定後到餐廳吃飯，一名老外，大吼著臉色鐵青衝出大門，張德模樂了：「一定是給辣的！」小姑娘們端著大碗蹲在路邊樹底下吃飯，成碗紅油汪汪，面不改色。

但流浪者不愛住大飯店，吃都勉強吃了一次，第二天就絕不肯了。在飯店附近扶風路上黃桷路樹下找了家明亮小館子用餐，看老闆娘挺俐落機靈，讓她給介紹住處帶包伙，張德模模式，全盤的信任人。（好多年來，他再去桂林仍去以前用餐的館子。昆明地陪段勁敏，也是再找去都不做旅遊業了，仍無條件幫忙調匯換錢。）你們沒目的小巷子閒逛，闖進了陽明祠，在集中菜市場後頭。大半木造殿廊依山而建，林木蓊鬱，家書、手跡、石刻、畫像，一間一間昏暗悠長的展覽室，漫天漫地家書，二十八歲貶謫至貴州一直到四十四歲，十六年。「連峰際天兮，飛鳥不通。遊子懷鄉兮，莫知西東。」王陽明〈瘞旅文〉。

你們決定晚上在陽明祠餐廳，一大廳十間以包房的餐廳，沒半桌生意，你們隨便選包房，挑了間臨廣場巨松遠眺弘福寺，進了包房才發現到處拉了電線，礙眼又危險，在最裡頭包廂不好走人。「隨便叫點。」張德模低聲。貴陽終年陰雨，四月底了只十三度，你想就點個小火鍋去濕取暖，張德模瞪你聲音也大了起來：「不怕燒掉房子！還鼓勵這麼對待大思想家。莊嚴白在這兒緊緊守護國寶了，知道了爬起來也要痛打一頓。」眞的，哲學教育軍事讀書場子。一旁守著點菜的小姑娘：「不會算你貴的！那概會燒？不點鍋子點個新鮮豆酥鱘魚好吃哦！」也還得用酒精爐。張德模啼笑皆非：「內陸山城，你告訴我朗概來的新鮮鱘魚。」小姑娘：「新鮮的！不騙你的！」「還活的咧！」張德模沒好氣。「與爾皆鄉土之離兮，蠻人之言語不相知兮。」王陽明，〈瘞旅文〉，蠻，不是野人，是知識。張德模還想起莊府的特調橘皮酒：「敬老莊。」

於是你們不敢亂闖了，守在國寶旅行團最主要的守護地，「起碼的尊重。」你們無論去市區哪兒都老實回到扶風小店用餐。最終也還是給訛詐了。你倆慢慢用餐不急去哪裡，客人們算帳老闆娘寫在紙上遞過去看，你們看在眼裡，二餐沒去，再去，老闆娘送了兩瓶啤酒，仿張德模的話：「送你們漱口。」連要離開的車都給你們先談妥了：「不會騙你們的！」張德模轉身小聲：「那就一定騙了。」你笑得眼淚都掉出來，這些年，沒少吃虧，「算什麼事呢！」只要別燒了陽明寺。離開那天中午，在小店吃的飯，車子硬是等在外頭，綁架似的，不同的是你們自願的。你對那裡印象最深刻的是，那裡有全世界最多的擦鞋工人，你前頭人走著走著，突然抬起腳放在一個遞上來的鞋架上，就這樣擦將起來。天上，正飄著細雨，地面，一窪窪泥水陣仗。

（當時不知道的是，三個月，國寶入黔六十年，莊家兄弟仨重返安順，除了老大莊申生病無法同行。二〇〇四年他們的老母親九十九，申若俠仍能做各式麵食，彈琴、剪窗花、寫日記、創作、畫畫……五覺退化但回到童趣意境。爲什麼活到這年紀是個謎。時間停頓，如夢遊。莊嚴詩句「夢中重返幽州」，人在天涯。）

跑警報

似乎人人都在路上。也有反西南羅盤方向而走的，一路北京、天津、青島、長沙、四川來到西南終端雲南昆明，吳大猷。一九三四年秋到了北大物理系從事原子分子光譜研究，一九三七年跑抗戰到了西南聯大。整天跑日機空襲，起先不跑，後來裝樣子走幾步到附近防空洞。有天日機又飛來，幾位大學者包括傅斯年，犯肺病咯血吳太太，跑就跑吧！衝進五公里城郊崗頭村北大校長蔣孟麟泥牆草屋內躲警報。回去是跑不動了，既來之則安之，住了下來！開放空間客廳兼書房兼臥室兼餐廳，美其名曰「沙龍」。七間小房，擠了九姓氏。吳大猷南開大學物理老師饒毓泰流離途中喪妻，情緒跌谷底，半夜胃潰瘍發作，連夜呻吟，住半截土牆隔壁弟子吳大猷，怕他受不了，不時高聲說些頂撞刺激的話，是小孩與父母關係：振作點啊！你這樣徒弟怎麼辦？你還有一群學生等著你教呢！

轟炸不斷，課程排在早上七點到十點、下午四點到七點。世界奇聞，一流知識分子全成了莊稼漢。

吳大猷早上五點多起程往學校走，背運極了，屢仆屢起每每剛走到學校，警報就響起，乖乖立刻踅回家，一天來回二十里，鞋底全補之再補，褲子膝蓋打上大膏藥皮補丁，人人如此行走人世且做學問。

吳大猷且每天提菜籃和一把秤，「帶到課堂黑板下，等下了課，再買了菜回家。」秤用來秤買的物品，怕不夠斤兩。

（病情愈陷愈深，張德模進進出出醫院。你訓練出一身迅速二十分鐘打包本事。三大包貼身行李，隨時上路，病如流浪進入循環系統。你只會這個。）

倒數計時，距離一九四五抗戰勝利約四年。你就是忍不住幫忙他們算日子。一九四一年秋。上學期教古典力學下學期量子力學，學生裡楊振寧研究「以群論討論多原分子之振動」。一九五七年冬，（另一輪倒數計時，十二年。）楊振寧、李政道獲諾貝爾物理獎，楊振寧立刻寫信給老師：追溯得獎研究都與當年論文有關，多次多次都想告訴您，而這天實是最適當的時間。（你同樣等待那天來臨，你將坦然報信：多次都想告訴您，而這天實是最適當的時間。張德模已經死了。）

好吧，也來提提李政道。同樣大流浪年代，一九四五年春，抗戰最後階段，胖胖的原浙江大學一年級生轉讀西南聯大。（研究者航空母艦，西南聯大三校：清華、南開、北大。）李政道每天都到吳大猷面前要求更多習題，「求知心切眞到了奇怪的程度，大異尋常。」吳大猷沒有太多題目可給。機會來了，軍政部長陳誠、次長俞大維約了吳大猷和只上過小學自修成功的數學家華羅庚商討設立國防科學機構，寒冬，無衣可穿的吳大猷問表弟借來大腳蹬美國大兵粗皮靴，陳部長親至三軍招待所拜會，衛兵交頭接耳：「教授是什麼大官？」（吳大猷建議培養青年物理種子開始，他推選了李政道。推他進入另一條軌道。）帥吧？最荒謬至極的流浪，無非毫無名目的離鄉背井。

一旦抗戰結束，流浪者急覓返鄉之路。分批而來，要一起走，難如登天。流浪者爲了籌措旅費，開始在街上擺地攤賣什物。避亂同溫層教授裡，吳大猷最早擺攤，吳太太短皮褂油條店老闆看上，値點錢的賣光光。吳大猷曾添了兩隻小豬，打算養到年底賣了賺點錢，每天黃昏趕豬入屋「是不很容易的事」，吳大猷自傳《回憶》接近魔幻寫實：

有一天好不容易買了兩條鯽魚，拿回養在小院水缸前要洗它。入房不過幾秒鐘，出來時已少了一條魚。一看便見一隻烏鴉銜了一條魚飛上了屋頂。雖然說，能被烏鴉銜上屋頂的魚大不到哪裡去，但正因爲魚不大，兩條丟了一條，是很慘的事。

一九三八年夏遷昆明，等到一九四六年春飛重慶，離去時，所有家當只裝了兩小手提箱。走人。

你彷彿看見吳太太一到昆明臥病不起發燒脈搏增快。待到重慶，「好似心跳好了些，或者是心理的影響，或者是重慶的大氣壓比昆明高的緣故。」可憐！高山症啊！你就栽在高原地勢雲南麗江，壩子。食不知味，說不出的難受，整天整個人都在暈眩狀態，得使勁呼氣，這樣還捨不得一遍遍閒蕩，如貪戀病房歲月：

深夜，穿過古老時代踱到河邊小店吃宵夜，巷弄歷經芮氏七級劫毀大地震，城在傾圮裡沒日沒夜趕建中，如是兩年，往往徹夜通火通明，黎明前才肯熄去，但這並不表示停工。

生活變形，所以人的一生該如何定調呢？該從生命哪裡切入？（心理分析家溫尼可（D.W.Winnicott）自傳開頭第一句：「死了。」第五段：「我想想，如果我死了會怎樣？」）

十一月十七日，倒數計時三個月九天。你打開張浥塵留在你筆記型電腦裡的對話，（張德模生前你就列印了出來給他看，他看了什麼話也沒說，不來感動掉淚、欣慰、驕傲……那套。）就由這名兒子〈陪病的夜晚〉切入：

已經是第幾個夜晚了呢？我在醫院陪著爸爸，這名從小就扮演著算是嚴父角色的男人，不擅長表達自己的想法，或者說，不願意表達自己想法的父親。在爺爺奶奶的苦命論中，我想關於親情，我是沒有深刻的期待吧？我的年紀漸漸的大了，對於很多事情有了不同的體認，或是說，經由我所聽到的事情，我對於大人們過去種種恩怨情仇，有了不同的想法。爸爸是個偉大的人，與其說他給予高不可攀的感覺，不如說是他始終用我所觸及不到的姿態存在著。

爺爺走的那個晚上，難得全家人都在。彷彿早就決定的事情一樣，如果人的生命可以是如此性靈，何不給我們更多的選擇。對於爺爺的回憶，是事後才慢慢湧上心頭，就像走在下毛毛雨的黃昏，意識到時已經全身打濕了，悲傷因此像水底往上冒的氣泡，伴隨二十年的記憶終於爆發。

記得爺爺在生命最後階段，最常問起就是我什麼時候回家，聽了就讓人難受。每次凝視爺爺握著我的手在老舊餐桌寫字的照片，覺得所謂的溫情就是如此吧？老人家對親情的付出是那樣純粹無私又深刻。有沒有機會，這種特質會在我身上出現？

印象中我不撒嬌也不叛逆，小時候沒有，長大了更沒理由也沒對象讓我這樣做。自以爲成熟，事實只是冷漠罷了。靜的讓人發慌的病房裡，窗外車子一輛一輛駛過到底都要去哪裡呢？許多事經過我然後離開，最後留下什麼？記憶吧？然而回憶到底是被背負著還是被擁有？想想又不那麼重要。原本以爲我生命漸趨明朗的未來，不想現下突然被切入愈來愈模糊，到底缺了什麼？人生眞的像沒有栓塞的洗臉台，水一直往下注同時不斷流失。

（張德模，跑警報你跑著跑著跑進另一個世界，你兒子學生一樣的對話，刺激到你嗎？「爸爸是個偉大的人，與其說他給予高不可攀的感覺，不如說是他始終用我所觸及不到的姿態存在著。」觸及不到的姿態？覺得如何？）

假團圓

一九四四年四月，莊尙嚴認爲路要走得下去，地方情感一定得回應，作主國寶裡挑選了百多件書畫在貴陽省立貴州藝術館展出，一毛門票不收，難得的國際級展出，黔人大開眼界，頓時忘了戰火。不意此舉竟預言了告別。不久同年十一月，日軍入黔，時光國寶隊伍被迫連夜開拔。離開安順同時，莊尚嚴把孩子的名字全改了，「莊家慶」，莊因原來的名字。

寶物拔離安順緊急運往四川，三小時出發，兼夜沿川黔公路直奔重慶巴縣，安順辦事處撤銷去，易地掛牌易名巴縣辦事處，不怕，老莊能寫字。（老國寶流浪專家，曾否在人生倒數最後，靈光一閃回返國寶流浪路線而微笑？）

到此一遊，抗戰勝利等待復員，大夥兒附近南溫泉出遊，（流浪中的流浪）流水漸層小瀑布前團體照，前後左右高低站滿溪面。——故宮博物院旅渝同人南溫泉脩禊留影。可不是，變相旅行團，「旅渝」。三十六年春初。（巴縣日後整個自地圖上消失，編入大重慶市巴南地區。這是流浪者必須面對的，記憶的疑義。除非他有機會重新回到那裡，證實：我沒有記錯，否則沒人知道那是哪裡。一個不屬於時間層的地方，在時間夾層裡。逝者如斯，你從不曾見過同一條河水流過兩次。馬克．吐溫說的。）

旅渝，臺靜農這會兒在不遠江津的白沙鎮唱和，一九三八年抵達，這一待，直到一九四六年十月轉赴台灣。過年當然也寫春聯，與莊尚嚴隔空較勁，「芝草終榮漢／桃花解避秦」，用大傢伙掃帚以正宗川北紅土漿爲墨，狂掃千軍，乾筆寫巨幅堂號——半山草堂。笑稱是「魏晉生活」。剛去時在編譯館工作，入不敷出，兒女輟學在家，親自課子，第一課〈荔枝〉首句：荔枝生巴峽間。在地文學。

一九四五年抗戰勝利，吉普賽式押著家當走四方過家常日子。怎麼都先求「家常」二字。

一路生孩子、練字、求學、考古，一項不少。一九三八年十一月四日，莊家四子莊靈生於貴陽；一九三九年，臺靜農四子臺益公白沙出生。

一九三四年，有一支隊伍，中國共產黨紅軍，軍事圍剿中大撤退：開動了每人兩隻腳，長驅二萬餘里，縱橫十一個省……。領導者毛澤東說：「歷史上曾有過我們這樣的長征嗎？沒有，從來沒有的。長征又是宣言書。」宣言什麼？紅軍是英雄好漢！英雄好漢邊長征邊遊戲人間身外之物叫花子般一個不留，以為一清二白才叫革命！古物專家不來這套，至情才能無情。

長征隊伍畫出一條權力世界戰略路線。流浪者沒有眞實路線。

遷徙生活不斷壓迫著流浪者中樞神經發出警訊：「除非離開這裡，否則非死在這裡。」非動不可，很少人死在客居地，要死，路上就死了。沒死，繼續動，心靈體操。故宮博物院館長馬衡、學人顧頡剛、楊家駱、傅振倫等一流學者入川，閒不下來，古文物專家們組了一隊大足石刻調查團，同登大足北山，當眞的，撰寫的大足石刻論文留在了《大足縣志》裡。大足，可不是張德模老家，大流浪隊伍逆歷史，晚於張德模出世抵達。莊尙嚴考據遙想當地唐時樣貌：連甍比屋，千門萬戶，飛泉迸出。淥沿旁流，崢嶸一十二峰。周圍二十八里，城牆二千餘尺，敵樓百餘間。

飄泊二字，使他成了深刻的書法家，好友臺靜農總想要他一幅字，《左傳》句子：「人生實難，大道多歧。」重點是人生實難。

流浪久了，最後落腳台北市郊一個叫外雙溪的地方，不是一路艱苦守護國寶的安順或重慶巴縣、南京。老宮人臨終前外雙溪病床上，老友無言相對，莊尙嚴喝不動了，平常都沒有飯前酒的習慣，但此刻莊尙嚴要這樣，喚家人爲老友備烈酒二鍋頭，要不自己去找酒，他面前也放一杯摻了白開水的烈酒：「酒人的倔強。」臺靜農眞挺那甚麼的欣賞。

一杯在手，「分明生死之間，卻也沒有生命奄忽之感。」人生實難，大道多歧。同意境，陶潛〈自祭文〉：人生實難，死如之何。

反經石

一如反經石，可令羅盤倒轉，故鄉逆走。一如岩漿降溫凝固的過程，按照地球磁場方向安排磁性，人類也是，成爲人生磁鐵礦被永久磁鐵所吸引，指南針與地圖在這裡偏轉，不辨正南方，此地是西南。

岩石當中含有磁鐵礦越多，岩石的磁力也就越強，地質學裡稱之爲「反經石」，他們這群人肯定可以稱之爲「反經人」。磁鐵礦 Magnetite，這名字來自一位牧羊人的名字 Magnes，他最早在希臘克里特島最高峰愛達山脈發現這種礦物，腳上釘鞋和鐵手杖被地面吸住。時光隊伍爲神祕不可測的未來所影響，吸引著人們倒轉歲月。

大足寶頂石刻，北敦煌，南大足，可不是就因爲抗戰時人才大量入川，才正式被世界發現。「這是腳底人對四川耗子的一點心意。」老二莊因多年後與張德模把酒，於濃霧滿江面的美西舊金山，暢談蜀道，灌下幾杯烈酒，是以橘子皮浸泡數天，呈淡橘色，柔馥順口。後來張德模延伸以檸檬皮、薄荷葉、九層塔……入酒，淺綠或琥珀色。同陷嘉陵江南岸海棠溪黃桷樹記憶激流，黃桷樹，樹名也是地名，四川獨有的叫法，桷，音接近「郭」。莊因入川進了「好職國民小學」繼續讀書，好職，巴人眞大氣。張德模根本不記事。但四川主要是一種氣息。最清晰與最模糊的感情同樣抽象。

指南針，「司南」，這次，指南針都幫不上忙了。

國寶隊伍一路十年，不可思議地在地圖上畫過。路線畫得出來，其他呢？像是人的脾胃。北方來者來到安順，驀然回首，光想到雲貴川嗜辣三層次就頭頂發麻：不怕辣，辣不怕，怕不辣。最高級是「怕不辣」。無菜不麻辣。西南口味地理潮濕，入菜慣用花椒胡椒辣椒。知識分子多少覺得重口味，簡直在革脾胃的命。革命往往淪於被迫，他們適應的過程，再自願沒有，有一天醒來，他們再也不怕辣了：「眞有點挺那甚麼的。現在咱們的脾胃成了西南的。」（你的麻辣脾胃是進了張家，在台北養出來的。）

一九三七至一九四七，順長江，乘一一四號登陸艦直抵南京。居然，一件寶物沒少。這是什麼概念？就是說沒人發國寶財。被遺忘的隊伍，只被這樣的西南民風，値得當成一生來回憶。（一九九九年報喪之旅結束前，想到以後大既是不會再來。張德模的眼是映過寶頂金光的，但你到大足石鄉多次，卻從未看過任何一尊。你們叫了車帶上小女孩張輝映，張德孝也要跟，被媳婦喝止：「你瞎子看個啥子！在家燒好飯等我們回來。」媳婦作主帶了朋友：「正好有空位。」張德模由她胡鬧，累到底，說不動了。大足石刻群七十多處，以北山、寶頂山、南山、石篆山、石門山五處最集中。你們去了寶頂山，南宋中期密宗高僧趙智鳳在大足布教，創建了寶頂山摩崖造像密宗道場，題材多刻畫密宗故事人物。門票外另收香油錢。說為申請世界文化遺產祈福，當地農民自由進出，裡頭還有間小學，眞是人間生活佛，莊嚴形容的「淥沿旁流，峥嶸一十二峰。周圍二十八里，城牆二千餘尺……」你心想：「原來你在這裡。」（反回家路逆行，不辨東西南北，眞的再沒重返。）

（同年十二月，世界文化遺產申請過關，世界遺產委員會的評價出爐：大足地區的險峻山崖上保存著絕無僅有的系列石刻，時間跨度從西元九世紀到十三世紀。這些石刻以其藝術品質極高、題材豐富多變而聞名遐邇，從世俗到宗教，鮮明地反映了中國這一時期的日常社會生活，並充分證明了這一時期佛教、道教和儒家思想的和諧相處局面。）

想過嗎？歷史軸承上你們是那樣曾經錯肩而過。

第五章 僞故鄉：四川、東港、病房

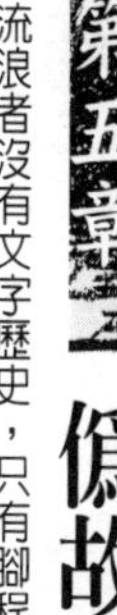

流浪者沒有文字歷史，只有腳程。

人人都曾經或將在未來離開。

小張德模隨父母跟隨入伍生大隊離了長江流域，川人們在雨季來到黃浦江邊碼頭倉庫等待另一段旅程。位置互易，他們在下江埋鍋造飯，使用公家發的鋁缽正式展開大鍋飯生涯，缽底鏤刻入伍生總隊名銜，隊產！

天公地道蜀人討回一丁點下江人的人情：「吃我們四川多少擔穀子啊！三個四川也讓你們龜兒子給吃窮囉！」別妄想蜀人嘴巴會吃虧。歷史無親，但還是有個報應，稱之爲偶然。

張德模喜歡站在黃浦江邊，小小流浪者的第一個異鄉。想像一定是那樣的，他有趣地望著天空雨線如布幕，被風重重撩撥，緩緩落於江面，漣漪層次分明，江面一片霧。

小小流浪者從沒見過如此大的水塘，用手往江裡撈雨，整個人被打透了加了重量，動作放大點，就差點被自己摔進江裡。老頭踮上來狠打一頓。死了，去不了台灣，故事就到此結束。

故事已經結束。機身打白市驛機場滑出重慶上空，高空向下望，清清楚楚的土地線與長江沿岸，下江陵，同行年輕老師孟邦益喃喃叨念川人李太白的詩：「朝辭白帝彩雲間，千里江陵一日還，兩岸猿聲啼不住，輕舟已過萬重山。」古人沒有飛行器。這次，以飛機的速度離開。

再開始，已是回憶。

聽在耳裡，有生之年，張德模最喜歡的詩，及王維〈渭城曲〉：「渭城朝雨浥輕塵／客舍青青柳色新／勸君更進一杯酒／西出陽關無故人。」

（三十五歲，一兒子出生，就取名「浥塵」。人生如旅，一場清晨降臨的小雨輕輕覆蓋路途輕揚的沙塵。拔掉呼吸器，揚起一陣小雨。兒子會不會越活越像他？替代他注視人世？你有生之年會看到。)

孟邦益後來成了張德模的老師,轉了方向畢生不得志,未成家,愛國獎券迷,綽號「愛國老師」,發行第一期就認玩這遊戲,首期面值十五元、發行一萬張短小薄紙,就是回老家的地圖。暗暗發誓中頭彩發洋財,敲鑼打鼓開路返故里:「有恩報恩,看不起老子的一毛不給!」偏偏財神大爺不賞臉:「專跟老子過不去!」末獎邊都沒摸上。

十五元當年是什麼概念?六十萬老台幣!搶錢啊!第二期就面向大眾改為五元一張。

此人不信邪,命根子般壓在書頁,維持完好,期期沒中的獎券全留著,好證明回家盤纏都投進了這無底洞。一九五〇年四月十一日到一九八七年底,足足玩了三十七年。一九八七年政府宣布兩岸開放探親,愛國獎券年底停止發行。愛國獎券怎麼就能跟探親套上關係?(社會觀察家表示:「以台灣現代史觀點回顧愛國獎券,可知廢止愛國獎券一事,與開放大陸探親、全面解除報紙家數與張數限制,幾乎是同一時期產物。」孟邦益豈不正正是活人對照組。)孟邦益沒等到財神爺還他個公道,獎券停止發行消息中,整個人蒸發不見了,撂下的全套愛國獎券,券面完美無缺,反諷的成了寶,能賣好價錢。傳說,孟邦益回了大陸,可探親回來的老鄉沒人見過他。

愛國獎券、大陸探親是同時期產物,說的是眷村發財夢工廠歷史,張德模家是作夢中心,愛國獎券之前是軍人愛國儲蓄獎券、上會、同袍儲蓄。軍人愛國儲蓄獎券老母老頭卯足了勁兒買,保本又能對獎,居然對上不止一次大獎,二獎五萬元中過兩次。五〇年代夠買一大塊土地,士官那時每月關一百多元餉。另外同袍儲蓄每個月得走趟市區聯勤收支組,你打趣:「活脫是煙毒假釋犯，每個月得依規定報到。」定期跑市區，九〇年代中，期滿後老頭跑不動了，才「戒」了這癮。

發財是如此風行草偃的全村運動，一世代一世代世襲著發財夢。開獎前最熱中討論誰買了幾張，開獎後猜疑誰誰誰中了獎，如是反覆。張德模說服初、高中眾兄弟，這是愛國遊戲！重要的是好耍。遊戲規則是開獎前大夥兒輪流上賣獎券亭子抄組號碼，號碼開出萬一中了，好用來後悔，叫「帶後悔」。

輪到張模抄假想號碼，他不吭聲抄了上期中獎號碼。開獎日當天，新中獎名單尚未招貼，他放假消息吆喝大夥兒開獎了快去對，眾人擠到獎券行，三刀六眼，一個字不差，中了頭獎！眾人當場氣傻幾個：「早知道去偷去搶也要買嘛！現在不是崩了！」不肯散去。說時遲那時快店家出來張貼眞的獎單，他要大家看清楚：「哪期是哪期的！就這麼想發財想瞎了眼！」大夥兒回過神追著打！他邊跑邊調侃：「不撒泡尿瞧瞧，哪個長得像中大獎德性！」

愛國老師孟邦益後來離開至公中學落腳屏東潮州中學，愛待不待。一九五九年張德模高中考上潮州中學，才又碰上孟邦益，這生閱歷心境足夠他教好書，但再好，也無法超越〈下江陵〉。

一九五九年，孟邦益計畫離開潮州中學。掙扎到暑期結束，他託同學帶信，約張德模詳談。沒人可商量，把心事交給十八歲弟子。

內文以行書端正寫於十行紙上，信封上寫著——煩袖交張德模君孟邦益託。

德模弟子：

我脫離潮中，可以說曾經三個月的思考始決定的，問題並不像你們所想那麼簡單。星期日如來屏始詳談罷！你如來，希在十二時以前。並且託同學帶個信。祝好！

邦益

張德模去了沒有？沒人知道了。茫茫人生，師者的落寞，極私密，放置記憶最底層，從來沒說給任何人聽。

張德模高二那年，孟邦益再度離開潮州中學，轉到屏東高中：

一、我已于八月二十日到屏中，住在校內宿舍，沒有小孩子的打擾，靜得好。

二、我像在潮中一樣，開始任高一國文，我覺得這樣開始比較妥當。每星期只十節功課，這裡文化教材是專任的，因此我大概可以閒得會感寂寞。

三、記得是你借了我一冊國文課本，對嗎？如果是，立刻寄來！以免我重新再計畫講解資料，如果不是，希即向以前二丙同學查問。一個個問罷！辛苦了，可是你不可怨我，蓋「有事弟子服其勞」也！我猜你不會說老師囉嗦的，如果你想囉嗦老師，要多拿出一點國文知識，只要肯提出疑問，我決不吝嗇。

一九六一年，張德模決定考軍校，老頭第一反對：「張家就你娃娃在台灣，念啥子軍校哦！沒得出息！媽媽身體不好，朗概好離家？」（就是要跑遠點呢！）

他求助於孟邦益，回信來了：

考軍校是最上乘的做法。

貴家長分屬軍人也與一般人見識相仿，眞堪浩歎。我的讀軍校主張與一般人不同，最大的理由是讓軍權握在眞正革命，眞正爲人群造福的青年手上，才不至於落在野心者手。

你可向親友解釋，這不是逃避，如果說得自負一點，還可強調：「古來有幾個國家元首是大學數理、工程、外文系畢業的，這些書呆子只堪聽使喚罷了。」

（這可稱得上最好的軍校招生廣告。）

一封一封信，交到張德模手上，旅人信號。四十餘年保留這些信，搬家、淹水、娶妻、生子，夾在他極少數物件。小楷、鋼筆墨水藍字，寫在泛黃的蝴蝶紙，珍藏著，直到他死。（有天，你取出信反覆檢閱，這是密碼嗎？回到流浪隊伍的地圖？）

一九九一年年底，邱詢民、裴樺的信：

你們好！時間過得好快呀！不知不覺又到了來年，想來咱們分別已經兩年了，可思念之心始終未減，今寄去賀卡一張，捎去我們眞誠、美好之祝願。年初，你們來信說今年準備回大陸，不知此行成否？我們時刻都在盼著你們的到來。一年來，你們工作生活可好？如果能寄給我們一張近照，我們會更高興的。我們萍水相逢，不知爲何記憶如此深刻。我們生活沒有更多變化，七月下旬，詢民被單位下派到吉林省東豐縣鍛鍊，爲期一年。在下邊各方面條件艱苦一些，詢民的適應能力較強，況且再有半年就回來了。裴樺已經正式登上講台上課，自我感覺還是可以勝任的，只是作爲年輕教師，經驗不足，學問不深。

流浪者沒有文字歷史，只有腳程。

少年流浪隊伍

你有種感覺，這不會只是巧合。一群人被畫到懸置的人生座標，只爲了成全李白、蘇東坡……那些高來高去者，搭上時光列車。

故事是作爲推理的基礎。〈創世紀〉種子動物傳說如果眞的，諾亞方舟雞鴨狗等等是繁殖這個世界萬物的基礎。那麼一座意義迷宮，一種想像，一種執念，那些懸置的名字，等待召喚，巨人降靈，畫出一個接近完整的祕密地圖，而以其他符碼出現。劇本、書法、小說……就足以解釋你的疑慮。

張德模（人物表：少年流浪隊伍觀察員），最後離開人世的角色，食道癌患者（你堅信他沒有用完人世的時間）；趙琦彬（人物表：劇作家，前中影製片部經理，山東蓬萊人），愛耍帥到接近報仇，報少小離家成了少年流亡者冤枉。才十七歲已經組劇團演出。

一九四九年前奏曲。趙琦彬隨煙台七所中學所組聯合流亡中學撤退，少年隊伍一路煙台、青島、上海、杭州、湖南、廣州，不懂得回頭。他們總在路上，被命運懲罰永遠不得停下腳步。

流亡隊伍有個非學校學生張永祥（人物表：劇作家，前華視節目部經理，山東青島人，張家幾代開磨坊，小學讀完就在家裡推磨做大餅，未來能獨力街上擺攤賣大餅就是最大的奢望了。）學校撤退看他是煙台的孩子，收進流亡隊伍。身上半分錢沒有，老餓得奄奄一息。仗著個兒高年少，常混到學校打球認識了同齡學生趙琦彬。流浪到南方水鄉名城杭州，話都說不通，吳語：「烏龜不叫烏龜，叫甲魚。眞鱉！」趙琦彬帶頭領了幾名同學走進小館，張永祥狼吞虎嚥扒光三大碗白飯，形跡可疑，老闆親自盯場：「儂個能食？」怎麼這麼能吃？

吃完一抹嘴，聽口令大夥兒鳥獸散，老闆狠狠一把逮住張永祥當人質，大夥兒只好回頭。張永祥賴給同伴朱少豈，朱少豈搶白：「我又沒吃！」趙琦彬倒乾脆：「要錢沒有。」有支自來水筆抵帳，自來水筆漏水根本不能用，插上衣口袋裝帥，口袋沾染一大片洗都洗不掉，這筆老闆哪會要。趙琦彬心生一計：「只好讓你跟我們到火車站隊本部拿我們戶口米！」張永祥打前陣，老闆就認他，趙琦彬壓尾，走著走著趙琦彬從後頭使勁兒拍老闆肩膀：「咦！掌櫃的，怎麼人呢？這會兒全不見了？」老闆聽他山東腔已經緊張萬分，分神仔細琢磨他講眞的假的，才一回頭，張永祥立時拔腿狂奔：「這輩子從沒跑那麼快過。」轉進小巷確定甩脫了，才敢停下來大口喘氣。

這一跑，跑到了廣州，出南中國海濟和號登陸艦駛到了澎湖，一九四九年六月二十三日。人送到原艦返航廣州，才出外海便快速沉到了海底失去蹤影。

怎麼是去澎湖不是台灣？原本就是一筆交易，山東名將李將軍正在澎湖當司令官，同意接收這群少年學生半兵半讀。半大不小的孩子只要扛得動槍，全穿上軍服塡滿三十九師。

不止這個，島中之島，李將軍吃空缺不算，率先發起離島「匪諜自首」運動，承認了罪名誰還敢收？乖乖你給我待在澎湖吧你！人稱澎湖王。

有學生被迫「自首」，哭得淚流滿面，政四管監察：「這麼傷心，肯定是發心後悔了。」是後悔！後悔碰上了絕子絕孫澎湖王。一夥出來的都自首了，就趙琦彬硬撐，這挺傷感情的，夥伴們質疑：「我們都是匪諜，你怎麼不是？」他說在政工隊當差，上頭沒逼那麼緊。養成了凡事跑別人後頭習慣，有名號曰：「趙到齊」。他到全到了。

這支超小齡流亡學生團僞裝成流浪隊伍，根本不該存在這個東經 120～121 度，北緯 21～25 度空間。上了岸，學生沒去處，聯中校長張敏之在台灣奔波爲學生請命，「匪諜幹嘛那麼費勁逃難來台灣還躲到有一餐沒一餐的窮部隊！坐飛機直接來接收發國難財省事多了！」又還是十七、八歲大孩子，還都是第一次離家，能當得成匪諜嗎？誰管你娘嫁給誰？莫名其妙張敏之成了匪諜立馬槍斃。

趙琦彬政工隊行走，消息靈通，他透露訊息，注意到沒？周圍同學數著數著少一個，且沒跟任何打聲招呼，少數的行李也沒帶走，鞋都還在床下，未免太不尋常！

匪諜越抓越緊，有人瞧見半夜那些「匪諜」原來是給裝進麻袋扔進了海裡，部隊叫「拋大錨」，山東人說：「回姥姥家」。

更詭異的，失蹤的幾乎全是平常好出鋒頭話多有領導相的，這群半大不小的孩子們組織起來，結成拜把，大夥兒輪流守夜，整晚穿著鞋子衣服，躲死。眞給他們躲過了。

澎湖漁翁島牛心灣下船後便住進了廢棄砲台，低窪潮濕，男生個個開始得了一種怪病「繡球風」，卵蛋潰爛，流血流膿，海風一吹，疼痛不堪。夠倒楣的張永祥，躲過了戰死、餓死、匪諜自首等天災人禍，卻差點栽在「繡球風」上。

肚子脹得跟面鼓便祕似的宿便排不出去，積在體內陷入昏迷，不能吃也講不出話。沒擔架，拆了門板抬他到馬公醫院。醫生掀開他眼皮直截了當宣判：「已經死了，不用住院，直接送太平間。」張永祥事後說：「老天，我當時還有知覺呢！」幾個大孩子抵死不肯送他進太平間，也不懂害怕，門板裝上抬了趟回部隊，無政府狀態，沒處去，大夥沒了主意，先置在陰涼處吧！

趙琦彬當了僅有的一件大衣，大夥吃水餃守夜。張永祥昏迷到第二天醒來還沒嗝屁，伙伕班長有些歲數和經驗，死馬當活馬醫，餵張永祥吃疳積散，腹部一陣強烈糾痛，他感覺要痾大便，一傢伙拉出一缸，也不犯噁心，大夥兒湊上去挑出來數，七十多條蛔蟲，趙到齊嗤之以鼻：「簡直無狀！」

死去活來之後，明白了一件事——沒爹沒娘就沒人證明你活過。眼下最快最有出路、活著離開的方式是投考軍校。眞給張永祥、趙琦彬矇上第一期政工幹部學校戲劇組，兩患難弟兄迫不及待拔身就往北投復興崗奔：「用志不紛，仍凝於神！」人生如戲，他這麼解釋。從此成爲「趙教官」，軍校弟子的制式稱謂。

澎湖王後來調台北，年年他老人家過長壽那天，流亡子弟不約而同，一字排開站在澎湖王門口，庚時一到齊聲呼口號：「澎湖王！我呸！」朝大門重重唾他幾口口水，轉身離開！五秒鐘短劇，直演到澎湖王死掉：「可回姥姥家了！」

戲子

赤手空拳一路飄零，一窮二白，有的都是多賺到的。豁出去的結果是，莫名其妙的沒有家教但各有風格，「不給我，我自己創造。」復興崗戲劇組的口號：用舞台創造美好的麵包，去餵飽人類饑餓的靈魂。（餵飽？你有點懷疑這口號是兩餓壞的山東小子想的。）

趙到齊高筒麂皮鞋深藍西裝絲領巾滿頭髮蠟、開吃油像喝白開水的美國進口車、打梭哈滿嘴英文 absolutely，私家車冷氣壞了不准搭便車者開窗：「幹嘛？要人家以爲我車子沒冷氣啊！」是沒啊！「誰敢說沒冷氣，給我下去！」就算熱厥過去，忍著點，中暑事小耍帥事大。

趙琦彬成了號人物後，他設的飯局有幾項必表演的戲碼，一是每乾杯後杯口朝外，發出「嘖！嘖！嘖！」聲以示盡興。二是他的客人若不沾酒：「給他們一碗白飯，撐死他們！」三是碰上客人多到得分二環圍繞，外圈站著吃，他老每每故作不解：「哪跑來這麼多吃混食蹭飯的！」什麼混食蹭飯，他連環電話催來的。（戲子。他同儕學弟貢敏稱之爲，劇人。舞台就是故鄉，戲子本色！）

那麼乾脆開兩桌吧！他極嚴肅：「幹嘛！那就太沒意思見外了。」非規定擠一桌。放眼望去不是弟子也是私淑弟子，家大業大嘛！每飯必教育女弟子：「看著點，伺候著啊！」張德模續上結尾詞：「這事兒我挺在乎！」師徒倆浮一大白。

一九九〇年趙師父傳出罹患肺腫瘤，到最後一刻都沒給打趴下，還要帥，彷彿聽見他說：

「媽的，卵蛋夾緊，活得還挺盡責的。」

弟子友朋們默契到不行，一場場極節制踐行之旅展開。再沒宿醉，每次趙到齊清醒到最早。老友老長官小說家李明李老大對著張德模感嘆道：「以前你們趙師父……」是的，趙到齊。肺癌末期，張德模說：「以後台北怕要沒多大意思了。」

有回北投溫泉小館餐聚，他早到了，獨自站在琉璜味庭院角落出神，望向虛空處，「媽的，這事兒我眞的挺在乎。」彷彿聽見他的趙式名言由地心深處和著溫泉潺潺傳出。

他且極細膩、正經寫妥遺言，屬意李老大爲他治喪，還顧著風格：「不准那宋××、林××跨進我靈堂一步！他若送花圈輓聯給我扔出去。」學生們早早收到口諭聖旨。如果宋××、林××不識相繃緊了臉皮非送花圈輓聯或出現靈堂，非叱他滿身尿。

六十三歲那年，趙教官死於肺癌。過程當然也並非全然的理性，大家都理解的，人在死生關卡多少會亂了方寸。他被太多不讓他離席的友朋牽引，幾次赴大陸求醫。台北就此不時傳出，誰又在機場碰到他云云。彷彿他是傳說中的隱形人突然現身是個傳奇，他看病的故事簡直是全本海外求長生不老仙丹劇碼。

其實你就碰到，但是，不知道爲什麼你就是絕口不提。

一九九一年冬，你和德模去長春，過境香港轉機，是個下午，離傍晚登機還有段時間，你獨自走到餐廳買點吃的，張德模懶得動，吩咐你：「順手帶瓶啤酒。」

你在走道老遠一抬頭望見趙教官背影，獨自佇立落地窗前往外凝視停機坪，那座全世界起降最繁忙的機場，這時，巨大的機翼倒映在玻璃窗面。

竟和一則流傳的故事碰上，內容包括：在香港機場候機室，遇見趙教官求醫大陸來回。化療頭髮掉得差不多了，愛面子的趙教官戴假髮脖上繞圍巾。

你沒辦法此時此地上前問安，（一直要等到張德模走後，你才明白何以就是無法上前請安。任何都多餘。）你折回，張德模不解：「酒呢？」你說累了，沒力氣走不動。

你知道趙教官在張德模心中的重量。他亦一定不會去打擾。彌補失去的青年追求時尚期，趙教官加倍喜歡衣履光鮮示人，一生最後的尊嚴。你們都清楚。

午後光陰，你們在候機室等待登機往既定的航程，背著走道你站在落地窗邊注視停機坪及遠方的跑道，淚水簌簌如河止不住。你知道的，趙教官若見到，一定訓斥：「不要這樣子！」

美好的少年流浪時光，你願意一次次回到那裡。一九六二年，張德模追隨這支隊伍進了幹校影劇系。開學第一天這名帶種的新生，走在校園官兵活動中心俱樂部小徑上，眼見偉士牌騎士著空軍服飛馳而來，新生被吸引地目不轉睛，帥啊！高年級學長見獵心喜：「那個新生，跑步過來！福利社是你來的地方嗎！趴下，一百個伏地挺身！」外加全副武裝操練、星期天禁足寫悔過書。

導演課，偉士牌騎士太陽眼鏡邁進新生教室，展開趙教官時代。

年度排練趙琦彬寫的舞台劇《荊軻刺秦王》，荊軻出發，慷慨就義：「當西風捲起黃沙的時候，你告訴他，我已經上路了。」成了幹校影劇系師生的解散密碼。主題曲是梁實秋寫的詞：空氣何芬芳／音樂何悠揚／我似醺醉了醇酒／在夢境裡徜徉／徜徉徜徉／原來幻夢一場。

新戲上演，幹校影劇系的「戲子」和美術系的「畫匠」兩派人馬鬥嘴不休，畫匠調侃：

「少抓看戲公差。」見到畫展請柬，戲子回敬：「爛畫少展，浪費花籃錢。」眞眞假假結著梁子。

同期同學「畫匠」國畫大師鄧雪峰好容易三十多歲娶媳婦，趙琦彬自告奮勇給新娘子化妝，強調絕對美感自然，結果把雙十年華新娘子當舞台老旦畫得紛紅駭綠大濃妝，新娘子氣得跳腳對著新郎破口大罵：「你年紀一大把了，我可不老！這個婚誰愛結誰結！居然找戲子給我化妝省這種錢。」新郎老鄧都忍不住大笑：「跟鬼一樣。水準太拙劣了！」趙琦彬也沒好氣：「人長得醜怪妝不好。」

趙老大另一絕活是一手飛筆走龍行書，跟一般書家不同，他可愛送人字了，尤其餐廳，當年他可是台北飯館第一書家，有求必應，同鄉同學同袍劇作家張永祥鄭重其事：「瞧瞧咱們琦彬的墨寶！你看看這一勾一勒一撇一横，眞眞眞是帥！」（張師父輕口吃。學生輩最喜傳誦師父理髮故事。去理髮，剪好洗頭，問水溫：「可以嗎？好不好？」「好好好……」好就大力沖囉！終於：「好好好……好燙！」拿剪刀的傢伙可火大了：「燙你不早講！浪費我的瓦斯！」）

調侃歸調侃，趙氏弟子朋友團愛極上掛了趙墨寶的館子吃飯：「沒辦法，別人認廚子，咱們認字。哪位見著沒趙老大墨寶的館子趕緊通報一聲。那是台北奇蹟。」（哪位學生家裡沒有趙氏書法？舉手！）

送張德模進了醫院，就像家有重病患急著砍殺出一條生路的家屬，偏方、宗教、中醫、算命……來一輪。你們呢？命不可能算，宗教講究的長期投入，偏偏你們少的就是時間，那麼只中醫了，你積極打探，撲去一家知名中醫診所，門庭若市，樂觀輕鬆開幾大包藥，「不是草藥。是中藥。」教會你如何煎藥，回家大鍋水藥材雞鴨魚肉蛋菜……全往裡頭放煮好打成泥，當水喝就對了：「保持體力，才能打仗。好了再來謝我。」怎麼如此容易？你當場就相信了，一定是這樣的！

（作爲張德模的妻，你的大猜謎開始：化療，5000cc 劑量。有沒有用？該不該這麼做？有沒有別的選擇？）不會那麼容易，光突然斷酒就是關卡，與酒相交近五十年，連正式道別的機會都沒有。你問電療主治蔡醫師有沒有這類臨床報告可參考，她說有種酒精症候群，發作時會失去理智。張德模給逗樂了：「眞的噢！怪不得我好想打人！」

幾乎不敢告訴中藥來源，漏夜煮了一海鍋，早上端出，他一看：「拿遠點。我說過不信這些。」除非主治醫師允許。你仍不放棄：「爲什麼就不肯嘗試一次？就算爲我們一次。」不動搖：「我的身體。我寧願死於病，不要死於後悔或愚昧。」（每天每天他的身體都在做私人診斷，僅僅回報給他。）

六個月後，趙教官的老學生張德模再度追隨他而去，兩人都在六十三歲那年走人。他是對的，你不至事後懊悔是否急病亂投醫加速他死亡。（曾經張德模說：「趙教官專心一種療法也許不會死。」）

張德模逝後有天深夜，你頭一回極認眞站在趙教官三呎乘六呎大幅字前，專注地端詳，你希望如那句幹校老影劇系的解散密碼，找出這支師徒流浪隊伍如今去了哪裡的集合密碼：

鋪萬里雲爲長紙走筆飛虹向天且寫愛磨千仞山爲鐵硯批風註月爲詩注七彩塗記那青史幾番春夢紅塵多少奇才且歌今日雲來雲去花落花開邀得日月星辰乾坤晝夜與我攜手徘徊

（不信怪力亂神，張德模，你們這支隊伍究竟怎麼約好的？）

遙遠至極。無約之約。

偽記憶

四十年後張德模重回上海黃浦江邊，流浪路線上第一個異鄉。岸邊不遠老正興用了晚餐，「菜是甜的！」熱了紹興，「酒是酸的！」喝回紅旗二鍋頭：「這才對頭。」中國大陸頂面向大眾的烈酒，二元、四元、十元……不等，一口一口腐蝕著了食道，是的，要了他的命。

他不上心，說以前吃的用的，洗菜煮飯洗澡拉屎尿都到江邊，「也沒怎麼著！」（那時，要什麼沒什麼，誰管汙不汙染；現在要什麼有什麼，「扭開水龍頭就送水，但那滋味，差老多了。」）

趁空檔，李俊昌叫王世榮去買一桌江西景德鎮碗盤瓷器，上海十里洋場不能白來，帶去台灣轉了來再帶回銅梁獻寶。

來到滬上，王世榮沒閒著，賭性堅強，別的不會，觀察市面混亂，錢一路往下跌，他不知道通貨膨脹這話，但換成賭本，賺到的話來得及追上跌的速度，也是將功贖罪。支開了跟著的老鄉，結果又是光屁股回去。

李俊昌這下受不了了：「王世榮我以後還信得過信不過你？」當然信不過。船到了基隆，王世榮下船就開小差從此失去蹤影。他又弄不清楚部隊番號，川軍起碼二十萬。

三十年後，四川老鄉島上轉來轉去，天空中布滿失去線的風箏。王世榮調張德模幹校學弟土匪連上，就在連上退的伍，土匪喝酒聊天談起有這麼號四川人，這才又續上了。

王世榮終究是不識字，沒頭沒腦笑呵呵，顯然早忘了欠錢走人這檔事。尋了上門，海吃一頓，燒白、粉蒸肉、酥肉湯、酸菜魚、自己做的豆腐乳、水豆豉。

李俊昌見了他：「哎啊！王世榮你都老了吔！你還欠我一桌江西瓷器盤！」王世榮沒走遠，繞著他下船的基隆十里內打轉。退伍還是賭，倒做了真廚師，大廚。不知道開了哪竅，燒出一桌道地川菜。「別的沒的，膽子大，敢放麻辣哦！」張德模笑道。

幾十年，左手賺右手牌桌繳庫。沒錢結婚，也不想結。女人來來去去，甚至戴了假髮，瘌痢頭禿子，光頭上桌有得倒楣。離開時他讓張德模撥個號碼，讓電話裡的人跟張德模說地址店名：「罩得住嘛你！」

張德模一塊兒陪著回基隆，一去四天，王世榮介紹給大家：「哪！我姪子哦！」張德模：「姪子個擔擔麵！算老子沒教好你哦！」學王世榮川腔，什麼話後頭都跟著個「哦」。

再喊張德模去玩，他不去了：「那些女人比我還老。」台語對上四川話，誰也聽不懂誰，明擺著合起來騙禿兒的錢，王世榮無所謂：「管他去！反正我一人吃飽全家不餓。再說能坑我幾個子兒。」（薩依德的話：我最早體會語言是一種藩籬，就是那一刻，雖然我了解他們在說些什麼。）

這支軍中旅遊團，成員多半是十七、八歲年輕人，有的在老家闖了禍，有的躲結親，有的沒親沒故，張順仁張晴嵐最長，順理成章做了張老大，（還有趙琦彬、張永祥、鄧雪峰……那幫子，平均年齡更輕，少年流浪隊伍，也出了個李明李老大。）多半跟著喊三哥三嫂，往事已忘。

那個精刮上算拿捏分寸的世界消失了：「以前十擔穀子能買一甲地，現在什麼價！」王世榮就又失去了消息。

眷村：偽集中營

一九五〇年八月七日正式落腳東港共和里新村共和街五十五號。（一家三口戶口清查表登記：張晴嵐，叁男，父張敬九，母張馬氏，教育程度，中學，職業，軍人，代理機械士。原來的機械士年輕，所以年齡都換了，民國一年改成八年。還取了個新名字張晴嵐。李俊昌，次女，父李玉庭，母李王氏，小學，無業。張德模，長男，待入學。李俊昌後來補了缺，通信中士退。）

東港是漁港。張德模那時還小，已經學會升火煮飯。各省人馬鄉音喧囂如雜拌兒，都堅持自己家鄉話才是國語。他們因此口條麻利，能說八省國語。

不止如此，出了村子，碰見漁民，學會講最道地的台語。（上世紀，普利摩．李維，這位猶太裔義大利人，二次世界大戰中被關進有名的奧茲維茲集中營，集中營以德語下命令，要懂德文德語才等於活命，生物求生本能營裡大部分人成為躲在語言角落的困獸。文字寶藏文字遺產 Wortschatz 等於在大劫難存活的關鍵因素。之後他成為這層經驗的萃取者與流傳者。）

老頭老母們畢生全沒能學會台語，生命中待得最長久之地。開始不免處處障礙，外省人們施行以物易物，湖南臘肉、臘腸，山東包子、饅頭、水餃，四川泡菜、水醃蘿蔔、廣東豆腐乳、鹹菜、肝腸……。和地方百姓混熟了，每家開始出現香蕉、漁獲。

東港成爲另一個基地。全體統一身分如烙上印記，集中營。（《滅頂與生還》，奧茲維茲的男人刺青手臂外側，女人在手臂內側，**Zigeuner** 吉普賽人的刺青開頭是Z，猶太人的編號開頭是A。）

他們時不時手養偷農民田裡香蕉，半夜潛進老曾蕉田一大掛一大掛割，揹回家用電光火石悶熟，帶到教室撐死全班，老曾兒子吃得比誰都開心。家裡香蕉是要外銷日本賺外匯的，不是用來吃的。大家有個不成文規矩，自己吃可以，不准用來牟利。

小小的作亂像去數學老師張廷新家偷試題，第二天老師說：「年紀不對囉！昨天明明出好了試題，哪個會知道今早上起床再看看覺得不太合宜，所以臨時再出了一份囉！反正你們沒得差別。對不對頭？」不對，被破局。白忙一場。

或者乾脆把試卷整個偷走，讓張老師不知道出過什麼題，仍然道高一丈：「不知朗概給我搞掉了，還好，我辦公室裡有放了一份。」畢竟見過大時代，會讓你們毛頭小子投機占上風？氣得把張廷新家裡養的小雞小鴨摸走，人家不在乎：「養大了記得還我。再偷下去我要去你們誰家開伙了。」張廷新能左右手同時開根號，絕活：「數學裡亂數也是秩序模式。」

好吧，亂數模式。跑去打生物老師關汝霖家青蓮霧和楊桃，又一位馬戲團奇才，同時在黑板上左右手開弓畫雌雄同體單細胞，黑板上布滿單細胞。不打亂他家果樹打誰家。膽大包天上樹頂摘，夜裡不知道哪兒飛來一隻魔術野雁，猛啄倒楣鬼同班同學董建南眼睛，趕都趕不走，董建南滿臉流血從樹上摔下，大夥兒倒沒一哄而散，趕緊抬著飛奔醫務所，小診所全科軍醫哪來專業眼科醫生，頭痛醫頭頭不痛也醫頭，不興抓著醫生下跪：「求求你救救我的孩子！」別求了，這些孩子，哪個沒送過急診？

董建南視力從此受影響，外號「瞎子」，眼球石灰白。二〇〇四年有人發明在眼球表面植心形黃金鑽石什麼的，睜開眼睛就見到愛情，瞎子早五十年前實驗成功。造成視線盲點，沒眞瞎，還考上空軍官校當飛行員。

偷採行跡敗破，關汝霖一句話也沒說，事後說了句：「我們家的蓮霧和楊桃，我從來也沒採來吃過。（留著給你們這群小鬼偷採。）正大光明敲門進來輕鬆的你們不會？」

這些老師大部分一輩子就待至公中學，一九七〇年學校結束他們之中年輕的才轉了學校。

一九五〇年三月空軍總司令部播遷台灣，退守時不少空軍弟兄犧牲了，明講就是陣亡，你說大家長制不好，人家管你生老死教育呢！「扶植本軍烈士遺族及在職官士子弟之求學，利用空軍預備學校人力物力派空軍預校龔穎澄兼任校長，七月一日本校正式成立，奉空軍總司令部核准招生四班，八月奉台灣省教育廳核定校名爲台灣省屛東縣私立至公中學。」

私立的吔！誰讀得起？別怕！別怕！有空軍大家長頂著呢！至公中學走出去的孩子們，統一價值觀人格不分裂，軍人辦教育誰曰不宜？

一九五一年至公中學擴班至六班，在兼任校長下增設校務長調空軍預備學校普通教學組佟震西組長專任。一九五二學校立案完成，回歸教育體系，兼任校長辭職，空軍總司令部派佟震西升校長。有效率吧！沒錯，不喊口號的人道。

更有效率是，學生出事，佟震西立刻聽到了，子弟學校及眷村是個比後來國際網絡更先有的上天下地嚴密情資網。佟校長沒孩子，領養了一名女孩，在他老爹學校寄讀，當時只招收男生，誰敢動她？沒眼鏡架子，照惹！一九五七年至公中學第七屆才正式招收女生，前頭七屆眞沒意思，才說呢！平常一塊兒村子裡穿進穿出，現在又一塊兒在學校來來去去，累不累啊！

學校也沒閒著，實兵演習，機動性強卻又比較不危險，不停併班如戰場，硝煙巷戰你們那排報數只有兩名弟兄，併排；好好整連弟兄撲上去短兵相接報銷一半，併連，番號都得改。說過了，眷村、子弟學校就像快樂的集中營，不考慮讓學生到外校就讀，就得年年忙著併班。「一九五八年七月第八屆畢業一班同月決定將二下兩班併爲三上一班、一下三班併爲二上兩班。」第八屆，張德模那屆。其實他從來沒由至公中學畢業，老頭那時已經不太管得動怕他學壞，讓他插班轉去東港中學。張德模掙扎半天，考不取，證明了老頭贏；考取，自己不情願。反正一輩子認定至公中學。就當去和番，每天到另一座不同種族集中營做工作。文成公主會認爲自己是番嗎？不會，張德模也一樣。

至公中學招生到二十屆，高中辦了兩屆，第一屆八名學生，第二屆只有四名學生。併到最後，有人硬是高二併到高一又回高二再升高三，跨了四屆。

轉到東港中學得摸黑搭頭班發火車，老頭每天早上送他到月台順便跟站長打聽一下兒子在火車上動靜，火車線上有地盤的，新來的、外省仔、東港中學全是粗胳臂桶子大腿水產學校眼中釘，不搥你搥誰！這會兒落了單，一路打到下車，說好不打臉。跟了段時間張德模每天回家得整理半天儀容，他要老頭別跟了，老頭撤；想血併的兩方，眼珠子都憋出來。放學後摸到張德模家，老頭罵道：「要你好好向學，你給老子耍流氓！」毒打一頓，張德模連解釋都懶！起了人生第一次流浪念頭，偷了自己糧票蹺家，夜不歸營，睡在海邊防風林裡，用學生月票，準備搭首班火車閃人，出東港只此一途，兼省錢。

老頭在火車站堵他，拈了回家。失而復得，這下老母更叨個沒完：「供你娃娃讀書花多少錢！朗概不認眞讀書！哪對得起父母！考上私立高中，你去給我跑船，誰箇供得起啊！」煩死人，什麼大了不：「就沒怕過誰！」錢錢錢！不花你的！全好好留著吧！

重回火車車廂，豁出去了，打死爲止，懶得糾纏下去。眞應了不打不相識，以後，大家一起把馬子。

功課一落千丈，又叨！這回不坐火車了，偷賣幾張糧票，跟縱橫線貨車披星戴月到了台北，身上只有百來塊，一點不怕，找到在台北當廚子羅叔叔，沒說離家出走說上台北玩，睡他那兒吃他館子剩菜大人天天打麻將到天亮，醉生夢死沒意思，走人。跑車、建築工地、看果園……幾個月。老母成天哭哭啼啼，一同出來的江坤開罵：「好好個娃娃叨都給你叨死！人在你成天叨，人不見了又哭，回來了你叨個不停叨跑爲止！」江叔叔銜命上台北找人，逮到了讓張德模自己說個時間回家。時間到了，張德模果然到了家，接上上學，一天沒耽擱，不講究補課。這下老母不叨了吧？照叨，他照不甩。一輩子到他死，沒個妥協。最後一次二〇〇三年十二月三十日早晨離家去住院，老母默默送到門口。這次，沒再回家。

離開至公中學十四年後，最後至公中學也結束了。至公中學出來的學生無視結束這事實，年年舉行同學會，兩天一夜或三天兩夜，邀請能請到的老師，校友會出錢，一、二屆大學長像師大教授國家文學博士王熙元、台灣鐵路局長陳德沛、中科院石園醫院院長程伯寅……負責陪佟校長及老師，傑出嘛！安慰老師。左右手開根號的張廷新老師每年絕對到。佟校長退休後搬到台中，教了一輩子書，兩袖清風，畢生賣給學校，名下無任何房產積蓄，但脊梁骨直的，出席校友會，從未流露苦相，面容溫暖平靜。

佟校長台中學生，爲他申請了眷舍，女兒結婚也有了孩子，在家照顧父親，有病送醫，全省學生排班輪流探望。一九九九年，佟校長，無疾而終，享壽九十，過了大壽才走。老年的他，話很少，叫學生名字，一個都錯不了。

他認識所有學生的父母，近至當地眷村遠至北部南下住校生家長，孩子交給學校，他說：「就是我們做老師的責任。」佟校長東北吉林人，如何就適應了南島漫長酷暑？張德模每回頂喜歡走到老師面前，九十度鞠躬：「校長好！」佟校長說：「好！好！好！你父親張晴嵐守電話班接電話最負責。」台詞多年不變，儀式嘛！

也有超現實意味的，靠海吃海，魚獲容易，別說四川人沒見過那麼多海味！還有當地老百姓居然吃生魚片，可惡日本人留下的。偏要擾亂你，老百姓開始鬧不清怪味魚、薰魚、糖醋魚……把魚入菜做得像本土物種之旅！生物課可惜不考這題。

街上少數一兩家餐廳也有賣海產的，鮮味珍，過去熟透透的館子，搭上新世紀東港黑鮪魚觀光風潮，索價不菲，「瞎胡鬧！當年我們吃黑鮪魚，都是船開到海上抓回來，吃新鮮的。」張德模搖頭嘆氣，拒吃：「擺明了吃凱子！我就不信羊上樹！不吃會死！沒道理這麼貴！」

鋪天蓋地的還有本土化台語人發牌，張德模也接招：「誰不會講台語？怎麼講不是問題，講什麼才是重點。盡講些八卦垃圾，你說月球話也沒人要理你！」（猶太裔義大利李維以極少的德語讓自己成爲集中營艱困歲月的倖存者，卻選擇在六十八歲跳樓結束生命。）而李維《滅頂與生還》，倖存者遺書，見證了勞動者的工作習性有時會成爲自動機制。裁縫、鞋師、木匠、鐵匠、泥水匠等少數人，被允許從事原來的工匠活動，「把工作做好」深植他們心中，迫使他們連敵人的工件都想「做到最好」。集中營裡一名泥水匠，極痛恨德國人，當他被派去建抵擋空中飛彈的保護牆時，卻把牆建得筆直牢靠，磚塊整齊交錯疊放，不爲了命令，是尊嚴。索忍尼辛《伊凡‧傑尼索維奇的一天》主人公伊凡被判下放勞改，他受命造牆，他是以專業最高標準建造，當他看到牆身筆直聳立，本能地得到很大的滿足。

張德模也一樣，以倖存者的方式「把工作做好」，在家的圍牆內，一路功課好、耐操、生存能力強……。譬如直到上高中都只有一套制服，每天放學院子先脫了水龍頭下洗淨竹竿晾上再進門，第二天大早上學經過竹竿底下，抓了往身上穿好走人，熨都省了。

電話班就設在家裡，日式房子，進進出出十幾二十歲郎當小夥子老鄉，做起事，一聲框喝大夥兒齊力動手架棚子搭籬笆種菜養雞，彷彿那才是主業。張德模人堆裡成長，油起來不知死活，跟著大夥起鬨叫個父執輩：「江坤！」江坤一巨掌掃下：「江坤你叫的！」叫江叔叔！大不幾歲江叔叔教游泳，不會是吧？「走！江老子教你！」一傢伙拎起來往海裡丟，閒閒撂兩句話：「自己想辦法游回來。」有人路見不平：「死江坤！不是你兒子是不是？整死了朗概賠？」江坤雙手十根指頭空中胡亂比畫一通：「朗概賠？你老子賠啊！娃娃就是要整！娃娃到處都是，要哪箇，隨便抓！」浪水沖滾兩下，張娃娃七手八腳爬上新故鄉，演出成爲台灣東港共和里人張德模。

旅行結束

死就是死，如何死而已。他不演戲，他來真的：「濃縮一生就是戲劇。」

是誰告訴這些腫瘤內外科主醫師，癌症病人和他的家屬該看身心科？

住進醫院第一週，便建議會請精神醫師。你的直覺——這是方便好用的牌。（大家分攤病風險吧！）

問題張德模不是瘋了才進醫院，是病了，要心理醫生幹嘛？讓張德模認命？接受會死的事實？（「你們不認識他。」你心想。有人曾建議食道癌住院的臺靜農會診精神科嗎？）

不久你好訝異的發現，醫師們多嫻熟此套醫療系統，異口同聲：「本院身心科只對癌症病人開放。」（能靠心理治療把食道癌治好嗎？這多像失傳的神的語言。）你不好當面拒絕，律師有義務告知客戶協商刑期，由客戶自己決定接不接受。於是你說問問看。你判斷醫師去問鐵會被削得夠慘。

果然，你已經很保留了，他仍不屑：「要不要我殺了他們？」瞪你一眼。帥啊！標準答案！沒失去他的本色。之前你其實小小緊張了一下。

六個月後，你知道更標準的答案了。「那死了父親的人，也曾經死過一位父親。」莎士比亞的台詞。戲劇當行，早體會舞台即人生，人生有死亡是一件再普通不過的事。

早年藝總話劇公演客串警察上門查戶口，屋裡打著麻將，戶口查完就該走人，他老兄正而八經側身指點桌上莊家：「你當莊根本相公，少張牌還眞的一樣又吃又碰的。」哎！眞有本事，戲中戲台上演賭博居然來眞的。台上全是熟人知情的，全笑岔了氣，暗幹：「還加戲！」

不止！又一次，演個沒台詞的軍官，扮長官的語氣不對：「下去吧！沒事了。」他頂回去：「我是國家任命軍官，不是府上下男。」總隊長觀眾席氣的！沒輒，他是編劇嘛！台下看戲阿兵哥爽得手都拍紅了。

死就是死，如何死而已。他不演戲，他來眞的。你開始明白他說過的話：「濃縮一生就是戲劇。」

他走後的一封安慰信：

醫生請你去看的是心理師還是精神科醫師？無論是何者，我猜他們會先問你一些心情和身體近況之類，以作爲診斷依據。我對醫療系統十分不信任，因此會先做較自保的預估。在精神科有一種表格，有各種指標來評斷病人是什麼病，但是心理上的狀態其實非常依賴病人自述的內容和醫生自己的判讀與理解，並不像生理的疾病那樣確定。所以，不管醫生給了你什麼偉大的病名（他一定要給，否則健保不會付錢），請只當作參考，百分之五十以上的可能，是不準確的。藥也一樣，不見得非吃不可，他們會開抗鬱的藥，會開安眠藥，肌肉鬆弛劑等等（因爲如果你長時間無法放鬆下來，身體可能會垮掉，如果眞的很難受，就吃一陣子也無妨）。不過某個程度而言，都是安慰劑的作用。如果是心理師，可能會讓你把想說的話說一說，對他們而言，悲傷或是失落的輔導，以情緒宣洩爲主。

如果眞的需要很好的治療師，我所知的台北最好的心理治療師，你不是眞的有嚴重的病，只是目前的壓力處理，應該不需要談很多次才對。

有機會說一說或是哭一哭，就讓自己崩潰一下吧，膿水不引流出來，傷口就沒有機會結痂。我們通常的本能是下意識地害怕觸及傷口，但是醫生要做的就是切開你的傷口，把死爛的肉挖出來，讓健康的新肉長出來，讓你活下去。

勸你去看身心科。你婉拒：「我還好。」這一切都將成爲你的，好的壞的，能承受以及不能承受。跟任何人無關的你的記憶。「我最怕你說還好。」醫生以及朋友都如此反應。你岔開話題，反問朋友最近有什麼旅行計畫？「你看，離開後，還可以回來。」你暗忖。死後，那是你和張德模面臨時不必再談的話題。早知道，也確定，安納托·卜若雅《病人狂想曲》的模式：病至將死，所餘即風格問題。

老父親過世，小型追悼會，邀請了少數親友、長年相處的老鄰居、晚輩。張德模簡短敘述父親樸素作風，他在自己父親追悼會上有了畢生從未有的緊張，「我天生害羞，拙於表白，但今天我願意在這裡驕傲的承認，這遺傳自我父親。」低垂眉眼，你好訝異好慚愧，認識他二十年，至親死亡，才摸清了此人驕傲、尊嚴、義氣、愛搞樂子、好記性、理路清晰、做事講究一板一眼的秉性，全爲了克服害羞，以更戲劇化言行舉止壓住害羞。害羞以至於極度矜持到達紀德臨終展現講求準確的風格問題：「要引述我的話，得註明我是神智清醒時說的。」

張德模死，完全陌生的你及他形成了。

（倒數計時五十七天，二〇〇三年底，醫院附近小店用晚午餐，電視裡播出即將來的新年元宵節慶專題報導，鏡頭調度到銅梁火龍節，漫天金光照眼，煙塵彌漫。元宵火龍節，火與鐵的結合，火之舞。最早是鐵爐業的行業，生鐵鼓風加熱，崩開的鐵水花自天而降。火龍出場前，導引之火，火流星先上場，每名舞者手執的長繩飛旋，繩兩端各繫鐵絲編織的炭火簍子，踩街而行，夜幕中畫出花瓣式流星圖案，陣頭，預告火龍即將出現。殷紅的鐵水滿地金光。凡人在其上踩踏。遠處涪江江面騰騰水氣，陸地煙霧彌漫，舞龍手赤膊上陣，搏命向前。傳說身體被火花濺襲，如灑聖水，可除晦祛病消災。五行中水盈而火虧，宜以火補之；電視之聲：二○○三年五行不利木。三位明星張國榮、柯受良、梅艷芳名字都帶木。張德模，帶木。眞可惜，除晦祛病消災，張德模錯過了，太小，當家族長不准去。）

節日祭日，端午、中秋、農曆年、清明、忌日、生日，你有了新的習慣，逢節日祭日開始不斷燒大量美金台幣元寶紙錢給他、老頭、張德孝一干男魂，張家在島上開啓祭祀元年。（老母說：「我昨晚夢到張模，穿短袖，說他去了南部，北部老下雨，南部陽光好，他說，媽媽，你穿多狠了吧？」你恍惚想著：「原來只是去了南部。」你問兒子們：「夢過把拔嗎？」很篤定：「算是有，但內容不記得了。」清明節，邱詢民回丹東老家掃墓，午後一通電話打到台北：「我哥剛才我午睡他來鬧我，詢民，你咋地不捎二鍋頭給我？我們什麼酒都喝過了，就二鍋頭沒喝過。我說，哥，我們沒少喝二鍋頭啊！二鍋頭到處有，肯定喝了個夠！哎！他就不肯走。沒事！我待會到靉河邊多燒幾瓶給他。哎！盡鬧我！」）

就你夢不到張德模：「我想通了，一定沒有陰間這回事，否則把拔習慣性反對黨，眼看我們做這些什麼燒香祭拜，死都要爬起來臭罵兩句。」但你仍好想知道，那夢中的身體是怎樣的身體，「到底死後是以哪個時期的身體出現呢？如果是死時那身體，把拔怎打得過別人？還有爺爺，八十九歲的身體，不是有得欺負受了？可總不至於大方到隨你挑吧？儘你挑個好身體，一點道理都沒有。」你寧願根本就沒陰間，死了就死了，往牆上掛。

還是回到牆上照片的故事。一九九三年張德孝來台北拍遲了的全家福，分離四十五年的證據，腳步終於追上來，現在，無法稱之為「看世界」了，換了新名詞，探親，最先落戶牆面。另外父子孫子三代男人合照，接著一九九九年老頭過世，靈堂遺照撤下後上了牆，張德模接捧，後來補上了張德孝。

全家福裡張德模神思不屬，眼睛眺望鏡頭後方，明明和大家一起，卻彷彿留在別的地方，你感覺他身影正逐漸朝幕後隱去，令人不安。這張最早的全家福也是最後的全家福照，再沒機會了，所以不愛照相的他無非在應卯。（日後，他提早離席，證明了這個預感。）反倒父子孫三代合照，一家男人驚人的像。（薩依德：父親永遠要我們以正面出現，影片裡絕無側面鏡頭，因而也不至於出現不想要的角度、不小心的神情或未經預測的行程。我父親創造並統治著這塊井然有序的家庭版圖，現在立此存照。）

這牆，是哭牆。張家過世的男人，遺照都掛客廳素面牆上。張家在台灣第四代都出生了，到此一遊的故事也該做個結束，島上這個家再不會回銅梁甘家屋基了，你對張家島上第三代說，「爺爺、把拔都葬在這裡，是到請個祖宗牌位安定下來時候了。」

夜半客廳無人，你不止一次望著他的獨照：「張德模，你在嗎？」照片析釋出淡淡藍光，安靜的喧嘩，與神祕經驗無涉，鏡面反射落地窗外的天光，一切都是科學。想到「光年」這名詞，管他是用在距離，你堅持以此為這組照片群命名。

每年每天每次你打牆下經過，有雙眼睛俯視你，張德模。

不同的容器

這次，是眞正規格不同的兩種容器了，分別裝載他與你。只要你活著都會堅持追問：「究竟有沒有另一個世界？用任何方式告訴我好嗎？」

你不斷進入載浮載沉淺夢地帶，無路線透明溫暖檀香氣息如光線掩映整個房間，如是我聞，每晚給出無言回答，（張德模，是你嗎？）病中專用、最後淨身的同款肥皀，唯一能忍受的無味之味。你極眷戀各種氣味，是氣味的信仰者。直到送他進入國軍公墓當天檀香氣息消失了。毫無眷戀不捨。再清楚沒有了，所謂獨活，是連氣味都切斷。

沒有了檀香氣味作索引，你腦袋轟隆一片空白：「這算是惡意遺棄嗎？」朋友過來人身分訴說丈夫過世初期的憤怒與痛楚，給出一個數據：「那種痛至少三年才會過去！」你驚愕到簡直聽不下去，太恐怖的牽掛，且張德模是沒有相思的。你如何能有？

你曾經遠遠旁觀陌生送葬隊伍裡有人如何狂哭嘶喊而調頭失去立場無法看完。你不屬於那列隊伍其中一員，但你開始明白，在這場遊戲裡，存活者即被遺棄者，大部分被遺棄者將在他們，不，你們後半生，清醒、無垠無涯的時空裡晃蕩，回不到有人的地方。自殺，那不會是偶然。

在你生存的容器裡，他的主治群最最確定，要求你看心理醫生。爲什麼那麼確定，你不知道。於是你如約前往。

候診室花掉整個上午時間等待。（為了這個約，你又是失眠了一夜，想著以前每天早上住院醫生八點巡房。那是你每天最緊張的時刻。每天才半夜，你就起床把長褲外套穿上等候。）終於等到叫你名字，原來是這位醫生，你經常在醫院看見他。他重複問你一些護士問過的話，你突然明白，佛洛依德和葬儀社的人沒有什麼差別，是他們發明了這門生死學，這和搭幾號公車可以去什麼地方、念多少書考幾分、母愛是天性等等可以被證明的試題是不同的。佛洛依德和葬儀社儀式是開發出來予以建立的。與戀母情結、夢之解析、集體潛意識以及曼陀羅……和生人不知死路、超度、牽引、迎靈……同個系統。都要人相信另一個空間有什麼。精神醫生稱之為挖掘深層創傷，葬儀社的業務員稱之為安魂。你唯有沉默。

醫生開的藥和張德模未吃完的藥放在一起，治不好他就治不好你。

只是你仍然不明白為什麼內外科醫生那麼相信心理治療？你收到張醫官在張德模逝後第二天急切尋找你要傳達訊息的電話。他的心像鑽石，最硬的硬度，自信醫術到心臟沒有被切割的可能。最親愛聰明的妹妹、精神科醫師因重度憂鬱症自殺結束生命。她以各種方式回到陽世宣示有另一度空間：「死後沒有結束。」操生死權柄如醫者，醫術是門最進步科學，他的鑽石之心因為妹妹變得柔軟，開始由神或神祕信仰裡去探尋生死答案，找到了，密宗。你混亂極了：「張德模好不容易死了，結束受難，你卻告訴我死後沒有結束，這不是讓我更難過而不能安慰我。」翻譯他的話是，「所以你需要的是宗教信仰，不是身心科。」

張醫官送你一個加持過的木雕小葫蘆，上刻六字大明咒：唵嘛呢叭彌吽。語出《佛說大乘莊嚴寶王經》，「將亡之人能聞六字明咒，持向屍體或骨骸，亡者意識即由下道得到解脫，往生上道，終得證果。」解脫？誰的解脫？如果有一天你死，你聽得見嗎？你相信嗎？你會回來報消息嗎？又報給誰？

更大的疑惑是，病人臨終，爲什麼長期相處互動的主治醫生不在場，反而由比較陌生的值班護士處理。值班住院醫師的第一課——宣告病人死亡時間、原因。（你經歷過的，最安靜的病房內死亡事件，往往是毫無準備期的死亡。）而事後，企圖安慰你的、一位值得敬佩的醫生最深切要轉告的經驗，是：有鬼神。而生死無有界線。

你在人聲雜沓的診間與張醫官道別，你甚至沒有說謝謝。一路行走診間蜿蜒走道，死亡沒有捷徑！你凝視五年內二度重返的這個死亡前哨站，膀胱癌是第一道生死線，張德模曾經篤信已經站穩了生，你們因此錯失了明白死亡陰影埋伏在很近，最後他付出了代價。（知道嗎？他已經被你們宣布死掉了。哪來什麼死後沒有結束。）

你繼續走完這趟巡禮，搭電梯往上到五樓病房區，站在長廊底直望長排病房，這裡，就是死亡入口。（你一直以爲，大部分人不是在家中壽終正寢就是發生意外或者死在加護病房急診室。錯了！人們最常逝去的地點，是病房。）

你先到五南病房，內外科綜合病房，你們住後段區，整排病房沒例外的人進人出，兩三天就換新面孔新名字，甚至有些住不滿一天即騰空。最初以爲痊癒出院了慶幸著，錯！感冒什麼是不會住進這家癌症專門醫院的。離開如此快速，痊癒的機率既低，那麼，是死了。

左右鄰房，差不多同時住進的，狀況不斷，老撳鈴喚護士，你明白了，臨終，瀕死啊！難怪如此騷動。（親人們不時三三兩兩圍起與護士或醫生商量：「他問是不是要死了，爲什麼喘不過氣來？你可不可以安慰他，騙他沒事？」）

倒數計時四十五天，週日，你比較長時間待病房，出去倒水，餘光瞄到右邊病房裡的女病人失控泣訴：「爲什麼他不來看我了，是不是不要我了？我是不是要死了？」和母親還是姊姊相擁號啕大哭。家人要求各種儀器送進去，儀器依賴者，比人可靠吧？

不久，你又在門口透氣，護士才踏剛進你們病房就被喚走，邊離開邊說：「對不起！張先生狀況比較穩定，這區正好有幾個病人都在大關卡。」

左邊病房大門洞開，幾名護士輪流急進急出，忘了帶上門。女性家屬步出門外泣不成聲講行動電話：「他一直掉眼淚，不能說話了，一直掉眼淚，我找不到小孩，怎麼辦？怎麼辦？他知道自己要死了。他們沒見最後一面怎麼辦？」急救儀器被送進去，門打開更大。輪值護士經過你趁便說：「今天比較忙，張先生血壓體溫等會再量。」你強使自己視線扭向左邊，迎上病床一雙黑瞳仁眼睛，躺高了越過眾人身體鎖定了你長睇過來，（也許你多心，都要走了還看陌生人？）你確定不認得，但那雙眼神，代表了一種臨終味道，哀傷絕望，淚水滿溢。兩條腿腫得像橄欖球，青綠色。住院經驗最無情的畫面。

死亡不是人類經驗，哲學家維根斯坦的話。什麼才是人類經驗？你直視不相干者的臨終，既不需要這樣的經驗，也是一種打擾，但你就是忍不住。（第二天，右邊的病人也走了。這次護士記得關門了，你沒看到。你是焦慮會錯過了張德模的臨終嗎？你應該要問他會不會恐懼的。你也知道答案：「廢話！沒人會不恐懼，問題是，恐懼有用嗎？」）

你們曾經有過一次瀕死經驗。離眞死，倒數計時兩年八個月，遠著呢！二〇〇一年十月十六日你們駕車送張浥塵國防役往新竹關西入營，張浥塵走進營區大門，張德模想到外校老友客家人黃進爐黃員老家在此，一通電話找去，多年不見真的沒動。（果然是老家，世世代代黏腳土不移動。）

你們去了黃員山間祖宅，拜望他父母親二哥，四合院角落樹根栓了隻大黑狗，聽見生人亂吠狂叫，張德模靠邊眺望山谷，不料拴繩長度正夠狗暴衝緊咬他不放他腿肚，竟然不當回事，強讓他拉高褲腳檢查，咬出一道鋸齒狀傷口。

問明白狗沒施打狂犬疫苗立刻進醫院，急診室醫生說：「真奇怪，今天流行狗咬人，早上才送來一個。」什麼奇怪？同一隻狗。這種巧合也能讓張德模碰上。

晚餐後你開車回家，驟雨傾盆，視界模糊，車子駛在高速公路山區路段，你們聊到那隻黑狗，直呼不可思議。快近鶯歌鎮路段，你駛在中間車道，可見度極低，你小心翼翼與前車保持距離，警覺到有些車速飛快，狂雨中，後視鏡瞄見一輛紅車由外車道想切到你前頭，不斷左閃右晃打遠光燈要超車，你放慢車速，希望和他們拉大距離，再找機會往外車道移動，不料外線車同時慢下，你對張德模說：「糟糕，得擺脫他們。」不料紅車與你車、外線車成正三角形的情況下，紅車輛先從左邊超車，且掃到前車尾巴，大雨中被追撞到的車朝內擺開去，閃避不及，兩輛車吸鐵似貼緊在前方不超過十公尺處以九十度再九十度再九十度變形速度急速推磨，與你車忽遠忽近，百慕達三角洲、巨輪渦輪效應如在眼前，颱風眼，稍失神就會被吸入。恩主公醫院院招螢光燈建築物不遠處矗立，像分鏡鏡頭放慢放大。

終於拉開距離，車在路肩停下，眼見內線車物理現象拋向分隔島撞個稀爛，紅車居然全身而退，一定知道闖大禍了，紅車快速切向到外車道，飛馳下交流道。你靜下來看數字鐘，整個發生僅一分鐘。

你記下車號及車禍位置，手機撥到一一九，一一九問你可以在現場等他們嗎？你回答：「我們已經嚇得半死，何況明天要出國，實在無法等。你們電話裡會顯示我手機號碼，有需要，我們回來一定作證。」

第二天你們出發，由北京前往山西太原，你長久以來想去看一眼中國現存最古老木造建築五台山小山村村廟南禪寺及依山而上佛光寺。北京往山西太原高速公路，才出北京近郊就堵死，一輛巴士被貨卡追撞，司機當場嗝屁，離你車僅僅五輛車差距，與你們瀕死經歷相連，「哪來這麼巧？」你忐忑不安暗中嘀咕。張德模無視於此，一路老大不高興，十二天行程，簡直小兒科，他想待多幾天，計畫待在長春爲赴美深造回來的小老友吳相道接風。你說以後有的是時間，讓相道喘口氣，再到長春有的是時間。（多大的錯誤，第二年他再度回到自在的旅程中，卻是告別之旅，上天當時給出徵兆：二〇〇二年七月一日你們出發香港轉機大連，抵香港機場加簽台胞證才發現他的七月二日到期，根本進去就得往回走，他訕訕地爲都老大陸了還犯這種錯誤臉紅認帳，還好進港能辦張新的台胞證，送急件需一天工時。但行李已掛到大連，你照原計畫分開走，他繞進香港過夜。那晚，你從大連打電話給他，一夥朋友如約聚齊了，他獨自在旅館看書喝酒，什麼購物天堂跟他沒半點關係，一個人？他大聲說：「老人家落得清閒。」一系列的災難變貌，沒得「事後先見」，他的作風：「早知道幹嘛？早受折磨？」）

回到台北，沒任何車禍電話要你們作證，你們經歷了一場比看電影還虛幻的車禍發生，你一直想，是你落了什麼細節嗎？你們落的是張浥塵營區懇親會，趕上了回寄家長聯繫單。

很難相信這位二十六歲男孩的父親，孩子啥歲數了還正經八百塡看不出問卷目的勞什子意見表，揀幾項說：

一、貴子弟與家中連絡嗎？回答：經常（與其兄嫂及奶奶）。（聯絡寫成連絡，張德模回答更絕：與其兄嫂及奶奶。爲父的把其他家人推出去，謙虛到這地步，他呢？）

二、貴子弟平時言行如何？回答：很有禮貌。（禮貌？居然做父親最看重的是這點？）

六、貴子弟有無社會經驗？回答：曾在外工作（參加就讀學校棒球隊）。（一路清華動力機械系所，半天工沒打過，連一般國立大學生最常做的家教都沒，學校棒球隊成了社會經驗前奏曲，全因爲團隊即合作關係，社會小縮影，眞老實人。）

十四、請告訴我們貴子弟在學校、家庭的概況？回答：在學校由小學至碩士按部就班，雖係軍人家庭，管教極寬鬆。（從隱形聯絡人到管教極寬鬆，此人撇清派！）

十五、請告訴我們如何教導貴子弟？回答：套句軍事用語：照表實施，可也。（我完全信任你們，完全信任部隊，完全信任國家。就這麼回事，就這麼個人。兒子，在家爺爺奶奶兄嫂照顧，在校球隊小世界，服役部隊訓練。徹頭徹尾局外人。別人口口聲聲「我兒子」，此人沒這套。現在你眼看張浥塵行事思考外型越發像張德模，覺得好哀傷，爲人父，他是眞克制。）

另附給連長的信，巧到家，連長張德峰，兄弟大排行。

德峰連長：

謹寄奉聯繫表。部隊於諸兵員之照顧與家長相類，甚至猶有過之，謹致謝忱！

個人偕內子因赴大陸探親訪友（小犬入營次日）迄十月二十九日深夜返家，未能參加懇親會，深以為憾。

再次謝謝。耑此　敬請

軍安

張德模　敬上

你記得在極度驚嚇的狀態裡感覺累至虛脫，才走回病房，正在看電視的張德模永遠不會知道隔壁發生了什麼事。醫院還能發生什麼事呢？你遠望窗外，玻璃倒影著專注螢光幕的張德模，你想，「我們離這些還遠得很呢！」若無其事拉攏窗帘，阻絕令人不安的現實世界。張德模此時調過臉注視你，比了個動作，問你吃晚飯了沒有。你說：「不餓。晚點再說。」你走過去病床，伸手抱住他，他微笑問：「怎麼了？」（倒數計時二〇〇四年一月十一日，還有四十五天，你將送他走。）「旅行結束了。」你說。

當晚寂靜半夜，清清楚楚呼吸咳嗽聲突然破掉：「瘻管現象。」支氣管漏口，水分、食物流進肺裡，導致之前持續莫名發燒，防逆流，四十五度仰睡。喑啞期開始，筆寫，最後的創作。話越來越少，斷斷續續寫出的內容有：幫我把餵食時間和分量ㄒㄧㄝˇ下、昨晚咳得凶，護士小姐幫我抽痰我太太幫我拍痰痰出則可、帶雞心領衣服來、由床坐起（喘）感覺要大解（無力）灌腸後完事。猶感脹氣……。瀕死期的開始。

你離開五南走樓梯到六樓，站在六〇七巨大黑洞口。僅僅一天時間，你們的世界翻天覆地改變了。

來到最後一筆。倒數計時一天，二〇〇四年二月二十五日晚，你爲他換上乾淨魔術粘衛生衣，新置的，根本沒進入死亡預備期打算，還買新衣。他示意拿筆給他，寫了行字，對你，像詩：釦子不能照X光。

被釦子折騰，他坦然承認。你則沉鬱悲抑。X光、超音波、血管掃描、食道栓塞、正子檢查、核磁共振……歡迎來到病的國度。

你回答：魔鬼粘不是釦子。魔鬼？佛洛伊德說一切都是潛意識。是的，魔術粘。

一天功夫，他離開人世，魔鬼粘。

「釦子不能照X光」，張德模最後一筆。奧祕到像他之前的話：「你曾經看過一條河嗎？」（詩人奧登：生命漸漸流失了，前往威爾斯還有什麼用？）他極欣賞不合理卻具奇特效果的對話：「你今天結婚了沒有。」答：「我十七啦！」還有：「你喜歡莫蒂里安尼的畫嗎？（畫中眼白漫漶長臉女人彷佛在嗅聞你）」回以：「你看過一條河嗎？」云云。

或者：「再也無須照極不耐煩、不給醫療方法只解釋病況的X光了。」回以：「釦子不能照X光。」

隔壁腿腫得像綠色橄欖球病人走掉那夜稍晚，你去醫院旁超商買晚餐。仍一出門左轉，經過病房，裡頭燈光燦亮，一度短暫關閉的房門重新敞開，裡頭有名清潔人員打掃得差不多了。動作眞快，空氣滿溢躁動及消毒水味，大風扇用力吹著。死亡之潮騷。

樓下，哭泣抽搐的女眷正在大廳值班警衛櫃檯簽什麼文件。你好奇怪何以是警衛？你並不知道，不到死亡撲門，你不必知道。

很快買妥食物回走，一行人移到騎樓上了，傷心家屬把大堆行李塞進後車廂。孩子趕上臨終最後一面嗎？死亡準備如此延宕，偏偏時間到了絕對給你個措手不及。真不公平。

不久，你知道跟警衛交涉什麼了。行政人員下班時間，未結的醫療費，家屬得先到警衛處付交押金，警衛開付臨時收據，明天，上班時間收帳櫃檯結清。

那張單據，叫死亡臨時證明。

第七章 甘家屋基：滅種

你們開始認真的在病房裡過日子，平常夫妻，是這一百天才成為。

站在生死岸邊，無能為力，唯有沉默。

醫師曾經以肉身圍起一道城池，你曾經以為這會是最強悍的防線。

張德孝先給出命，張德模再添一死，移植的優良葡萄種子樹根，正式宣告甘家屋基純種，滅種。

曾經你靜靜躺在他身邊，張德孝去世，他有所感：「張家在大陸正式絕種了。」你私心想的是，一命換一命，總可以留下他了吧？你狠心道：「絕就絕吧。姓張多的是。」你們的床如宇宙黑洞。（義大利聖西波克羅 Borgo San Sepolcro 小城，有幅十五世紀皮耶羅・法蘭契斯卡（Piero Della Francesca）畫作《耶穌復活》，赫胥黎稱之為：「全世界最偉大的畫作。」冷靜不動情感幾何線條，強調上帝信仰。）現在，人世的答案已明：唯耶穌能夠復活。

以人子肉身，他另有不安：「張德孝恐怕是餓死的。」自己一個多月滴水未進，進入西雙版納自然陽光空氣水，整天不做事只做飯的生活想像。對餓的感覺，貫穿同一血緣張德孝身上。

張德模的弟弟。

《卡拉馬助夫兄弟們》處理的是兄弟間的救贖，及對新環境的迷信，哥哥米卡深信，只要能夠與弟弟格魯申卡到一個全新的環境從頭開始，就是兩人新生的開始。而你眼前這對兄弟，太早成為孤兒，自保根本已成為本能，自殺，對張德孝恐怕是自保的一部分吧？失去了張德孝，張德模如何有機會與弟弟攜手共赴新環境從頭來？若有，是那個你們輪不到的死後復活的神區。

（小張輝映繼續來信，強調只剩下你們是親人。你心痛至極：絕種就徹底絕吧！否則要把小孩弄成什麼樣才甘心？這種宿命？爲什麼沒有結束的一天。）

僞裝：噩耗的隱喻

倒數計時五個月，這天，二〇〇三年九月二十六日，巴勒斯坦最雄辯的代言人薩依德因血癌過世。張德模情況才漸趨穩定，又進入發燒腹瀉週期。一九九一年被診斷得了血癌的薩依德，撐了十二年，這究竟是可怖還是幸運？若是張德模會做哪種選擇？（他走後，你常坐在他平日坐的椅子，由那個方向來看。你重新整理記憶，想起發病前，他已經逐月減少應邀出門，就算參加，也意外子夜前便回家，推門進臥室，一具人形背光站立，沒有以前喝醉回家的反應，那時他進臥室總站在門口眼力適應了，才搖晃關上門轉浴室。你意外他最近都不戀棧友朋聚會，起身問道：「這麼早就回來？」他默不回答，如是幾次。他究竟是懷著什麼心境坐在這張椅子？想過身體疲累原因嗎？有沒有一絲恐懼？尤其，你經常晚歸。病後，他倒是提過一次：怪不得那回去黃山體力特別糟。）

適逢週末，張浥塵看護，你進辦公室。下午五點十分，電話裡說做了X光檢查，臨床反應，「醫生懷疑爸爸小腸感染，還有吸入性肺炎。」百分之八十以上食道癌病人是死於併發症，肺炎。醫生的話。

駛回醫院路上，再接到電話，醫生會診決定做大腸鏡攝影，可能直接動手術，切除壞死的小腸。怎麼會！難道張德模自己簽同意書就行了？

每一刻都像最後一刻，你衝進病房，狹窄空間，團團圍住六位醫師，腎臟、肝膽胃腸、感染……全部表情嚴肅。推門同時先對上一雙眼睛，會診的鄧醫師詫異道：「原來是你。」壞脾氣、焦慮的她的病人，加掛門診，只說趁先生住院順便自己也看病，胸悶。額滿她同意收了。

「好巧。」你同樣反應。

這天日本北海道凌晨發生芮氏八・〇地震，無傷亡傳出，「居然沒死掉一個人。」死亡率且不如一間醫院。

小組頭是大腸外科郭醫師由家裡急吼吼趕來，正在觸診，他分析：「一定要自己摸才準，護士形容情形有語言的落差，連值班醫師陳述病況也未必全盤聽得懂。」一天狂瀉十七、八次，嚴重地困擾著醫師，「要不要考慮他的膀胱是小腸做的？」我說。郭醫師到護理站看病歷，剛才太趕，沒有時間詳細看，重回病房，都明白了。原來腫脹但有空氣滾動不太合理的膀胱現象，是小腸反應。有空氣滾動排除了腸子壞死的可能。

了解了狀況，醫生頃刻便散了。

通過這一關，疾病，噩耗的隱喻，外科主醫師：「目前還沒有發展到必須進開刀房的地步，你們看不出來，但我們很清楚。」這時候的你，還不知道，那意思是永遠不會到開刀地步。

你不要隱喻，你要明明白白。你甚至強悍到，規定自己全盤了解張德模病情發展，你像主治醫師要求住院醫生功課，要他寫備忘給你：

To：張太太

⑴電解質：今早之結果皆正常。⑵血液檢查：今早之結果有改善，但仍須追蹤。⑶飲食：今天開始喝水或牛奶，數量不拘，明天開始喝米湯，我已請護士小姐提供。⑷今天傍晚有照胸部及腹部X光，如果結果未改善，抗生素即可口服。⑸食道癌之進一步治療請聯絡主治醫師，這部分是他決定。⑹我週日值班，會再評估張先生情況。⑺如果病情改善、穩定，10/10可考慮出院。以上是我和感染科醫師及主治醫師討論後的決定。

2003-10-3，18:00。

強行進入醫病體系，你有個感覺，醫療系統運作非常像編輯校稿常用的刪去法，像是「西元一五〇年東漢桓帝和平元年年間」，不確定是吧？刪去，「東漢桓帝和平元年年間」得了。醫病呢？舉對付腹瀉吧！最安全，斷食，要不喝舒跑碳酸飲料不含脂肪蛋白質，讓腸胃休息，（也沒得瀉），刪去法。

倒數計時，八月二十六日第一階段療程開始，先開始放射線治療，二週後放療希望把腫瘤縮小，九月八日開始三天並行化療，化療期如果吐血，停止放療，有可能化療也停止。如是，六週療程好辛苦才結束，他的妻說：今天正好三個月，十一月二十日，倒數計時二〇〇四年二月二十六日，中線偏左，一百零五天。

你們開始認眞的在病房裡過日子，平常夫妻，是這一百天才成爲。只一樣，你們仍不談錢。帳單每五天固定發出，碰上你不在，便直統統攤在桌上，進病房的人，全部參與那數字。等你回到病房收入皮夾，期限前拿去繳。沒多久，你再也不想細究上頭的數字，直接拿到收費櫃檯，皮夾抽出錢遞上，讓收費人員多退少補，對方問：「多少錢？」你說：「不知道。」收納拒絕：「你要確定交給我們多少錢，我們才能收。」（月亮星座走到魔羯，你火氣沖天到處吵架。「太陽星座眞的管的不多。否則巨蟹座根本很安靜的。」魔羯座張德模。從前以爲，那只用來證明爲什麼你會和土象星座的人結婚，而非水象的天蠍、雙魚。）你綳緊顏面神經，幾乎使盡全身力氣奪回帳單，偏偏仍沒法集中注意力，這簡單的算術得不出結果。避到角落，一次兩次三次數字仍是花的，櫃檯裡工作人員遠遠看著你，確定你並非無理取鬧，過來取件：「交給我吧。」你搖頭再搖頭，有一天，這些付出的你會回收——他的終生俸。你將可以領取半俸，你居然會用到他的半俸。

你空白昏沉步出大廳走進人氣鼎沸的超商，埋在最裡頭，僞裝成一名客人。人生最大的安全感出現了。

僞星球

這病房如此安靜。像一座尚未被發現的星球。幸運的話，幾千億年光年之後，或許會被找到。現在！圍繞他而轉，凝視他，（男人也可以被凝視，他們之間發展著男人才有的情誼。）無日無夜。

他穿著如異教族睡袍，一名不肯修行的修道士。（我的星宿是土星，一顆演化最緩慢的星球，常常因繞路而遲到。土星波特萊爾宣稱：「怠惰，修道士的毛病。」）

你和他，病房各據一方，沉沉睡去，像醒不過來的睡美人。（或吸血鬼。他非得黑暗裡才能睡得穩。）每天每天，如永生。（喝下顯影劑，你接受斷層掃描，緩緩由筒狀機器穿過，如酣夢隧道。遠方傳來：吸氣！好，閉住氣！不要動！）你照心臟超音波，（超音速是什麼你知道，超音波是什麼？身體才多大？幹嘛要超音波。在台灣，男人平均壽命七十一歲，女人七十六歲。超音速時速多少？貫穿一個人的六十二歲需要多少時間？）醫生站在你身後：「還記得我嗎？」你很想找個洞穴躲進去，你曾經對著這張臉，狠狠說了二十分鐘，幾近訓話，心臟內科華醫師。

張德模被送到加護病房，你堅信加護病房值班主治醫師就是奈何橋的把關者，或者，你根本想錯了，你以為（希望）自己瘋了，反覆對著一名心臟權威申辯：「你知道我們有多小心嗎？為什麼會放任這麼輕率的護士負責裝尿管，半小時裝不上不說！還居然嫌病人緊張，有東西往你尿道戳，你能控制不緊張!?裝不上，最可惡是不求助。我最大錯誤是明明懷疑他就在我眼前肯定會感染卻沒當場阻止。」沒有稿子的演說，是張德模的話：「早這麼順溜天下都你的了。」

華醫師沉穩堅定，說一定改善。你意識到他的眼神：此人即便沒瘋也距離不遠了。是的，你選擇的醫院。甩脫細節，你只能選擇相信。但你得先反挫，這輩子，你絕對不想再進這家醫院，你已經進來兩次了。

所以陌生主治、住院、實習醫師們，護士、護理、護理長、麻醉師……你一概滔滔不絕訓誠，隨時分析敘述他的病況個性作風，鐵記憶。（完全不像你。你是自己的雨人。）堅持守口如瓶對自己最親的父母、一天相處時間最長的辦公室同事、最好的朋友。任何人不准碰張德模。他清醒地看著你任性胡來：「我沒辦法幫你，你自己慢慢來。」把自己交給你，凡事說：「問她就好！」

一覺醒來，你沒瘋。這次，你逐漸清醒過來，暫時假裝不是什麼事都會有理由。（後來反倒是主治醫師支撐了你這想法，他說：發燒都是有原因的。不管燒多久。）燒退了，從進加護病房轉到一般病房。兩天後，他開始再度沒來由的發燒。四十度，動不動就四十度。溫度眞的好重要。每天到夜裡七點多，她感覺病房他身體周圍開始熱起來，有個看不見的火爐。

在古老時代，小病人的母親，「小心翼翼拿著體溫計走到窗前或燈下，並且如此小心地對待那只小小玻璃管，好像我的生命就裝在那細管中。」班雅明〈發燒〉中如是記錄。

終於檢查出是尿道感染，這次，距離上次出院，三天：「眞不公平。費那麼大力氣把腎功能救回來，才好了三天又完了。」

一座理想醫院（或者旅館）出現了：二百四十五張病床。（保險病人免付差額。各樓層病床數：38、58、32、10、1、7、2、4、2；特乙單人自付四二五○，各樓層病床數：25、37、19；特甲單人自付六千四，各樓層病房數：2、4；特等單人病房自付八千四，各樓層病房數：1、2、1。）八十位專任醫師。

各項服務欄：當您入院後，本院會提供二十四小時的護理服務，三班均有一位主責護士來負責您的護理需求。從來沒看過那麼多清醒的熬夜者，包括清潔人員。如機器人，按鈕動作。

發藥：這是飯前幫助消化的藥；這是止咳藥；這是止吐藥、這是八小時服一次的止痛藥，還有四小時注射的止痛藥；這是軟便藥、這是退燒藥……；「對不起，手可以借我一下嗎？（幹嘛？）量血壓。90/58，血壓有點低。」「對不起，張先生，我量一下體溫喔！三十八度六，有點燒！」「對不起，換點滴。」有人敲門：「對不起，交班。」（沒鎖，這跟旅館多不一樣啊！）你站床頭不小心碰到服務鈴，嘶——！好大聲音：「什麼事！」嚇你一跳！「求求你們，別如此密集好嗎？他跑不掉的。」跟護理長溝通，她的讓步：「但是必要的血壓、體溫我們還是要量。」「依規定多久查房一次？」「白天隔兩小時，夜間每隔一小時。」你有種錯覺，這是牢房。你不時躲到配膳間、洗衣房、輪椅間、會客室……配套生活機能室喘口氣。他只有一個地方，病房。

類懲罰，你嗅聞到了，哀傷至底：「我感覺他一進醫院你們已經判了他死刑，也許這裡是合法的刑場，但是現在我是以一個病（犯）人的家屬哀求你們，不要放棄他。」打破戒律，向掌權者低頭，拳拳揮空。（西曬病房，天氣好的日子，正午，日照便開始朝地平線東西方向移動，不久，懸在整面玻離窗以臥射角度對著病房，極光閃目，你拉攏窗帘，南極之南，無法靠岸。朋友大多讓你婉拒在醫院外，他們或打電話或徘徊在醫院大廳，如黑色信天翁，盡力展開翅膀內側雪花紋路，翱翔迴旋，傳遞美好兆頭。）

他開始每天每夜講夢話，另一個國度的語言：「把那些裝起來……好歹，沒想起……那怎麼辦……上面還有一些，把時間換了，……你要不要再通知！我是怕王應彬不知道，我是沒有關係……」夢話國度裡有川語、台語，大部分講國語。像在整合一種新語言及新的生活內容。

你知道再也去不到的無經緯世界。（曾經地圖上標出想去的地方，張家界、瀘沽湖、大草原、世界屋脊西藏拉薩、沈從文湘西鳳凰鎮、朋友之城，都在中國。飛機上全面禁菸時代來臨後，他不再去航程太遠之地，不想背叛菸。所以，不是同樣異國情調或文化內容之巴里島、馬來西亞雨林、希臘、威尼斯、京都、復活島……。世界屋脊西藏拉薩一直留著，他在夢裡清清楚楚說：「等你老人家身體狀況能擋得住高山症一起去。」）

那段時間，他大部分狀態在睡夢中，夢話即對話。你上班去，單獨留下他。在午後陽光西移的房裡昏然入夢，夢話雙重的無人聽聞，無對答。幾乎你晚間回到病房，他一定警覺地由睡中或夢中睜開眼睛迎接。週休時你不用上班，他便好放心的在下午時分進入完整的長夢。

於是你聽見他在夢中交代了遺言：「我都全力配合！」病房，坐井觀天，向另一個小宇宙，他發出了信號。

在獵戶星的低空
我凝視冬至穹窿變成梯階
群星高升

終程之日來臨前他已經建構完成所去異國的新語言（你一點都不覺得意外）。南極之南，End of the Earth，群星高升，洗淨眼光及梯階，在另一個國度，從來未去過之地，他靠岸了。

無家者回家

夢話過程有些像他去造訪東港舊居那次，從一九四九年住到一九七三年，童年青少年成長教育都在那裡。但你們打舊家院門來來回回經過七、八次，他沒認出來。「居然連家都不認得！」你簡直驚訝，他沒搭腔，你恍然悟道，他是無家者，所以到處為家。

張德模去世後，你呆坐在桌前的時間越來越長，背著人獨處，你身心塌陷像活在無重力空間，無著落。臺先生長子臺益堅的訪問稿〈臥病，更見讀書人風骨〉，比照之下，真正病途同歸。

脫水紀實：

父親生病入院後，幾個月都無法進食，水也不能喝，因為脫水而產生一些幻覺。

食道癌位置：

他的食道癌長在食道跟胃的介面賁門處，位置很險，做任何治療都可能影響重要器官。

無法進食：

胃口不好，吃下去慢慢又吐出來。會不會是潰瘍？這回也許比較囉嗦。

（對後事有什麼想法，臺先生說，「看嘛！」）臺先生〈記波外翁〉你看到了他們這號人物的原型。波外翁，早年台大中文系主任喬大莊，女學生送土雞孝敬老師，要工友殺了燒給老師吃，老師對弟子說，「我是不殺生的，拿回去寄養你家，給牠取個名字，就叫喬大莊吧。」喬大莊隻身來台內心寂寥，縱酒度日，客途待不住於是回返中國自盡於蘇州。一信寄回台大：「賤疾略可，弟喘疾迄今不癒，頗有四方靡騁之耳。」用句《詩經．小雅》「我瞻四方，蹙蹙靡所騁」。過不了動盪亂世，死路一條。

「當今之世，人要活下去，也是不容易的。有點文學藝術的修養，才能活得從容些。」臺先生的國罵：「那人其實很無恥」，最大公約數：「此人極無恥。」

所以你看過他們喝酒的樣子。人們解釋名士「痛飲酒，讀〈離騷〉。」絕非酗酒貪杯，是避世。臺先生喝青島苦老酒；張德模愛烈酒浸檸檬、橘子皮、薄荷……，帶苦澀，酒人的倔強！（「早知道就戒酒了；我還有大草原沒去看過，早知道去年就去了！……」張德模聽了這種話八成會說：「早知道不出生省事。」）臺先生寫陸放翁的詩送你：

淺斟西國葡萄酒小嚼南國荳蔻花更拂烏絲寫新句可惜此翁老天涯

八十七歲的臺先生再喝不動了，「昨夜，微霜，初渡河……這不是人過的日子。」臺先生對來客說。

無家者沒有早知道。

偽病人

他總說：「住院像參加旅行團。多帶多招罪。」這次，塞進兩件長袖襯衫、長褲，裙子、長T恤、背心、外套各一件，三套內衣褲。開始每天從醫院上班，衣服換過來換過去，整整齊齊，慶幸自己少女身材，不需要太大太正式搭配。瑣瑣碎碎的負擔啊！住院住成正常流程家居生活，職業婦女。三天在醫院洗一趟衣服，洗衣間投幣洗衣機。電影裡，那些女孩，帶了幾大本時尚雜誌坐在洗衣機旁翻閱，一週洗一次衣服視爲大事，你現在知道了。你多半深夜進行，人少。

時間感消失，去取衣服總拿不準，剩下七、五分鐘到點，連這點時間你都從不等，即使可順便休息，你一定立刻轉頭回病房。「浪費時間！」

如仰賴超異嗅覺延續種族生命的古老土著，你嗅聞到遙遠黑烏鴜已經啓程。門外逸進另個世界的氣味。於是你知道，這次眞的要換季了。

人雖變得木木的，有個深處意念絕不變，住進旅館，不！醫院後，內心再三強調的是：「絕不求饒！絕不求饒！」腦袋反覆演練，激發從來沒有的輸贏銅鐵意志。但你們碰到了以下對白：「張先生！你的痛苦指數是多少？」

好像一陣風，吹過一望無際的麥田，他最喜歡的景色。你告訴我，盡頭有多遠？「盡你可能的形容。」我用刀割你一下，你告訴我多痛？幾分？痛如此主觀。幫你打止痛針！止痛針可以治病嗎？痛就是病？

他神情如是說。爲什麼沒有經過質疑、憤怒、絕望、接受癌病反應，直接跳到信任？

你開始出現吞嚥困難，假性腫瘤症候群。下樓內科報到，*Marie Claire*、*Vogue*、*Bazaar*、*Elle*……時尚流行風你埋在裡頭，非常非常漂亮時髦的軍裝打獵便裝、馬鞍包、金色系。今年流行多層次，輕紗、桃紅、翠綠……你全無興趣。終於有勇氣承認，原來關於你們的一切全部過時，「玩完了。」你低聲自言自語：「而且，你們並沒有自己以爲的特別，你們和別人是一模一樣的。」何時養成的自言自語的習慣？

那種犬儒一定掛在臉上了，醫生問診時，小心翼翼眼神流露：「瘋子爲什麼不去掛精神科？」低頭看你的病歷，如果醫生有光環，她頭上一定頂著問號。

偏偏你還嫌自己不夠瘋似的：「藥其實不太吃，只是用來安慰。」那幹嘛看診？觀光客？白白浪費時間！（「如果不能在火車站長久地等待火車的到來，旅行似乎也少了最大的樂趣。」還是班雅明的話。你去看病，不是旅行觀光啊，等醫生，這當然不是你的習慣，但誰沒有等待醫生的經驗呢？

（新興觀光節目火龍節，漫天火星澆得你一頭一臉，袪病免災。）

但你們並沒有觀光的興致啊！

同樣一件事啊！住進去，落入一個假觀光無機流程。清晨五點抽血有時還要留尿液大便、八時早餐送來，有時腹部X光、超音波、血管顯影不能吃，或瀉肚子、發燒禁食……。（於是丟掉的總是比灌進去的多。）至於正常的流程，除了每兩小時查房量體溫脈搏血壓，八時、十六時、零時三班交接外，十時二十分放療、十一時點心時間、洗尿管、十二時中餐、十五時午點，十八時晚餐、二十二時宵夜……一天兩班打掃，之後加上不定時抽痰拍痰……。入院之初，你們總是等待，這項檢查是什麼那項檢查在哪裡。一切瞭如指掌時，已經用不上了。你才有點明白，人工食道裝好後，醫生強調：「好好享受。」倒數計時的時間閥早已打開。（溫度正從物體中逐漸消失，日常使用的東西本身緩慢卻很頑強地排斥著人。班雅明的話。）

總之你突然發現好多食道癌逝者，臺靜農、蔣孝勇、亨佛萊·鮑嘉……原來你們在這裡。

好久以前的事了。臺先生住院你前往探望，拉上窗帘的病房中臺先生沉沉睡著了，身體緊貼床褥，看來並不怎麼消瘦。日後你眞希望知道，用的哪種特殊療法？沒有一定的，張德模膀胱癌兩年復發期都過去了，不料卻剛闖過五年期，仍是過而未過。「死亡是內心那顆一直在長的果實。」里爾克的詩。你們不知道，死亡的果實正在增長，早定下了收割期。如今憶起，哪來什麼特殊療法，臺先生的平靜，是放棄了抵抗，放棄那沒完沒了的檢查。你要一個答案，所有答案，加起來，正是死亡的總和。

類狀況：反向關懷

他走後，你經常坐在車內聆聽他在人世最後聽的音樂 Alina 肖大自然之音 Spiegel in Spiegel：

146 146 146 146 146 146 146 如是六小節。水流過逝者如斯，你聽得熱淚矇眼：2 6♭ 7 3 6♭1 4 #1#2 ♭7 4 5 ♭5 1 3。

（他逝後，電影《心靈病房》裡，英國女星艾瑪．湯普遜飾演得了卵巢腫瘤專研英詩女教授貝寧，未婚、愛智，臨死之際，耳畔傳來這首主題音樂，癌症病患的終極樂音。「死亡，不是件榮耀；而人們總視它爲敬畏可怕的象徵。」以詩詮釋病。最心碎的部分是，《心靈病房》曾得到二〇〇一年柏林影展人道關懷獎。漫長的承受者付出，反向關懷，癌症患者的人道。

女主人公高級知識分子第四期子宮卵巢腫瘤，之前毫無徵兆，褪下師者光環，只能躺在病床上，毫無意見又堅強地接受各項折磨檢查與化療，任憑死神一步步逼近。（多麼像啊！他說：「檢查！檢查！煩不死人。爲什麼不是開刀。乾脆一次解決。」）

未婚的貝寧最後對死亡的領悟是：「死亡只不過是生命中的暫停，是另一旅程的開始。」（你失望極了，多偷懶的想法啊！）

前面說了他病時仍看 Discovery、國家地理頻道電視節目。泰姬瑪哈陵、貓熊、眼鏡猴、北極、雨林……已經消失或瀕臨絕種或極珍貴的事物及遠方。多像你們，你們住在一個極地帳蓬裡，永凍之地，帳蓬裡你們點燃藍焰爐，於是，空氣中一氧化碳逐漸取代二氧化碳，不知不覺的死亡。

有一天你們會被發現，仍以死去姿勢活著，栩栩如生標本。但是，就像莎士比亞的羅密歐與茱麗葉，玩笑般約好一起赴死，只有他醒來；眞實的人生裡，他死了。你終於了解，活過來的人，才眞正明白死亡是什麼。

但他會想葬在哪裡？最深的夜晚，凌晨，躺平床上身體如浸泡在黑漆冷水池，你問他：「眞的有另外一個世界嗎？不是說要回來告訴我嗎？（你把腳露出被子外頭，曾經你們玩笑約定，先走的回來搵腳底板。）用任何方式回答你願不願意去國軍靈骨塔，還是留在家中？或者，灑到海面。記得用我們的通關密語告訴我。」

整夜沒動靜，於是你迷迷糊糊地睡著了。（那是一個多怪的空間啊！這麼多年來，你仍找不到對的時間對的地點對的方式把自己好好塞進去。漢斯．摩拉維克《機器人》嘆息人的處境，被物理定律鎖困住了，無法離開眞實世界；卻被定了時辰，死後，以一種無法控制的方式，由這個世界退出。）

清晨起床走進浴室，你年輕時爲他畫的鉛筆素描，整個連框架一道跌落瓷磚地。爲什麼脫鉤？（什麼理由都可能）「但你的回答到底是什麼？」是有另一個世界？留在家中？還是要離開？不屑死後證明有鬼，違背他一貫信仰。不由夢中回來託付。你就是不願意相信，你們，眞的斷線。

你決定重新躺回去，暫時不離開這張床。無論你睡得淺或熟，後遺症慢慢浮現了，關於至親死亡的種種反應。（醫生一直找你，要你去看心理醫生。但是整個療程，你都知道會是什麼內容啊！）你的腦子失去空間感走不回來（但也不是迷宮），心房沒有空氣海綿。（曾經他心跳至二百零二，心房不跳了，「只有心室顫動，心房急速搏動。」醫生說。現在，你也是。急速搏動失去彈性，無力狀態。）

「要我放下你？」是這樣嗎？

選在申請最後期限，你送他進了國軍靈骨塔。一格一格木造建築。（希望你的讀夢術是正確的。）

離開時，你到他櫃前告別：「對不起。把你留在這麼小的地方。」（你是越來越不能忍受狹窄空間）關上他的房門，原來這就是生死。你們搭電梯離去，二度道別，電梯門闔攏，上或下，那道門關上，便是清清楚楚的隔絕。不斷現代化的今天，也沒有別的方式死去。（你總忘了帶他照片貼在櫃頭識別。你對這事有說不出的反感，相片貼定就一切定了。你會在自己家門口貼照片嗎？少耍寶了。你仍堅持他的房間在家裡，但是眼前反對聲浪說的是「對子孫不好」。你視之爲迷信。總有一天，你會把他帶回家，這是你的信仰。）

玄關落地七斗櫃上骨董銅托缽裡躺著他的鑰匙串，進出門一眼可見。你出門老丟三落四而折回，你出門他總數落：「鑰匙、眼鏡、錢包、手機、腦袋。」他病後不再單獨出門，鑰匙便長期留在托缽內。他離開後，有時孩子想著取去用後一定放回原處：「爸爸的鑰匙還放這兒。」能留多久留多久。說不定哪天，第四代長大，成了鑰匙兒，不必再打一把。

就這樣，他的鑰匙逐漸埋在托缽最底層，日復一日躺著，像他最後的日子。避光，面向內側躺。如遺蹟。最後這間六〇七西曬，中午過後就得拉攏窗帘，夕陽下山後拉開，偶爾看見落日移動。佇立房中向外看，玻璃窗面他的倒影，胸膛淺緩起伏如河流，有呼吸眞好。你看過一條河流嗎？艾爾・勃帝（Al Purdy）〈一座印地安村莊的遺蹟〉：

站在及腰的，縱橫交錯的
陰影的河流
在夜色降臨的村莊

你一直喜歡的赫曼・赫塞《流浪者之歌》〈聲聞之人〉那章，如回聲，後來的佛陀悉達多說道：

「許多年前，你路過這條河流，見到一個人在那裡睡覺。於是你坐在他的身旁，看護著他，高聞達啊！你卻沒有認出他。」高聞達問道：「我這次又沒認出你來！那麼，你在是當擺渡人？」

同步死亡

你在書桌幾張平整便條紙裡浮標般看見張德模的字跡，「女神艾西斯以擁有使人復活力量的明亮鱗片羽翼」，家常般寫了隨手放，你立在紙片前，腦海浮現他小學生好專心抄句子的神情，與現代逆行。〈聲聞之人〉：

五體投地的拜伏在這位如如不動之人面前，此人的微笑使他想起了他生平曾愛過的一切，使他想起生平認爲神聖而又有價值的一切。

從此，你將學著如一名格陵蘭人，極北雪地裡減低阻力，以腳尖行走，你以腳尖離開。訂機票，老旅行社業務員總在你無論發生任何狀況第一時間幫忙解決。護照掉了過期、改行程、變換班機時間、訂你臨時決定前往的城市的旅館，讓你在大陸朋友面前神極了，「台灣的工作效率、法制和人情眞沒得話說。」

固定爲你們處理機票訂房的旅行社問，「張先生一起去嗎？」你說：「他死了。」沉默半晌：「對不起，怪不得。」怪不得這麼久沒出去，對不起以爲我們閃人找別家去了。是的，不清楚張德模的忠誠度信任度。資訊化時代，你們居然從沒見過對方。這次，你上門取票，小小幾張桌子辦公室，顯然分租來的，高個兒窄臉，十年，你終於見到人，她同時交還張德模的舊護照，上回忘了，如今成了紀念。

你獨自去機場，站在驗證隊伍裡一種陌生的情緒突然冒出來，你好怕任何眼光，「千萬千萬別碰見認識的人。」完全不想說要去哪裡去多久之類的話，一點沒有離開的勁兒。（薩依德說，在我而言，最痛苦、最弔詭的特徵，莫過於許許多多移位失所，使我從一個國家到另一個國家、一個城市到另一個城市、一種語言到另一種語言、一個環境到另一個環境流動，無從繫泊。）但最陌生的情緒是，你在任何出境與入境隊伍裡行列裡行走中，往往措手不及的便淚流滿面，巨大的悲傷撲面而來，程度甚至超過張德模臨終。（至少得三年！你才會開始意識到他的死！丈夫病故的老經驗者告訴你。）

每一站都得踏實在土地上了，你才能平靜。機場，對他是怎麼樣的概念？僅僅是離開的關卡嗎？（還是薩依德的話，我對自己說，你如果現在不出這趟門，不證實你的流動性，不放縱失落迷途的恐懼，不凌越家庭生活的正常節奏，你在最近的未來一定是不會有機會的。）他總得在機場吸菸室狠狠抽幾根菸，應付下個航程。太遠的航程後來都不去了，菸癮。

於是就有這情形出現，同個機場你們分道揚鑣，約時間地點碰面，你到處逛，他向吸菸室報到。有次你依指示標示找去，好驚異發現，國際大機場，小小功能空間，除了菸灰缸，就幾張椅子，裡頭著火般煙霧瀰漫，人們對待吸菸者如對待罪犯，一樣充滿批判與歧視。你找到他，背對走道，孤單地與陌生人同處一室，同類。會不會那時他食道已埋伏了腫瘤，只容煙通過。

於是這回你仍依舊約定找去吸菸室，站在外頭久久，他再也不能由這兒轉機去任何地方了。淚水簌簌迴流，你和那些在裡頭的菸者是奇異的對望者，（沒有現在這回事，張德模死亡的那刻，傳達到你視網神經時，已成爲過去。沒有同步的死亡。我們搭上時光機。）你突然瘋了般破涕爲笑，他們一定明白的，你們不同國，但他們是由不抽菸成爲現在抽菸的這樣子的人，披著復活力量的明亮鱗片羽翼，煙。你們不吸菸者才是那個不懂他們在什麼狀態的人。（東北朋友徐長林，獨兒子叫蘇沐露，諧音祖上蒙古高原少數民族蘇木彔。又合了徐長林的妻蘇靜的姓，她家裡四個女兒沒兒子，長林順勢給兒子這姓，恢復祖姓，又從母姓。這回，你去東北報喪，長林前陣子陪父母去了大西北，他父親亂世下鄉在那裡結婚生子，日後希望葬在那兒。長林乘機尋根，進一步明白族人歷史，這回兒子要更正確的再改名：蘇木彔．廷葳。人名就是族名。蘇木蒙古語原意「箭」。你心中暗忖，流浪者張德模，人名就是族名。）

虛擬路線

你知道，你正開始逐漸離開中國東北，老友所在。兩岸開放交流，流浪者啓程。你懷裡揣著邱詢民整理出來的哥倆簡單交流行跡，張德模的大陸流浪路線，虛擬路線，絕望路線。

一九八九年三月底張德模識邱詢民於重慶到上海的長江遊輪上。

一九九〇年冬，張德模從香港飛哈爾濱，邱詢民與妻裴樺從長春去哈爾濱機場接機。

一週後，邱詢民與友人陳曉麗送張德模去瀋陽搭機返福建朋友處再回台。

一九九一年冬，張德模由香港轉北京再乘火車清晨到長春。二哥王景芳和邱詢民到站上來接，立刻拉到農民餐廳一早吃小米粥鹹菜喝白酒。

一九九二年夏，張德模直飛長春，在草原變黃前和邱詢民搭火車三十小時走了趟大草原。

一九九三年蘇偉貞與張德模抵北京。裴樺在北京外語學院進修。邱詢民從長春飛京聚會，再一起飛長春。認識了吳相道、徐長林。

一九九六年邱詢民與裴樺出國去黎巴嫩開餐廳。

一九九七年七月邱詢民回國。張德模赴長春同遊長白山、鏡泊湖、西安、成都、重慶、大足、石馬看張德孝。

一九九八年九月遊邱詢民老家遼寧寬甸青山溝、丹東。十一月回台北，不久收信：過不下去了，十二月你和他一同踅返，停留一週，認識了孫剛。

一九九九年四月十八日同赴丹東領姪女邱芳到長春，五月返台。

一九九九年七月二十日到長春。十月十二日乘長春往上海火車，十五日到南京，遊中山陵、莫愁湖。十月十七日登黃山。十九日往安徽省黟縣西遞村古民居。二十日到山西景德鎮中飯。夜宿九江。二十日登廬山。乘南京往重慶輪，遇東北師範大學五名校友，程潔，一九七一年生。二十六日到重慶，二十八日到大足石馬見陳表叔。二十九日到張德孝岳家。三十日離石馬到成都，住火車站附近建興賓館。三十一日遊都江堰、青城山、杜甫草堂。十一月二日往昆明。三日見段勁敏。赴雲南大學。四月去麗江、大理。六日到瀘沽湖。七日中途車壞住寧蒗。九日麗江回昆明。十日張德模飛香港。邱詢民回長春。

二〇〇〇年六月二十七日蘇偉貞與張德模赴長春。七月轉赴丹東老家。八月五日邱詢民、張德模、邱芳乘火車往西安，王景芳送行。八月七日早六時二十六分抵西安，遊碑林、大雁塔。九日遊兵馬俑、法門寺。十日遊華山。十一日乘三六七次火車去嘉峪關，十二日抵達，十三日去敦煌，十四、十五日遊敦煌千佛洞、鳴沙山往烏魯木齊，十六日到烏魯木齊市，十七日天山天池。十九日重返西安。二十一日赴成都。二十二日抵成都，找到陳麻婆豆腐。二十三日赴大足，住蘇嬸嬸家，二十五日去龍水、金山、萬古張德模舅舅、表叔、姑姑家。二十六日往重慶乘長江輪赴南京，三十一日抵南京，九月一日赴杭州，三日張德模飛香港，邱詢民、小芳飛長春。

二〇〇一年一月三十日大年初二飛長春。與友朋共度春節，裴樺與邱詢民離婚。一直待到六月返台北。同年十月，再飛長春，爲吳相道赴美送行。

二〇〇二年七月張德模與邱詢民、邱乾理遊上海、周莊、蘇州、杭州、普陀山。金龍先回大連。張德模與邱詢民湖南郴州見劉國祥家人，遊南嶽衡山，往張家界。（台灣至香港四九九公里。香港到長春九百九十八公里。香港到大連七八四公里。香港到廣州一八二公里。張德模往最遠方奔去。）

同時是一條離散路線。大陸長春東北朋友群裡，邱詢民到大連教書，二哥王景芳二〇〇一年去吉林出差，高速公路上翻車，全車死了四人，只活一。景芳是他們同夥身體最好者，邱詢民最好的拜把哥兒們。徐長林夜間來電報喪，你反覆道：「怎麼可能？」你驚駭的是，沒人來報信。（張德模走了大半個月，大陸朋友你一個沒說，沒人來報信。你明白了，是家人啊！不知道如何在電話裡報喪。）

要等到邱詢民主動打電話來問，遲到的報信，證實了他的恐懼，放聲大哭：「我哥也走了！這對我打擊太大了！兩年時間失去兩個生命中最重要的朋友。」和小芳深夜備了酒。到黑石礁海邊遙祭，兩年，走了兩鐵哥兒們。什麼人生！

音樂人梁弘志癌症走人，遺言是：「我準備好了」，他填詞作曲的〈像我這樣的朋友〉一段：這世界啊愈來愈多的陷阱／愈來愈冷的感情／當你全部都失落也從不退縮／愈來愈多的包袱／不能丟的是朋友／當你陷入絕望中／記得最後還有像我這樣的朋友。

一九九五年天寒地凍去東北，聚會裡只要有女孩兒參加，多遠都一定有男的送回家看著進屋，別讓土匪埋伏在暗處把人給刨了砍死，「發生好幾起了，真嚇人！」你腦海突然就浮現這事兒，是的，土匪埋伏在暗處把人給刨了。（景芳活生生東北漢子一個，沒給艱險歲月、鬥爭、婚姻給打垮，現在，給躲在暗處的刨匪，直接剮了。）

回到旅程

你發出的報喪信：

張德模走了。

回信大多同樣精省：

其實我一定在等這封信，無論它以甚麼形式出現：要發生的終必發生。這也好，或許進入痛定思痛的處境，痛就不那麼令人憤怒和恐慌了。

你們都無話可說安靜下來。象徵美國五〇年代「垮掉的一代」的傑克・凱魯亞克（Jack Kerouac），花了七年時間去旅行後，《旅途上》出來了，這部垮掉的一代的聖經出版前，經紀人提議修改，凱魯亞克說經紀人想要的是「一條截去所有拐彎轉角的旅途」，而他想要的則是一條「彎彎曲曲的警世旅途」。書中敘述者索爾・帕拉代斯，從美國東岸紐約出發往西岸丹佛去找狄恩・莫里亞提，「垮掉的一代」核心靈魂艾倫・金斯堡（Allen Ginsberg），垮掉的一代原型人物。

類《聖經・啓示錄》人物「老底嘉人」（Laodicean），孤苦、無依、貧窮、赤裸、瞎眼。鬼魂的夢魘即生活。

吃了無數蘋果派、霜淇淋，坐了無數次順風車，睡過無數個車站，搭訕無數女孩，看過無數四處晃蕩奔天涯流浪者。終於落腳洛磯山脈中央鎮，一座老礦鎮，人們在這裡挖到的銀礦脈，一度成爲「世界上最富有的一平方英里」。總可以待下來了吧？不！索爾（當然是凱魯亞克！）那鼻子決嗅不到銀兩幸福味：「我的腳又癢了。」他迫不及待盡快回到旅程。（你調到藝工總隊，開始與張德模共事，首次加入週一早上編導會議討論，總隊長主持，往新聞局投案做節目，全學長，沒半個女編導。大夥兒正熱烈腦力激盪，叭達一聲，一個人影推門進來，瘦長個兒，高鼻子（鼻梁半截斷過），紅臉（曬的），淺藍條紋長袖襯衫袖口捲起牛仔褲（喝！眞五〇年代經典。）才聽了兩分鐘：「一九四九以後國共分離，百姓滄桑，有誰比趙滋蕃《半上流社會》更深刻，那些跑出來在香港的失意政客還有軍閥們，繼續醉生夢死過著豪奢生活，靈魂向下沉淪。這才是我們現在爲什麼在這裡的主因。」

普世價值有條私路線，不相信，翻開趙滋蕃《旋風交響曲》扉頁，不妨節要朗讀德國哲人斐希特（Johann Gottlieb Fichte, 1762-1814）〈告德意志國民書〉十四講：「復活且轉勁的旋風，至今仍在吹奏，挽救亡國痛的手段，並非絕跡。這種風，相對於一盤散沙式的國民，也能吹送過來。使他們互相團結，並使其能再度光耀地挺立於新鮮而強韌的生命之中。」斐希特，受瑞士教育家裴斯塔洛齊（Pestalozzi, 1746-1827）影響，什麼呢？鄉土教育，十九世紀歐洲流行「有機的全體觀」，可不正和裴斯塔洛齊「有機的、自發的原理」同軌。

根本沒人要聽。惹惱總隊長當場給個白眼：「就會瞎掰放炮！什麼歪七扭八理論。去去去！正經點。」

「要直接講反共，大家呼口號得了。我閒得慌不會掰手指頭數著玩，教會你們對我有啥好處？」總之說了白說，很有經驗了，叭達一聲靠腿敬禮向後轉拉開紗門出去，臨出門回頭衝著你說：「歡迎來總隊，小說寫得好樣的。」

「尖屁股！」總隊長衝他背後罵，沒輒也習以為常了，訕笑著大家繼續討論，不知怎麼都不起勁兒了。

破天荒頭回在名軍校出身的男生嘴裡，聽見趙滋蕃。以前你父親租書店架上的名字。嚴肅文學作家。

尖屁股，流浪者體質。

索爾（還是凱魯亞克！）來往一萬三千公里，回到紐約安定了一年，不久狄恩（艾倫・金斯堡嘛！）找了來，從此，踏上無數的流浪行程，旅者之靈，不羈的形式（wild form）。

車子再一次在土路顛上顛下，只不過，現在的顛簸，不但不讓人煩厭，反而變成是世界上的最高享受。它讓我們有蕩漾在藍色海洋之感。

自由聯想如創作技巧「自發性散文體」（spontaneous prose）式生活。

（安慰信：你現在恐怕最需寧靜的心神，浮泛安慰反而浪費你的時間氣力，倒不如站在一旁，等你有需要時喚我。）

（你回答：從此人生大約就是流浪。）

（再安慰：倘或是我，恐將不是流浪而是急流而下，如果滅頂不成，流浪一段時日後，總會就有些著落吧。譬如做水上人家，隔岸觀火。）

倒數計時末日二十四小時。二月二十五日晚間十點，張德模對來訪者示意：「我要睡了。」最後一次，他以活著的人的身分就寢。第二天，離開了這張床。

流浪者回返原初旅程。再說一次，原本中秋節隔天便要出發，一路行程都規畫妥當了。（規畫再完美的計畫旅程，都得擱置。）

病床桌上，首要書得放在手邊位置，一長落，你不斷換書，最後變成雜誌，《中國大陸分省旅遊圖集》、《傳記文學》、《印刻文學生活誌》、《典藏》，他喜歡或重視的內容。不爲激勵生存意志，那是他的生活習慣。越來越看不動《古春風樓瑣記》大部頭書。

倒數計時，五年十個月零九天，一九九八年三月三十一日，張德模切除膀胱腫瘤那天，他在那天新生也同時預告下次死亡。現在你明白了，張德模比我們接近來世。

回到切除膀胱腫瘤成功暫時留命那天之前，你要先說一個北京人無路線流浪的暫時結局。

跑江湖

一九八二年八月十六日，第一位發現北京人化石的裴文中在病中給外甥女寫信，大意是：我要靜心把病養好，九月好去柳州，在那兒釣魚，透過釣魚把身體養得棒棒的，明年好去滿州和貴州考察，等機會再好好尋找「北京人」。

一九五〇年代，裴文中唯一的休閒就是釣魚，一大早背起魚竿，坐上公車趕到北海公園釣一天。九月十八日，裴文中臨終喊出：「死不瞑目啊！」

一九四六年三月三十一日，日本投降，同盟國派代表團參加接收被日軍掠奪的物資。忘不掉失落的北京人，這需要專家。李濟列名軍事代表團顧問到了日本協助找北京人。王國維、梁啓超、陳寅恪、趙元任清華四大導師時代的講師，形容此行：「是由一種在追尋丟掉了的靈魂的心引導出來的決定。」

有人怪他：「放著正事不做出去跑江湖。」可眞傳神！跑江湖。

車身穿過日本橫濱往東京路上，一片廢墟，如半夜曠野。李濟：「將近十年的抗戰及竄逃西南各省的經驗，使我此刻只感到悲憫；戰時的那股怨氣，似乎軟化了，收縮了，隱蔽了；我確實沒有任何稱快心情。」

跑江湖，張德模酷愛，常掛嘴邊：「天也不早了，人也不少了，各位客倌，有人的捧個人場，有錢的捧個錢場，喝！演起來看！」

你代擬的張氏之書。從此，永遠放野江湖。

跑江湖沒有結束的時候。（除非死。）日本沒找到「北京人」，長谷部言人甚至人間蒸發。所以，在這個時代裡，你告訴我，誰的問題不愚蠢呢？

幽靈隊伍，一支被派出去尋找時光轉換器的族人（他們的導引地圖呢？）、愛因斯坦的相對論（多少年後終於頓悟：「這就是了，難怪看著挺平凡的人，哪有道理突然就成了天才。」郵局工作的愛因斯坦，一定透過郵件轉運某個包裹裡，收到轉換圖示）、達文西的飛行器煉金術（還有計時器、抽水泵浦、藏密筒……藏密筒，是的，多少年後一位叫丹・布朗的作家寫的《達文西密碼》裡，有個藏密筒，裡頭藏著一張抄在蒲草紙上經過編碼的聖杯地圖。得經過一條神聖路線：地球原來的本初子午線。全世第一條零度經線。巴黎的古老玫瑰線。路線的最後：終可安息，仰對星空）、傳說撒旦再世的標誌33（一個沒受過洗沒有宗教信仰亂倫生出的人會成爲撒旦轉換附身）、飛過夜空的女巫、永遠不死的吸血鬼、極光永晝永夜覆被的極地居民（擺脫不掉自殺率最高的國度居民宿命）、以及，流浪隊伍（尋找上帝無限天書之聖書證明〔book proof〕，裡面是各種定理以及各式證明題，如 counts dead 死期倒數）。依你看，全是有違人情的流浪隊伍的歸隊地圖。

他曾可能提早取得這張地圖，死期倒數，膀胱腫瘤手術前一天，你的記事，一九九八年四月一日：

德模從三月三十一日晚間開始只能吃流質，今天開始禁食，昨天晚餐是一杯可樂。今天餐點是六罐食鹽水及瀉劑，他一直跑廁所，沒個準的上。我要用洗手間，他說：「到別地方去，我什麼時候要上不一定。」悲劇演成喜劇。從來不知道大恐懼來臨時故事會以乖訛的面貌出現。

大概餓暈了，居然想看八卦雜誌介紹的餐廳：「你把雜誌丟了？」「是啊！」他說：「好可惜，裡面有館子招牌菜介紹，應該剪下來。」

總之他今天一直清理腸子。

四月二日：

描摹生命，我總往最壞預感走去。

半夜，護士不斷進入病房，巡視點滴、分段讓德模換衣服、手術準備。他總是被喚醒，他是不會失眠的，即使生死答案即將揭曉。

不到六點，德模自行盥洗完畢。我有個感覺，像赴刑場。七點四十分，病房護士交接德模資料給手術室護士，上廁所、體溫 36.49 度，血壓 120/90。手術護士在他手腕別上辨識條。以防開錯人。七點四十五分，我們一起下二樓手術室，曲裡拐彎通往開刀房。德模躺在推床上：「病人要逃跑還眞不容易，把人餓成這樣，醫院又迷宮似的。」惹得與他一起等候開刀的病人噗哧笑了。德模說：「趕快把我麻醉了吧，餓死了。」我拿著他的眼鏡、拖鞋，對他笑著說：「待會見。」他說：「再見。」回五一五病房收拾行李準備遷出，德模手術後要在加護病房等待恢復。病房走道遇見要爲他開刀的張醫官：「咦！你怎麼在這裡？」他說：「待會兒就去。」不知怎麼討好起他：「拜託你了。」他笑笑，眞難保證的請求。

收著行李，想起護士問資料時問他以前有沒有開過刀，他提到小學時開過疝氣，縫完線，發現睪丸沒放定位，只得重新把肚子剖開。

心不在焉的醫生眞能害死人。淚水再忍不住。知道他膀胱癌後，幾乎不在他面前落淚，免得他不耐。朱西甯去世去朱家弔唁，出得朱家，德模說：「幾個女兒眞稱頭。」由衷欣賞朱家女孩對死亡的矜持。生命不是表演，應該是最內化的過程；但我們卻難在小事上感傷，所以傷慟完全沒有可能。

突然有人敲門，是張醫官折回來保證：「放心。我會用心。大約十二點多，我會順利地把切下來的膀胱拿給你看。」我大約表情怪異，他強調：「你一定要看。」彷彿宣判我的罪——看看你讓他膀胱弄成這樣。我在他背後說：「張醫官，謝謝你。」他背向我擺擺手。十分性情自信以至於懶於虛應。而且七點二十分就在巡房。醫師外科的疲累是什麼，寫在他臉上。

土匪、淑眞、胡茂寧、寶玲、胖子……相繼來到家屬等候區，照正常進度，德模一直要到下午四點以後，手術才會結束，這群朋友自從參與他的生活後，便一直有事時更像他的家人，我現在了解歷史爲什麼是偶然的發生因此不變。必然的如父子少有機會再生，失去了創造的契機。十一點三十分，開刀房護士叫人：「張德模家屬。」我們大夥人馬飛奔過去，眞希望是別人而且長了一對翅膀，就這樣橫越生死。張醫官拿著胎形盤，裡頭躺著德模剛割下來的膀胱。我想像器官只是零件，他是由一個一個零件組成，現在，他只是少了一個零件，而非失去全部生命。

張醫官說明膀胱連著輸精管、尿管，張醫官開膀胱左內側長癌處，深色病變，肉眼可見，他又翻開另一側，沒有病變的組織是白色。他說接下來大約下午三點半，他會用五十至七十公分小腸做一個新膀胱，然後轉身離去。我又對著他背影說：「張醫官，麻煩你。」他偏過頭笑了笑：「張醫官？」你發現生命對他簡單明確，生與死。他隻手拉鋸兩端，單手拔河。我們是一群陣容龐大的啦啦隊。

中午我邀在場朋友們去吃飯，說是德模的交代：「吃久一點，三點多回醫院手術正好完成。」坐滿一桌，席間大家談的是德模，他的哥兒們敬酒：「這安排很好。」十分關心醫療費用，是眞正兄弟。

接近三點半，大家開始騷動，四點，成爲不安，「爲什麼過了預訂時間還沒消息？」都想到他上回檢查對顯影劑過敏的情況。每個人開始到各處去探看。寶玲跑出來說：「好像看見德模被推進加護病房。」大家七嘴八舌：「看鼻子就知道是不是他。」、「把被單掀開沒雀雀的就是他。」建議請醫生順便割掉他的雀雀。

終於張醫官的助理出來說：「手術很成功，等護士把張德模清理乾淨，家屬就可以進去看他。」六點龐大的啦啦隊分組進去看他，來往於加護病房走道，德模臉色慘白，我叫他：「把拔。」他睜開雙眼，我告訴他：「醫生說手術很成功，沒有蔓延，大家都在外面，我去讓他們進來。」胖子出來說德模用手指摳他手心擠眼睛表示心照不宣：「等我出去喝酒。」眞不死心。大家認爲他還有喜好就表示對生命眷戀。張醫官出現在加護病房，持續一整天手術，疲憊極了低著頭說：「手術很好，看起來沒有轉移，最後結果要等切片報告，你們在這裡幫不上他。不是急診或病危要等時間，回去吧。明天一早就會轉進一般病房，未來兩個星期會很辛苦。」除了醫學上的對話，他並不善於生活的語言，而且略帶害羞。他轉身，我朝他的背影：「麻煩你了。」他也一直就能聽見那種極低音，心聲，平平說道：「一點都不麻煩。」至此大夥大鬆一口氣，開始想起自家孩子、工作、老婆、丈夫……。天色黑透，大家在醫院門口分道揚鑣，留下臉色如紙的德模在加護病房。

生命發生事情的時候，伴著苦難、同情、愛、友誼、失望、希望、悲喜……形成的光譜，見出命運，也是一種生活的典型。

我感覺自己越來越恐懼，因爲越來越接近眞相。檢驗報告出來之前，都是煎熬。我獨自懷抱如腦瘤的祕胎。車體由立德路左拐駛上大業路，德模不願意看見的我的淚水，不斷汩汩湧出。

上路

倒數計時五年十個月十三天。一九九八年四月四日，張德模膀胱腫瘤切除術後兩天，他從加護病房轉移普通病房。極喜孜敘述手術醒來時之靈光幻象，看見幾名小精靈，穿著玻璃亮麗衣裳，華美輕盈乖巧，一會兒停駐桌面，一會兒滯止半空，一會兒佇立燈頂，如是持續了不短時間，非虛幻，充滿歡娛：「好純淨快樂的小精靈。」科學人張浥塵專注傾聽居然說：「我們應該拴一兩個回家。」

於是，二〇〇四年八月十七日深夜，他離開半年後，終於你重回桌前。遠望窗外漆黑遠處，近來經常傳出的隱隱木頭龜裂聲打你背後響起，暗號?你回頭瞄鐘面，近子時。沒一點不意外與驚奇，你聆聽極幽微空氣暗自變化，就在此時，一隻灰背羽翼墨黑如鑽鳥鼓動雙翅，由不知名方向杵在窗口如游標，灰鳥於玻璃窗面舞動雙翼如奇幻倒影，之後收束翅膀延滯空中，鳥臉平靜凝視你，神情如是熟悉，背景襯底漸層光，清平和諧。鴿子嗎？不像。之後鳥身垂直下降俄頃又上升盤旋，完全不像鳥。飛人。（我們應該拴一兩個回家。）飄遠後又踅返，如是三趟，沒見過這麼清秀靈氣有張人臉的鳥。張德模，是你嗎？

你怕驚嚇到鳥，原本大氣都不敢呼，此時也顧不得趕緊起身開窗探頭出去，黑鳥深長回首，眸子漆黑分明，朝天際隱去，迅速消失於夜幕，竟沒有飛行路線。（還有，一天屋裡不知哪兒飛進一隻A4紙大小蝙蝠，奇怪門窗都緊閉著的。你就是不願意聯想是張德模回來了。）

就在這時，背後電視傳來新聞播報：「農曆七月初一子時到，鬼門正式打開。」原來是鬼月。再兩天，八月十九日，他將對你說：「可能有事情發生了，我剛吐了一大口鮮血。」每年這一天你都會想起這句話。預測死亡。

照片的故事。

入夜後山腳住宅群不知哪戶有舞會，喧嘩不斷爆開衝撞山谷音效加乘。你失眠將近一週，睏極半身靠在床背等睡意，頭上是你與張德模合照玻璃相框。聲浪越滾越大，你氣極出房間到走廊探看想找出囂鬧的來源。這時房間傳出刷地巨響，你踅回房間，牆面留出一塊家庭照片的時間落痕。線繩斷裂，玻璃相框跌落地板。

他要告訴你什麼？提醒你別動氣跟人罵架。如果不是正好起身，玻璃框有可能打在你腦袋，要不可能半夜掉在臉上如重力加速度切割你。都沒有，不早不晚你起身短短幾秒，它掉落。（八開相片你一隻手搭在張德模肩頭，他穿橫線毛衣，身體微向前傾。介紹朋友去拍結婚照，新人換衣服，你們乘機揩油，兩人滿臉不正經的笑。）

還有一張照片，古羅馬時期軍營小城路加，十一世紀成立自治公社。紅磚城牆砌成三十多米厚，環城綠帶城牆上種滿樹，城內房屋全是黃牆紅瓦建築，最著名的人物，音樂家普契尼，歌劇裡的杜蘭朵公主唱著中國民謠：「好一朵美麗的茉莉花，好一朵美麗的茉莉花……。」照片中央位置是座小型圓形廣場老教堂成了路沖，右邊黑白人形背向行走在建築物陰影方磚路面，左邊騎單車男子正面隻手扶車把暴露在陽面。長毛象爲急速冰川覆蓋，龐貝古城爲火山熔岩凝固，這座小城凝凍在過往時光裡。

天主教不信仰輪迴，人死了就是死了，不再回來，除了神，叫復活。廣場中央聖母像日日夜夜雙眉低垂。她若眞人活過，一定知道死亡是什麼。你不期望活在照片或信仰之城，你認的是那種感覺：生與死就應該那麼清清楚楚。因此才難跨？似眞似假似虛似實。

二〇〇四年十月十一日。你終於答應回你們倆的母校政戰學校復興崗影劇系和系上學弟妹們講話，系上已呈停招狀態，學生比過去少多了。像電子掃描器，你立刻確定他們少了老師輩那種流浪氣質，空氣裡再安定沒有的水分子。身體不安來自靈魂騷動。張德模，格格不入毫無殺傷力。你好好奇，二十年後，他在你記憶裡還會如現在這般鮮明嗎？你埋下一個謎題，如果你活得更長，那天到時便有答案。

沒有太多情緒互相牽引，你如飄零者向安定者敘述一個隱喻：「落幕下台，是怎麼樣活就怎麼樣死。兩個字，無懼。」你且誦讀張德模喜歡的法國劇作家 Edmond Rostand 劇作《西哈諾》（*Cyrano de Bergerac*）一段作爲結束。《西哈諾》主要角色大鼻子情聖與不知情的愛人永別：「永別了，我要死了，我想就是今晚。如我尚未發表完的愛重重墜落。……我是，並且一直到別的世界，算是曾經愛你無窮的一個。」不知情的美人說：「每人都有他的傷口，我有我的，總合不攏，它在這裡，這個老傷。」大鼻子，你最早對張德模的暱稱。他有一個非東方、突厥哈扎爾族挺鼻梁。他洋洋得意：「進化懂不懂！俄國人爲什麼挨得了凍？靠的就是大鼻子緩和進到肺部的冷空氣。」

下課後，你要求獨自離開，四處晃蕩。這裡是你們結識鏈最早的線頭。

接近中午開飯時間，車體在靜肅校園綠蔭徑道駛向從前，偌大集合場，靜寂凝凍，搖曳的樹枝翻滾著安穩的風，如一座廢置星球，人形者全跑光了，剩下你最後一輛交通工具。不再追趕，（你失去了那支看不見的流浪隊伍蹤跡。）這次，沒有值得你去迎接的人。如果張德模死在這個星球，你哪裡也不去。

左手邊集合校閱場，司令台背後坐著校本部，兩側屋頂分別勒寫：培養驚天動地的革命氣魄／發揮埋頭苦幹的實踐精神。路沖精神堡壘前的標語是——負人家所不敢負的責／忍人家所不願忍的氣。

身如飄蓬，你是夢境中的旅者，以記憶複眼搜尋，「操練該員昏倒爲止！」張德模在大操練場上頂著烈陽匍匐前進。標準十項軍事訓練項目設備，獨木道、鐵絲穿越、攀牆、爬竿、高空繩索……。獨幢灰磚樸素影劇館已拆掉，老影劇館地基旁才刈除的三分頭草坪，變化其實並沒有你想像那麼大。飄浮的時空座標，像夢的事物乍看起來往往像眞的。如同自噩夢嚇醒好慶幸剛才是假的，對照題是，自親人過世巨大呆滯狀態回過神，發現一切是眞的。

強震甫停，你站在夢與眞實、過去與未來的斷層，而今，被留在夢的最底層，生命灰色第一層。

如一支遙遠觀望無目的流浪隊伍同類。你駛到中央餐廳旁並且停在那兒，一艘被留置異星球的太空船。（倒數計時開始，夜晚躺在床上，你手臂輕輕覆蓋他胸前一環，他反手握住你的手，並且拍拍你，無言的，不是絕望，你們知道，訣別之路已經展開。）

日照正中，（你人與影子重疊。）開飯號響起，隊伍整理完畢準備進餐廳。你最喜歡的部分開始了，隊伍高唱軍歌邁步走，一列列隊伍通過檢閱站，帶隊官轉頭注目喊口令：「敬禮！」你啓動引擎驅車離開。

這次，失去轉乘路線，他再也不回來了。（我看見一名男子在追逐地平線，他繞著圈子快速奔跑。《黑騎士詩選》）

倒數計時，歸零。二〇〇四年二月二十六日晚間十時二十分，張德模下床站成地平線。

INK PUBLISHING 文學叢書 126

時光隊伍

作　　者　蘇偉貞
總 編 輯　初安民
責任編輯　丁名慶
美術編輯　許秋山
校　　對　余淑宜　丁名慶　蘇偉貞

發 行 人　張書銘
出　　版　**INK** 印刻文學生活雜誌出版有限公司
台北縣中和市中正路 800 號 13 樓之 3
電話：02-22281626
傳真：02-22281598
e-mail: ink.book@msa.hinet.net
網　　址　舒讀網 http://www.sudu.cc

法律顧問　漢廷法律事務所
劉大正律師
總 代 理　展智文化事業股份有限公司
電話：02-22533362・22535856
傳真：02-22518350
郵政劃撥　19000691 成陽出版股份有限公司
印　　刷　海王印刷事業股份有限公司

出版日期　2006 年 7 月　初版
2008 年 4 月 20 日　初版四刷
ISBN 978-986-7108-58-6
定價　270 元

國家圖書館出版品預行編目資料

時光隊伍／蘇偉貞 著.--初版,
--臺北縣中和市：INK 印刻,
2006〔民 95〕面；　公分（文學叢書；126）

ISBN 978-986-7108-58-6（平裝）

857.7　　95010960

K INK INK INK INK INK I
INK INK INK INK INK INK
K INK INK INK INK INK IN
INK INK INK INK INK INK
K INK INK INK INK INK IN
INK INK INK INK INK INK
K INK INK INK INK INK IN
INK INK INK INK INK INK
K INK INK INK INK INK IN
INK INK INK INK INK INK
K INK INK INK INK INK IN
INK INK INK INK INK INK
K INK INK INK INK INK IN
INK INK INK INK INK INK
K INK INK INK INK INK IN
INK INK INK INK INK INK
K INK INK INK INK INK IN
INK INK INK INK INK INK
K INK INK INK INK INK IN
INK INK INK INK INK INK
K INK INK INK INK INK IN
INK INK INK INK INK INK
K INK INK INK INK INK IN
INK INK INK INK INK INK

INK INK INK INK INK INK
K INK INK INK INK INK IN
NK INK INK INK INK INK
K INK INK INK INK INK IN
NK INK INK INK INK INK
K INK INK INK INK INK IN
NK INK INK INK INK INK
K INK INK INK INK INK IN
NK INK INK INK INK INK
K INK INK INK INK INK IN
NK INK INK INK INK INK
K INK INK INK INK INK IN
NK INK INK INK INK INK
K INK INK INK INK INK IN
NK INK INK INK INK INK
K INK INK INK INK INK IN
NK INK INK INK INK INK
K INK INK INK INK INK IN
NK INK INK INK INK INK
K INK INK INK INK INK IN
NK INK INK INK INK INK
K INK INK INK INK INK IN
NK INK INK INK INK INK
K INK INK INK INK INK IN